U0737281

杨洪军◎著

中国言实出版社

图书在版编目（CIP）数据

疆场 / 杨洪军著 . -- 北京： 中国言实出版社，2019.1

ISBN 978-7-5171-2539-6

Ⅰ . ①疆… Ⅱ . ①杨… Ⅲ . ①长篇小说—中国—当代 Ⅳ . ① I247.5

中国版本图书馆 CIP 数据核字（2018）第 270350 号

责任编辑：丰雪飞
责任校对：史会美
出版统筹：胡　明
责任印制：佟贵兆
封面设计：淡晓库

出版发行　中国言实出版社
地　址：北京市朝阳区北苑路 180 号加利大厦 5 号楼 105 室
邮　编：100101
编辑部：北京市海淀区北太平庄路甲 1 号
邮　编：100088
电　话：64924853（总编室）　64924716（发行部）
网　址：www.zgyscbs.cn
E-mail：zgyscbs@263.net

经　　销　新华书店
印　　刷　北京温林源印刷有限公司
版　　次　2019 年 1 月第 1 版　2019 年 1 月第 1 次印刷
规　　格　710 毫米 ×1000 毫米　1/16　15.75 印张
字　　数　200 千字
定　　价　48.00 元　ISBN 978-7-5171-2539-6

目录

目录

第一章　突如其来的战事

突袭陈瓦房的战斗犹如一场暴雨，一下子就这么劈天盖地、声势浩大地落下来了。一时间，枪炮齐鸣，石破天惊，大地被吓得哆哆嗦嗦、瑟瑟发抖。每一个听见“轰轰隆隆”的枪炮声的人，都会身不由己地无端生出一种“今天肯定是活不过中午了”的错觉。

第60军183师1081团一营营长尹国华也生出了这种错觉。

但他毫不畏惧。

他想的是，如果真是这样倒也不错，早死早投胎。假若到那时，小鬼子还没被赶尽杀绝的话，自己还能做一个汉子，拿起刀枪继续杀鬼子!

他只是想不透彻，60军出滇抗战的第一枪，怎么会在这个只有几十户人家的小村庄里，机缘巧合地因他而打响。而且，来得如此迅疾，眨眼一般。尹国华当时正疲惫不堪地站在陈瓦房村口，挥舞着手臂，声嘶力竭地扯着嗓子指挥战士赶紧进村。

陈瓦房，一个以当地村民姓氏和砖瓦结构房屋命名的村落。坐落于今江苏邳州市邢楼镇南。

尹国华的嗓子，出滇那天就喊哑了。到现在都没有好。

尹国华所在的中国国民革命军陆军第60军是1937年9月才刚刚组建的。

1937年8月9日，南京国防会议上，向有“云南王”之称的滇军高级将领、云南省国民政府主席龙云（彝名纳吉岬岬，字志舟）主动请缨抗战。滇军被国民政府授予这支部队“国民革命军陆军第60军”番号。

说是“中国国民革命军”，其实，大家全都心知肚明：当下中国，中央军、八路军、东北军、西北军、晋绥军、粤军、川军、桂军……异军突起，鱼龙混杂，全都统编于“中国国民革命军”旗下。表面看来，共擎一面旗帜，似乎就是一支军队。其实不然，国民革命军从始至终都是一支各怀鬼胎的联合军，或说是由多家大小不同股东组成的联合公司。至于待遇，更是千差万别，嫡庶之分一清二楚：人事、装备、粮饷、兵员，中央军中央全包。就说装备吧，作为中国精锐部队的中央军，其单兵标准个人装具是五大件：钢盔、水壶、子弹带、干粮袋和防毒面具，完全是政府军气度。就连日军都知道，一看到戴德盔的中国军人，不用问，肯定是精锐部队中央军“闪亮登场”了。八路军只发饷不发枪，各地方军也是迥然有异。第60军的装备粮饷全都是云南省自给自足，连人事命令都是地方自行决定。

说到底，第60军就是彻头彻尾的滇军。

龙云回滇后，将原有的地方正规军6个旅及有关的武装迅速组建成一支出征部队。短短28天，一支铁血劲旅迅速组建完成，由军长卢汉率领出滇卫国抗战。

重阳节不是昆明人的，但它却总是和昆明缠绕着千丝万缕的联系——

1911年，辛亥革命爆发，李根源、唐继尧、蔡锷等响应武昌起义，于10月30日即农历九月初九在昆明起义。起义部队经过一夜战斗，于次日晨占领全城，活捉总督李经羲，推翻了清王朝在云南的统治。11月1日，云南宣布脱离清政府。云南是武昌起义之后最早举行起义并宣布“独立”的省份之一。起义的胜利声援了武昌，推动了贵州、四川及一些省的独立，推动了全国革命的到来——广大烟民们爱不释手的“大重九”香烟即是为纪念九月初九起义而特别定制的。

26年，一晃过去了。

1937年，又是一年重阳节，第60军在昆明巫家坝举行隆重誓师大会。龙云、卢汉以及全体将士大义凛然，一副铮铮不可侵犯的铁骨风范。

这一天，云南包括中央及各外媒大报头版显著位置都印着两个触目惊心的黑体字：战争！也就是那么极短极短的一瞬，国人即从极度震惊中反应过来，国家又开始了紧张的运转。

这是一个阴冷而多雾的日子，军旗被阴冷的风吹得啪啪作响。成千上万的昆明市民自发聚集到街道两旁，为将士们送行。人们的表情也和天气一样阴晦。不管是凶多还是吉多，善良的云南人民还是真心地期望，远征的战士将以辉煌的胜利为云南、为中国赢来赫赫威名。

真是史诗般的出征场面。市内居民，除在店铺悬挂国旗致敬外，还鹄立户前，目送行军，愿我三迤健儿，得胜归来。悲愤之气，溢于眉宇。

时年 40 岁的第 60 军军长卢汉目光如炬，仪态威严地站在台上，一副彝族汉子的高大身板，方正的国字脸透出一股勃勃英气。卢汉军长刚要宣布出发，就见一位白发苍苍、走起路来颤颤巍巍的老爹，拉着一个 20 来岁的青年来到台前，爷儿俩“扑通”跪到地上。

“老汉求卢将军开恩，把我的儿子也带上吧。让他跟随你去为国杀敌！”

卢汉认得这位老者，他的老伴被日本的飞机炸死在昆明街头，家中只剩下父子二人相依为命。卢汉快步走到台下，边搀扶起老人边劝慰说：“老人家的心意我卢汉领受了，上前线就免了吧。父母在不远游。您老这把年纪了，就让儿子留在身边给您养老送终吧……”

“卢将军此言差矣！既如此，那将军为何不留下孝敬父母呢？”卢汉话没落音，老人就绷起了脸，反将了卢汉一军，“老汉迂腐，但道理还是懂得的。自古忠孝难两全，孩儿为国尽忠，也就是为父尽孝了。将军就把他带上吧。”

卢汉大受感动：“好，就让儿子入列吧！”

哪知部队刚开拔，一个头发蓬松、满身污垢，看上去只有十五六岁的孩子，手里拿着不知从哪儿弄来的半个冷馒头，也缠着卢汉要去前线杀敌。

卢汉见他乳臭未除、年少无知，就吓唬他说：“上前线是脑袋系在裤腰上耍的事，你小孩子家凑什么热闹，到一旁啃你的馒头去！”

谁知这孩子毫不示弱：“国家都快灭亡了，哪还来闲心啃馒头。自古英雄出少年，这位长官也太小看人！”说完，也不管卢汉同意不同意，把馒头往地上一扔，钻进了队伍。

救国兴兵赴战场 / 八千里路马蹄忙 / 远征斗士强复强 / 怒发冲冠

慨而慷 / 杀伐用枪保国疆 / 前进！前进 / 冲锋！冲锋 / 显我军神威 / 和倭寇拼命 / 劳王师，击虎狼 / 万人欢送塞路旁 / 三迤健儿皆扬长 / 远征斗士强复强 / 怒发冲冠慨而慷 / 杀伐用枪保国疆 / 前进！前进 / 冲锋！冲锋 / 显我军威风 / 和倭奴拼命 / 万夫之雄 / 为民前锋 / 报国尽忠 / 信义诸君 / 马到成功！

"踏平三岛雪国耻，斩尽倭寇复民心。"在昂扬激越、铿锵有力的60军《出征歌》声中，60军将士整装出发。

由于云南到处都是山地，没有连接外省的铁路，虽说公路3年前就铺好了，可惜没有那么多汽车运送这4万大军。60军官兵只能是徒步行军。他们从昆明、曲靖等地出发，路经贵阳、镇远、湘西，长途跋涉2000公里，步行47天抵达长沙。

这期间，中国军队在山东省京杭古运河旁一个舟楫云集、商贾迤逦、一河渔火、十里歌声的美丽小城——台儿庄与日军展开了一场惊天动地的浴血搏杀。包围、反包围、反反包围，中国军队血染山河，日本军队尸横遍野。经过23天的激战，消灭日军近2万人，粉碎了日军不可战胜的神话，取得了震惊世界的台儿庄大捷！

这是中国军队全面抗战以来第一个真正意义上的胜仗。

——抗战爆发以来，在不到半年的时间里，北京、上海、南京等重要城市相继沦陷，军民伤亡近百万人。日军飞扬跋扈，国民忍气吞声。日军叫嚣的"三个月灭亡中国"的论调正在一点点成为现实。苦难深重的大中国啊，太需要一场像样的胜利了！所以，台儿庄大捷，就不再是一次单纯的军事胜利，更是中国抗战的一个重要事件。它极大地鼓舞了中国军民的抗战斗志和必胜信念，让悲观者看到了光明与希望，让踟蹰者摒弃了徘徊与犹疑。

台儿庄一战成名。

匈牙利著名战地摄影师罗伯特·卡帕在写给美国《生活》(*LIFE*)杂志的一篇报道中，这样写道：

历史上，作为转折点的名字有很多——滑铁卢、凡尔登，今天又增加了一个新的名字——台儿庄。一次胜利已使它成为中国最知名的村庄。

日军不甘心失败，调集了9个师团近20万人的兵力，自4月18日起由峄县向南进犯。国民政府调集40万大军云集徐州，布防正北一线，试图与日军决战，战线西起微山湖，东至郯城，绵延300多里。然而，用兵神速的日军却乘国民党军尚未调齐，向南推进到台儿庄东北四户镇、兰城店一线，中国守军阻止不住日寇的猛攻，节节败退，阵地吃紧，台儿庄危在旦夕。危难之时，国民政府急调正在武汉整训的滇军60军夜以继日赶往徐州，担任战斗主力，迎击气势汹汹的来犯之敌。

历史选择了滇军！

滇军气吞山河的浴血抗战就此正式展开。

滇军将士星夜兼程、一路狂奔。连遭日本人烧杀掠抢，老百姓早已跑光，路上，连个指道的人都找不到。好在到处都能遇到从前线撤下来的散兵游勇，按他们所指的方向走一般也没有错。

前线近在咫尺，枪炮声犹如平地风雷，似乎在告诉滇军士兵，战争与死亡并不遥远了！面对震耳欲聋的炮声，将士们心领神会：马上就要和日本人决一死战了，孰胜孰负，世事难料。谁都不敢保证，打完这一仗，命还在，人不死。所以，大家都很紧张，闷着头往前走，谁也不说话。

只能听见踢踢踏踏的脚步声和叮叮当当的武器碰撞声。

尹国华率领部队抵达陈瓦房时，漫山遍野全是乳白色的雾气，是那样的深，那样的浓，如梦、如幻，挥不走、扯不开、斩不断。厚实的雾气弥漫着，升腾着，遮挡了整个路面，以至于前进的脚步只能锁定在数步之外，很难知悉前方之物。

尹国华怎么都没有想到，在这片缓缓流淌着的云雾迷蒙中，竟隐伏着无限的杀机——

4月21日，防守左翼的中国国民革命军第20军军团长汤恩伯在获悉60军在他的第二线集结后，连夜撤去了前线人马。第三集团军副总司令于学忠见汤军撤防，为防被日军分割包围，也加快了向西右翼收缩的步伐。

从而，在滇军正面形成了一个大大的缺口。

拂晓时，穷凶极恶的30000日军如潮水般乘虚而入，以步兵约两个联队5000余人、炮30多门、坦克20余辆，扩大突破口南犯。而此时，对前线战事一无所知的滇军将士们却还在埋头行军，重机枪还驮在马背上，连在大平原挖战壕用的铁锹都没有带上。

“营长，如果没看错，这里应该就是我们这次战斗的集结地——陈瓦房了。”副营长紧走两步，浓雾中，与尹国华并肩而行，边走边说。

“是的，我刚刚看过地图，应该就是这里了。”说着，尹国华止住脚步，他一停，整个部队全都停了下来。透过迷雾，尹国华面色凝重仰观俯察地打量着这个以当地村民姓氏和砖瓦结构房屋命名的村落。“通知弟兄们，进村后抓紧占据有利地形安营扎寨。你去看看前面门前有棵老榆树的那处宅子，如果可以，营部就暂时安扎在那里，15分钟后各连连长到那里集合。”

尹国华奋臂大呼，战士们倍道而进。

此时，无论是指挥若定的尹国华，还是高歌猛进的滇军士兵，谁都没有想到，就在几个小时之前，杀气腾腾的日本人已经捷足先登，抢在他们的前面占领了陈瓦房。

黑云已经压城，狂魔张口以待，一场血肉横飞的恶战就要拉开帷幕。

上野城一刚落下脚，快心满意地吁了一口气，就看见毫无戒备的尹国华统帅着部队大步流星地从雾气中向他们奔来。

迎面走来的这群人，其衣褴褛，面色黧黑，一看就是国民党的杂牌军。

“注意，一队支那军过来了。看样子他们还没有发现我们，不要惊慌，等他们靠近再打。记住：不留活口，不准手下留情，把所有的子弹全都给我打干净，坚决把这支该死的支那军队一举消灭殆尽！”上野城一手举着望远镜，虎视眈眈地注视着尹国华的一举一动，疾言厉色道。

——半个月前，上野城一刚刚参加了举世瞩目的台儿庄大战的外围战——滕县攻坚战。那一战，日方参战的是赫赫有名的陆军甲种师团——第10师团。该师团被称为日军现代化部队的样板，参加过日俄战争，蝼蚁撼树，把人高马大的俄国军队打得人仰马翻、溃不成军。师团长矶谷廉介曾狂妄地说："天下任何军队在第10师团面前，都是挡路的蚂蚁！"

这一次，第10师团的对手是中国杂牌军中的杂牌——川军。

川军号称有4个师，其实，敌我双方都心知肚明，历经多次战役，每旅满打满算有一团之众，4个师总兵力加起来不足2万人。所用武器也都是四川造的步枪，其中最有威力的武器就数手榴弹了，机枪和迫击炮更是屈指可数。最要命的是，参战部队虽都以川军称之，但其内部则分成十几股之多，之间互不统属，各有渊源，实际上并非一支。可就是这样的军队，硬是将一支万余人的日军王牌部队打得落花流水，七零八落，取得了抗战以来的第一次重大胜利。

上野城一至今还记得撤退时的惨象：尸横遍野，血流成河，各种被击毁的坦克、车辆、马匹、枪支、弹药随处皆是……

尽管日军从来都不愿使用"撤退"一词，一律将"撤退"称作"转进"。这次也是对外宣称"这不是一个败仗，只是指挥官的一个小小的失误，第5、第10师团的余部不是溃败逃跑，而是做新的战略转移"。

其实，谁都明白，这不过是自欺欺人的借口，日军确确实实是败了。

据日军自己的统计，仅此一役，日军死亡人数就多达11984人。

作为一名军人，这一仗，让上野城一备感羞怒，也备感耻辱。所以，当日本陆军部决定从平、津、晋、绥、苏、皖一带调兵遣将，分6路对徐州合围时，上野城一第一个请缨，誓与中国军决一死战。

副营长刚要发布命令，尹国华突然大手一挥："停！"

"怎么了营长？"副营长迷惑不解地道。

"我听见有拉枪栓的声音，前面应该有部队。"

"是不是兄弟部队疾足先得了？"

"不太像。不论他们是敌军还是友军，我们都不能贸然行事。"尹国华紧蹙了下眉头，摇着头道，"司号员，吹询问号问他们是哪部分的。"

司号员吹响了军号。

听见号声，上野城一将战刀一挥："射击！"

顿时，"轰轰轰……""哒哒哒……"炮火连天，狼烟四起。

跑在尹国华前面的十几名士兵猝不及防应声倒在了地上。这些士兵，连鬼子的嘴脸都没有看清楚，就将生命永远地留在了鲁南平原上。

“隐蔽！有埋伏！”尹国华大声喊道。

听到尹国华的喊声，士兵们迅速向两旁疏散寻找掩体，来不及隐蔽的干脆就地一滚卧倒，以牺牲的战友的尸体作掩护，举枪进行绝地反击。

战斗顷刻之间打响！

由于地理位置不占优势，又是在毫无防备下仓促接敌，加上日军火力又猛，不断有士兵倒下。日本兵则越战越勇。他们根本就没把中国军队放在眼里，仗着自己人多势众，举着枪就从隐蔽处冲了出来，嚎叫着，边射击，边前进。眨眼间，就冲到了滇军阵前。

“他娘的小鬼子，你也太猖狂了。”尹国华牙齿咬得格格响，“打！给我狠狠地打！”

中国军队同时开枪，“砰、砰、砰……”十几个鬼子应声倒下，其余日军赶紧伏在地上予以还击。

“一连长。”尹国华喊道。

“在。”一连长猫着腰跑到尹国华跟前。

“这伙日军不像是无备而来，不可能轻而易举地就能将他们全部剿灭。你立刻带一队人迂回到敌人背后，趁其不备给我抓两个舌头回来，或者想办法打探清楚，我们的对手是谁，多大家底！”

“明白。”

“去吧。”

说话间，鬼子已从刚开始的慌乱中镇定下来，在上野城一的指挥下，交替开火掩护，不顾一切地向尹国华这边直逼过来。

别看刚刚那一轮反击完完全全将鬼子压制住了，可鬼子丝毫没有被震慑住，仍旧没把这支中国军队放在眼里。特别是在上野城一眼里，对面这群士兵就和先前台儿庄一战中交过手的川军官兵一样，武器没有武器，战术不懂战术，完全是一群乌合之众。所以能够取胜，不过如日本第10联队长、号称“鬼赤柴”的赤柴八重藏所说：“四川军如同日本本州北部的农民一样很有耐性，能吃苦”，有股子不要命的劲儿罢了。对付这样的军队，完全不必如临大敌。听凭我上野城一调遣，轻轻松松就能将他们全部剿灭。

上野城一连阵型、打法都没有部署就指挥部队冲上来了。

这一回，不可一世的上野城一还真是妄自尊大，小觑他的对手了——

上野城一怎么都想不到，他所面对的滇军战士，虽然身材瘦小，却矫健敏捷，翻山越岭如履平地，特别是高原艰苦的生活环境赋予了他们朴实执着、疾恶如仇的天性。而且，他们所有的武器装备都是通过滇越铁路直接从法国、捷克、比利时购买的。他们头上戴的是法国钢盔，身上背的是比利时步枪，肩上扛的是捷克机枪，有些部队甚至还配备了德国产的克虏伯山炮。配属之精良，在中国军队里，绝无仅有。连蒋介石的中央军都自愧弗如。据说，川军和滇军有一天在奔赴抗日疆场的行军途中相遇了，川军士兵看见滇军士兵脚上穿着布鞋，腰里还掖着一双备用，嫉妒得眼里都要滴血了。一名川军军官见状，气急败坏地吼道："看什么看，这种破布鞋中看不中用，打起仗来能有咱们的草鞋跟脚？"

仇人相见，分外眼红。尹国华大声喝道："全体听令，二连从左侧包抄，三连从右侧包抄，一连跟我从正面冲锋。听明白了吗？"

"明白了。"

"冲锋！"

尹国华话音一落，战士们立刻闻风而动，一跃而起，边向前冲锋，边将一枚枚手榴弹扔进鬼子堆里。

一股股白烟冲天而起，日本兵成片成片地倒下，接着便传来了被炸伤的日本兵的鬼泣狼嚎般的惨叫声。日本兵一阵骚动，惊慌失措地丢下十几具尸体向来时方向边打边退。

尹国华毫不迟疑地带着战士们穷追不舍，鬼子纷纷倒地。

剩下的，在上野城一的带领下，仓皇地向村外跑去。

"停止追击。"眼看就要追出村外了，尹国华果断地刹住步。

没有人注意，刚刚一阵枪林弹雨，竟将白雾都给吓退了。

太阳出来了，天和地都豁然开朗起来。

"料峭春风吹酒醒，微冷，山头斜照却相迎；回首向来萧瑟处，归去，也无风雨也无晴。"

尹国华双手掐腰，回望陈瓦房，轻轻吟哦道。

陈瓦房是一个不足百户人家的小村子，村子周围有一条半人多深的壕沟和一堵堵残垣断壁。民国早期，山东响马横行，当地村民为了防止为响马所害，就在村边挖掘壕沟，构筑城围子。由于年久失修，壕沟已渐与道路持平，城围子也早已不复原样。但对仓促之间踏入战争的滇军官兵们来说，已经是得天独厚了。

“副营长，传令下去，借助有利地形，抓紧修工事！”冷风吹动着刚刚绽露新芽的枯枝，发出沙沙的响声。尹国华捋捋被风吹乱的头发，说：“如果不出意料，敌人大部队很快就会反扑过来。”

大家伙一听，加紧构筑工事，不一会儿，一处处借助残垣破壁搭建起来的简易工事很快便有模有样了，壕沟也深了许多。

“营长，你看我这工事成吗？”二连长正光着膀子，露出黑亮的肌肉，热火朝天地跟弟兄们一道修筑工事，看见尹国华走来，大声喊道。

尹国华刹住步，上上下下看了看，满意地点着头，说：“嗯，不错。不要怕麻烦，就得这样干。工事修得越牢固，你的性命就越安全，胜利的可能性也就越大！”

尹国华便边走边看，嘴里不停地叮嘱着：“别愣着，赶紧干，鬼子不会给我们太长时间的。”

刚刚那一轮战斗，尹国华的一边脸颊被子弹射穿了，鲜血把他的半个脸和半个身子都染红了。他用衣袖抹抹额头的汗水和血流不止的脸颊，抬头看看照耀着红色土地的红色太阳，睁不开眼来。

卫生员跑过来要给尹国华包扎，被他一把给推到了一边。

“去去去，添什么乱，没看见我正忙着吗？”

望着腾腾烟火，遍野横尸，尹国华突然想：一场壮怀激烈的战役，就这样以一种陌路相逢短兵相接的方式打响了，他娘的也太不够壮观了吧！

一连长猫着腰从后面跑了过来。

“营长，基本打探清楚了。没啥大不了的。”一连长轻描淡写地说，“你尽可以睡大觉了。”

“怎么一个情况，我就睡大觉？你不说清楚，我睡得着吗？”

“我们对面的日军是板垣征四郎和矶谷廉介的师团。说是先头部队仅有两个连队，不过我看，恐怕两个营都不止。”

尹国华大吃一惊："两个联队？乖乖！"

一连长却不以为然："如若真是两个连队就不怕了，我们一个营呢，还打不过他们？就怕有诈。"

"你动点个脑子好不好？"尹国华用手叩着一连长的脑门，说："你知道日军一个联队标准是多少人吗？说出来吓你一跳：3800人。这个队伍里，有指挥部、运输部、弹药部、步兵大队、炮兵大队、反坦克大队、电话排、无线电排，多了去了。还有，板垣征四郎的部队，那可是日本皇家精锐部队啊！你一个营多少人，去跟人家硬碰硬试试？"

一连长伸了下舌头，说："怪不得营长要吃惊，原来这么多人啊！"

"彝族有句谚语是怎么说的？渔人要能识水性，猎人要熟记山路。知己知彼，才能百战不殆。一盆糊涂浆，两眼一抹黑，怎么跟人打仗，又怎么能打胜仗？"

一连长额头冒汗了："营长，我记住了。"

尹国华还要说什么，就听"轰"的一声巨响，一颗炮弹在他身后爆炸。

"不好，鬼子开始反击了！"

通讯员提着枪冲了过来，"营长，鬼子已经到了村口了！"话刚说完，一发子弹自身后打来，通讯员应声栽倒。

"快把通讯员架下去！"尹国华怒不可遏地登上半截墙头，拿起望远镜往远处一看，只见村口处密密麻麻全是日军。七辆坦克轰轰隆隆耀武扬威地驶在最前边。

在钢铁战车的碾压下，墙倒屋塌，摧枯拉朽。

滇军士兵虽然装备精良，训练有素，但没有在平原和现代化部队作战的经验，好多人都是第一次见到这种炮火连天的场面，更别说攻城拔寨无坚不摧的飞机、坦克了。

面对威风赫赫、来势凶猛的日军部队，滇军士兵一下子不知所措了。

尹国华面色严峻地道："弟兄们，鬼子这阵势看来是要跟我们决一死战了。没有什么可怕的，鬼子也是肉身做的，大不了同归于尽。我们好不容易找着这个机会为中华民国效死，万不要轻易放过。有敌无我，有我无敌。不把日寇赶尽杀绝，绝不生还！"

“军人天职，卫国保疆，愿以头颅，为国争光！”一连长大声说，“营长，你就只管说怎么打吧！”

士气一下子就被鼓舞了。

战士们异口同声表示：“营长放心，杀敌有我，有我必胜！”

“好样的！准备战斗！”

“轰！轰……”

炸弹呼啸，曝光闪烁，滇军阵地一片火海。

一轮炮火过后，黑压压的日本兵蜂拥着冲到了滇军的阵地前。

尹国华大声吼道：“给我狠狠地打！”顿时，枪炮齐发。一颗颗子弹、一颗颗手雷，精准地落到了鬼子中间，炸得日军血肉横飞。

子弹也好，手雷也罢，对付鬼子绰绰有余，然在庞然大物似的坦克面前却显得是那么无能为力。打在坦克上，就如流星在天空中划过，火光一闪，便不知划向了哪里。不管手榴弹落在何处，响与不响，炸与不炸，“铁王八”仍然轰轰隆隆横冲直撞。在敌人滚滚向前的坦克压制下，中国士兵相继倒下。日军坦克手见状，忍不住得意忘形，一阵阵狂笑，最后干脆就不再扫射了，直接用战车碾压滇军。有些士兵至死都没闹明白，这到底是个什么怪物，怎么就能不怕枪子、不怕刀子呢！

关于如何应对日军坦克，第 60 军在武汉整训期间，184 师师长张冲曾专门求教过德国教官。第一次世界大战时，德国人对自己的传统陆军十分自信与骄傲，以致对任何新奇的机械发明都采取嗤之以鼻的态度。在坦克发明上，本来他们是完全可以在 1916 年至 1917 年就搞出像样的设计的，但直到英国坦克首次在战场亮相并贯穿德军战线最深达千米之多，造成德军重大恐慌，德国统帅部才迫不得已地改变态度，开始急切地寻求德国的坦克。德军第 8 集团军参谋长埃里希 · 冯 · 鲁登道夫当即决定，在德军即将于西线发动的大反攻中，坦克应当成为主导力量，“这正是我们需要的东西！”而日本则迟至 1926 年才开始自己试造坦克，1936 年 6 月 27 日，在日本陆军第 14 次军需审议会期间，第一次在官方层面正式讨论新式中型坦克的研发项目。此前主要是向英国和法国购买坦克样品。第二次世界大战期间，其生产坦克的总数只有 4500 辆，相当于苏联坦克的年产量，而且性能也不算先进。他们之所以在远东战区耀武扬威不可一世，实在是当时的中国及东南亚各国国力孱弱，“兵不强，马不壮”。

德国教官听到张冲的问题后，几乎是不假思索地说：“你们可以使用反坦克炮，远距离打击。”张冲回答：“我们没有配备反坦克炮。”德国教官又说：“那就埋设反坦克地雷。”张冲再答：“我们也没有配备反坦克地雷。”德国教官眨眨眼，耸耸肩头，摊开双手，用几分游戏的口吻，说：“那你们就等着被坦克碾碎吧！”

不幸的是，德国教官的话一语成谶。滇军士兵刚一上来，就遇到了这个刀枪不入的庞然大物。

“铁王八”不怕子弹和手榴弹，可躲在里面的小鬼子总是凡胎肉体吧，他们该不会和“铁王八”一样，刀枪不入吧？几名战士见不起作用，争先恐后地往坦克车上爬，企图通过展望孔往坦克里面塞手榴弹。因日军坦克的展望孔封闭相当严密，手榴弹根本塞不进去。士兵们没办法，就用十字镐挖坦克车的门，用手榴弹死命地往坦克上磕。鬼子发现后，急忙调转炮塔。“噗噜噜噜……”滇军像熟透了的瓜儿似的，从坦克上摔了下来。落到地上的，大都在敌人轻重机枪的扫射下英勇地牺牲了，而掉到坦克履带下的，连喊一声都没来得及，就直接被轧死了……

而铁打铜铸的坦克则照旧横冲直撞，大行其道。

一连长急眼了，扯着嗓子吼道：“营长，这样打不行。咱们的子弹、手榴弹根本对付不了这个铁玩意儿！”

尹国华早就注意到了这个情况，正在苦苦思索破解办法。就在这时，他看见又一名士兵被卷进日军的坦克底下，就在他的生命火灭烟消的那一瞬间，这名士兵勇敢地拉响了身上仅有的几颗手雷。一声巨响，战车猛地一震，旋即趴窝了，慢慢地冒出黑烟和火苗。

尹国华若有所思，接着大声喊道：“一连长，一颗手榴弹的威力太小了，让战士们把手榴弹捆在一起，从坦克的下面炸。”

尹国华话没说完，一阵机枪射过来，又几个战士倒下了。

“把你们身上的手榴弹统统给我。”一连长瞪着冒血的眼睛吼道。

连长的心思副连长心里明镜似的，他一把按住连长的手：“连长，我来。一连不能没有你！”

一连长转手将连副推了个趔趄，“滚一边去，都他娘的什么时候了，还来跟我争！没有我了不还有你嘛！记住，把兵给我带好了，出了差错，老子到阴曹地府也饶不了你！”几名排长副排长见状，也争着上前，一连长眉毛一竖，脸都变形了。“都给老子滚一边去，谁跟我争我跟谁急！”

说完，抱着一捆手榴弹冲了上去。

一连长刚刚跃起身，没跑两步，一梭子子弹对着他直射过来。

一连长应声倒地。

副连长怒目圆睁，恨不得将牙齿咬碎。“谁还有手榴弹，都拿过来给我！”

“你不能去，”那几名排长也纷纷请战，“连长不在了，一连还得靠你呢！”

“少废话！离了谁地球都照转。把手榴弹都给我拿过来！”

正争执间，就见一连长忽一下子歪歪斜斜地站了起来，没容大家反应过来，他已经像一支离了弦的箭似的，迅速地冲到了敌人的坦克边。日军显然也注意到了一连长，并且十分了然他的意图。一连长刚挨近坦克，子弹便如疾风暴雨般射了过来，一连长晃了几晃，终于没支撑住，仰面向下倒去……

“一连长——”战友们撕心裂肺地喊道。

没想到，就在大家扼腕叹息的时候，一连长突然扭转身体，饿虎扑食般地猛扑到了坦克车的履带上。

“轰——”

一声巨响，山崩地裂。

接着，坦克车内部的炸药也连带着发生了殉爆。大火冲天，浓烟滚滚，炮塔被炸飞到了空中，车体在惯性驱动下，带着火焰冲到了路旁的河沟里。

紧随坦克身后的几十个步兵也被炸得支离破碎。

滇军们如法炮制，接着又有两辆坦克被送上了天。

“通讯员，快去报告团长，对付这铁玩意儿，就得这样打！”

这个立竿见影的方法，当天就在滇军中流传开来，大见成效。日军的坦克手们看见滇军士兵抱着手榴弹冲过来就提心吊胆，心惊肉跳。

没容滇军们破颜大笑，日本兵在上野城一的指挥下，黑压压的，蝗虫一般地全线压了过来，滇军被围在中间。

副营长不顾一切地冲了过来，说："营长，日本人看来是要给咱们包饺子了，怎么办？"

"怎么办？豁出去跟小鬼子拼了就是了！"尹国华双眉紧蹙，两眼发直，样子像要吃人。他的嗓子已经说不出话了，可他仍然可着劲儿地扯着嗓子喊道："滇军弟兄们，报效祖国，收复失地的时候到了，全中国苦难深重的老百姓都在期望着我们。我们的前面，是杀人不眨眼的日本恶魔，我们的后面，有四万万五千万同胞做我们的后盾。望弟兄们发扬我们'滇军精锐，冠于全国'的光荣传统，不畏牺牲，英勇杀敌，为国雪耻，为民族争光。不成功，便成仁！大家有没有决心？"

"誓灭倭寇！还我河山！"

士兵们没命地扯着嗓子吼道。阵地之上，人声鼎沸，旌旗攒动。

"好，把弹箱里的手榴弹全都捆在身上，拿在手里的，把弹盖全部打开，鬼子一靠近，先把手里的全部投出去，然后，将身上的手榴弹引爆，哪里鬼子多，往哪里跑。就是跟他们同归于尽，也不能让小鬼子在我们面前前进半步！"

"是！"

说话间，日军已经冲到了跟前。

尹国华大声吼道："手——榴——弹！"

随着尹国华一声长喝，滇军们齐刷刷地从掩体里跃出，"轰——轰——轰——"

滇军阵地天昏地暗，尸骸枕藉，血流成河……

"誓扫匈奴不顾身，五千貂锦丧胡尘。可怜无定河边骨，犹是春闺梦里人。"

成束成束的手榴弹连绵不断地在鬼子头上、身上、脚下爆炸，但大片大片的滇军兄弟们也随之倒了下去。

滇军的尸体与日军的尸体混杂在一起，已经辨不出你的还是我的了。

第二章 狼烟四起的战火

就在尹国华营与日军打得难解难分之时，第540旅1080团在团长龙云阶的率领下，斗志昂扬地挺进了辛庄。

龙云阶，字步衡，年41岁，云南昭通人。1913年肄业于贵阳正谊学校，后赴广东入陆军模范团，历任排、连长，曾随部开往北京训练。1922年任黔军保商五营营副，后改任黔军第九旅十七团三营营长，参加北伐。1929年入滇，为暂编一团二营营副兼军士队队长，颇有成绩，后升任二旅三团一营营长。第60军出征抗日，龙云阶升任第182师540旅1080团团长。

“参谋长，命令部队停止前进。”在辛庄村外，龙云阶止住了脚步，命令道，“通讯员，立刻通知各营长到团指来报到。”

通讯员是滇军出征前刚参的军，入伍前，在龙云官邸做过仆役，是见识过龙府的气派的。在他的印象中，作为“团指”，即使不似龙云官邸那么富丽堂皇，起码，覆着棉布的长桌、玉软花柔的沙发、花花绿绿的地图还是应该有的吧？你这有啥？除了一望无际的云，就是一马平川的地。

所以，一听龙云阶说“团指”，通讯员直笑。

“团长，别逗俺了，这漫山野湖的，连个团址都还没有呢，何来‘团指’？”

“屁话！”龙云阶眼睛一瞪，说，“你以为团指应该安在哪里？安在高楼大厦上？战场之上，我在哪，哪就是团指！”

“报告团长，记住了。”

“记住什么了？”

“团长在哪，哪就是团指！”

“那还不快去？”

“是。”通讯员应声而去。

不一会儿，三名营长闻声赶到。

龙云阶瞥了三位营长一眼，虽说一宿没睡，又是跋山又是涉水的，行色匆匆，然却是毫无疲倦之色，往面前一站，依然八面威风。

龙云阶内心里很是满意。他不易觉察地笑了笑，正颜厉色道：“兄弟们，我们喊了多年的打击日本侵略军，今天终于心随所愿了。刚才师部安师长电话通知，因为友军没有交防就先撤走了，183师和日军遭遇已经打了起来。我团的任务就是立即做好战斗准备，坚守辛庄！希望大家誓死报国，泰山崩于前而色不变，麋鹿兴于左而目不瞬。保持滇军的荣誉！大家能不能做到？”

“保证做到！绝不会后退半步！”

“好！大家都跟我过来。”

龙云阶将大家带到一处高坡上，村里村外的情况尽收眼底。

龙云阶指着一望无际的田野，胸有成竹。说：“命令：彭勤第一营迅速占据辛庄右翼位置，同时，由你营派出一个连，在辛庄与第1079团蒲汪阵地之间占领据点，封锁两个团的空隙。我希望你记住安师长的名言：‘空隙不要用人补，要用枪补’！把你们的重机枪都集中起来，构成交叉火网，严密封锁日军。辛朝显第二营守在辛庄左翼位置。第三营王谦营长，你营作为预备队布置在距辛庄约1000米之后堡村。至于团指，通讯员不是笑话我没有团址吗？现在有了，团指挥所就设在辛庄村外。大家都记住了吗？”

“不行团长，师长专门有交代，让你把团指设在村内。”三位营长还没说话，通讯员又不知深浅地喊了起来。

“还是屁话。团指设在村内，什么都看不到，怎么指挥打仗？最多将团部设在村里。这事不能完全听师长的。将在外，军令有所不受。这事就这么定了！”龙云阶摆摆手，说，“参谋长，这里就交给你了。”

参谋长闻听赶紧上前一步，就前沿工事的构筑与固防，以及使用集束手榴弹阻击摧毁日军的坦克等问题又进行了一番具体部署。参谋长的方案很细，部队接敌时机和地点，从哪里穿插，撤离时的机动路线，等等，如此这般，都有安排。部署完后，又问龙云阶：“团长，你还有新的指令没有？”

龙云阶挺拔得就像一棵松树，面色如刀刻出来般刚棱冷硬，两只眼睛目光如炬，闪耀着犀利的光芒。说：“各部到达指定位置后，立即开始构筑工事。不容有一丝一毫懈怠！一小时后，我亲自到你们营地检查。”

营长们带着各自的队伍出发了。

全团官兵就这样投入到了紧张的战前准备工作之中。

就在战士们紧张而又忙碌地构筑工事时，各炊事班也在气喘汗流地准备午饭。从昨午至今，大家伙儿已经三顿没吃饭了。眼看战斗在即，怎么也得让战士们吃顿饱饭吧！好在战士们的要求并不高，填饱肚子即可。不一会儿，香喷喷热腾腾的饭菜就送到了战士们的手上。

182 师有个不成文的惯例，是师长安恩溥定下的，不论何时何地，饭前必唱《吃饭歌》：

这些饮食，人民供给；
我们应该，为民努力。
日本强盗，国民之敌；
为国为民，吾辈天职。

除去《吃饭歌》外，安师长还要求大家唱《站岗歌》《练兵歌》《杀敌歌》等。此外，官兵之间还要经常进行以下对话。

问：“东北是哪一国的地方？”

答：“是我们中国的！”

问：“东三省被日本占去了，你们痛恨吗？”

答：“十分痛恨！”

问：“我们的国家快要亡了，你们还不警醒吗？你们应当怎么办呢？”

答：“我们早就警醒了，我们一定要团结一致，共同奋斗！”

大伙饭刚吃到一半，龙云阶的饭才刚刚送到嘴边，参谋长出溜跑了过来，嘴上还油光光的，说：“报告团长，左前方发现小股日军。”

龙云阶一听，立即亢奋起来：“有多少人？”

“大约有 200 人，看样子是鬼子的一个中队。”

“太好了，正愁无处下手呢，他娘的自己送上门来了。”龙云阶兴奋地将饭盆一扔。

龙云阶拿起望远镜一瞧，远处的山路上，一队鬼子正大摇大摆地走过来。龙云阶一看这阵势就明白了，这是日军乘攻击 1079 团蒲汪村和 1082 团邢家楼、凤凰桥北小庄村阵地间隙，顺捎着进攻辛庄。换一种说法就是：搂草打兔子。

小鬼子这是根本就没把龙团放在眼里。

小鬼子越走越近，龙云阶再一看，霎时出了一身冷汗，不由自主地眉头就拧紧了：小鬼子长枪短枪、掷弹筒、轻重机枪一应俱全。

一定是块难啃的硬骨头。

“好，就死死地咬住这群鬼子！”

看着渐渐逼近的小鬼子，龙云阶冷冷一笑，命令道：“辛营长，命你一连扼守村口，按兵不动，放鬼子进来；二连与小鬼子短兵相接后，三连立刻拦腰攻击。战斗打响后，各连要紧紧依托有利地形，能攻则攻，不能攻即防，保存实力，坚决避免无谓的牺牲。”

“朝显明白。”

不一会儿，鬼子的队伍全部进入了伏击圈。

小鬼子高视阔步，仗着人多势众，武器精良，竟然一点不加防范。龙云阶越看越生气：这他娘的也太目中无人了吧！龙云阶怒发冲冠，呼哧下跃出身子，举枪就射，“叭”的一声，一名鬼子应声倒下。

辛朝显见状，大喊一声：“弟兄们，打！”

顿时，整个辛庄乱成一团，到处是火光，到处是枪声爆炸声，到处是火力点，到处是呛人的硝烟。

小鬼子猝不及防，一下子就蒙了：神兵天降?

看到同伴像被刀割的麦子一样不断地倒下，中队长三平一夫暴跳如雷。尤让他气急败坏的是，枪声响了老半天了，日军倒下去了一大片，可他连中国军队的人影都没看见。还击都没有目标。

妄自尊大的天皇子孙竟然狼狈不堪到了只有挨打的份。

此刻，三平一夫已经顾不得脸面与尊严了，逃命更要紧！

三平一夫指挥刀一举，哇哇大叫几声，带着队伍落荒而逃。

望着落花流水的日本兵，滇军官兵们哈哈大笑。

龙云阶没有笑。

因为，他深知，这一仗比拼的并不是战术、装备和实力。所谓赢，其实就是赢在了出其不意上。中国有句古语，叫作“骄兵必败”。小日本也确确实实太有恃无恐了。《汉书·魏相传》有言：“恃国家之大，矜人民之众，欲见威于敌者，谓之骄兵，兵骄者灭。”小日本若是别这么张牙舞爪、目中无人，认认真真地下一番功夫，研究下自己的对手，有备而来，恐怕滇军就不会这么幸运了。

不幸的是，转眼之间，这一切就变成了现实。

没过多久，小鬼子进攻的序幕就拉开了。

“轰——轰——”炮弹雨点般砸来，遮天蔽日，其中一颗就落在了龙云阶身后，冲击波腾空而起，将龙云阶狠狠地摔出去老远。参谋长和通讯员慌忙跑过来，搀扶起他。

还好，没有受伤。

“看见没，炮弹不管你是团长、副团长、连长还是士兵，谁摊上了都照样粉身碎骨！只有我是个例外。”龙云阶一边拍打着身上的泥土，一边不无幽默地戏谑道，“所以，你们不能光想着怎样打击敌人，还要想着怎样保护好自己。把敌人打死了，而自己不死，这才是真正的胜利！”

龙云阶话没落音，就看见无数日军士兵潮水般朝阵地上冲来！

龙云阶紧咬牙关，大声喊道：“弟兄们，小鬼子又要进攻了，小鬼子的阵势，我不说你们也看到了，那是要跟我们决一死战的。今天一战，坐以待毙是死，奋勇拼杀也是死。死得其所，方可彰显男儿之铮铮铁骨，虽死犹生。还有人记得我们的团训吗？”

士兵们热血沸腾，齐声吼道：“所向披靡，杀尽顽敌。不成功便成仁！”

“好！岂曰无衣？与子同袍。王于兴师，修我戈矛。与子同仇！岂曰无衣？与子同泽。王于兴师，修我矛戟。与子偕作！岂曰无衣？与子同裳。王于兴师，修我甲兵。与子偕行！准备吧！”

虽说龙云阶战前已经预计到了战争之艰难，但战争的发展，已经远远超乎了他的预料。这一天，没有谁说得清，日军进攻了多少回，被滇军打退了多少回，滇军的阵地丢失了多少次，又夺回了多少次。战士们只知道，眼前的阵地上，重重叠叠地堆满了尸体。有日本侵略兵的，更有三迤健儿的。在日军疯狂的攻势之下，被孤立在辛庄村外的两个营根本无法招架。

尽管形势已经濒临崩溃，但滇军士兵依然坚守在阵地上，不肯后退一步。

龙云阶更是昂然屹立，双手持枪，朝着迎面而来的日军士兵不断开火射击，鼓励属下继续奋战。

然防线最终还是被日军撕破。

辛朝显营迫不得已退到村里。

龙云阶也由村外的团指退回到了村内的团部。

龙云阶走进团部时，勤务兵正在为他捆扎行李。

“你这是在做什么？”龙云阶怒火中烧。

勤务兵嗫嚅了，“我……”

“你知不知道，你这样做就是在动摇军心？”

龙云阶说着，一把将勤务兵推了个趔趄，三下五除二打开背包，将被褥铺好，和衣躺下。他也真累了，骨头像散了架一样。眼睛还没有合上，二营副就慌慌张张地跑了进来，略带哭腔地喊道：

“团长，团长，不好了，鬼子冲进村里来了，营长也牺牲了。”

原来，从缺口中涌进的日军并没有罢休，而是疯狂地继续向前冲锋，衔尾相随，直接就跟进了村里。

“你说什么？营长没了？”龙云阶一下子蹦了起来，强忍住悲伤，果断地命令道，“营长牺牲了，就由你率部去冲杀。去吧，我马上就来。”

日军乌哩哇啦喊叫着，跛扈地向村内扑来。

龙云阶不动声色，不下命令，直到敌我相距约 50 米时，他才大手一挥，下令还击。顿时，机枪、步枪、手榴弹怒吼起来，射向敌人，日军纷纷倒下。官兵们把满腔的仇恨都倾注到了枪口上，越战越勇，直杀得敌人无处藏身，难以招架，退出村外。

成片成片的日军尸体横七竖八地躺在滇军阵地上，有的堆了三四层。

龙云阶感到一种从未有过的畅快。说："这一天一夜，小鬼子把大家折腾苦了。打扫完战场，大家都赶紧休息会儿。不定什么时候，小鬼子又杀回来了。"

龙云阶只顾着说话，没堤防层层叠叠的尸体中，掺杂了一个诈死的顽固分子，悄悄地瞄准了龙云阶。

"叭"的一声，枪响了，龙云阶的身体颤动了一下，软了下去。

勤务兵一回头，看见了那个日本兵，怒目圆睁地大吼一声，抓起地上的一把刺刀枪，一下子捅到鬼子兵的身上，刺刀穿透鬼子身体，将其钉死在地上。

这一日，作为预备队被布置在距辛庄约1000米的后堡村的王谦营也打得异常惨烈。日军攻击十分猛烈，为减轻正面压力，陈志和连长率兵袭扰敌人侧背，多次击退日军。全连官兵伤亡过半。

王谦向师长安恩溥求援。

前沿情况，王谦不说，安恩溥也都了然于胸。

"现在调兵已经无济于事了，你就靠阵地上的官兵去打吧。"安恩溥说。

"是。"王谦叹了口气，"师长，我的机关枪手阵亡了，我去打机关枪，让勤务兵守着电话，若师长有话让他转告我。"

1小时过去了，勤务兵要通了安恩溥的电话："报告师长，营长的右腿已经打断，阵地上只有不到10个人了。"

安恩溥痛心疾首欲哭无泪："你们撤下来吧，阵地由我想办法！"

第182师1079团团长杨炳麟率团走进冷冷清清的蒲汪村时，东边天际已渐渐地亮了起来，曙光如鲜花绽放，好像谁在淡青色的天畔抹上了一层粉红色。

"团长，蒲汪村到了。"参谋长小声道。

连日的急行军，杨炳麟已是精疲力竭，此刻，正闭着眼，边走边想着什么事。听到参谋长的话，立刻换了一个人似的，变得精神抖擞。"啊？蒲汪村到了？"杨炳麟四处瞅了瞅，太阳已经升起来了，光照云海，五彩纷披，灿若锦绣。说：“安排弟兄们埋锅做饭，吃饱喝足好好构筑工事。”

参谋长一声令下，滇军官兵们立刻横七竖八地瘫在地上裹起水烟筒来，“咕噜噜噜……”响声一片。

熟悉滇军的人都知道，滇军将士三件宝：锣锅、斗笠、水烟筒。行军打仗，不管路途多么遥远，形势多么危急，每个班用来煮饭的两口大锣锅必不可少。每到一处，第一件事就是埋锅做饭；此外不分官兵，人人一顶云南竹篾编制的桐油斗笠，避雨遮阳；再就是百分之七十到八十的士兵都随身携带一杆水烟筒，闲暇或困乏时吧唧吧唧，提神醒脑。60 军出征途经各地时，不少人见他们做饭时将斗笠盖在锅上，而行军时又盖到了头上。他们身上的水烟筒也被误认为是烟枪。所以，滇军士兵便有了“锅盖双枪兵”的称号。

关于水烟筒，后来还发生了一件妙趣横生的故事：禹王山战役期间，有天夜里，双方你来我往，死缠烂打，战得不可开交。战士们一个个精疲力竭，人困马乏，像一摊泥似的软在青草地上，动都不想动一下。也不知是谁第一个点燃了水烟筒，于是，一传十，十传百，到最后，所有官兵都抱着水烟筒吸了起来。同样也是疲惫不堪的日军突然发现滇军阵地上星光闪烁，你亮我灭，你明我暗，“咕噜噜噜，咕噜噜噜……”响声一片，以为滇军要反击了，乱喊乱叫地放起枪来。重炮营营长不明就里，以为日军又要趁着月黑风高向滇军发起冲锋呢，遂命令炮手道：“快，对准日军阵地，给我十发急速射！”当即，第一轮十发炮弹准确无误地落在了鬼子堆中。还没容喘息，又一轮炮弹轰了过去，敌人更是乱成了一锅粥。后来，滇军抓获了一名日军俘虏，俘虏说，最近在日军中有这样一种说法广为流传：滇军之所以久攻不破，是他们每人都配有一门新式小炮，比重炮的火力还猛！滇军官兵听后乐不可支，哈哈大笑：真没想到，一杆水烟筒就把小鬼子吓成这副熊样。这真是不费一枪一弹，就让穷凶极恶的日本人成了惊弓之鸟！

说起斗笠，后来也发生了一件让人捧腹大笑的故事：第60军撤出战斗时，狂风大作，暴雨倾盆，敌人的追兵来势汹汹。行进途中，一架日本飞机冒雨飞来，低空盘旋了几圈后又飞走了。第 184 师师长张冲抬头看了看远去的日本飞机，又看了看头戴斗笠的部队像一条黄色的巨龙在风雨中后撤，料定敌人肯定会派机群前来轰炸。于是，果断命令全体官兵将斗笠、锣锅、水烟筒统统扔掉，轻装跑步前进。不一会儿，日军的步、骑兵组成的先头部队追来了。他们先被遍地的斗笠、锣锅和水烟筒吓了一跳，以为是滇军设下的埋伏。“叽里呱啦”叫了起来。一番侦查后惊魂甫定，放心地把斗笠戴在了头上。这时，日军的轰炸机群赶到了，毫不犹豫地对着这支头戴斗笠的部队一通狂轰滥炸和低空扫射。直到把地面上的同伙打得不出声气，炸得不见动静，才拉起机头，编好队形，扬长而去。

杨炳麟看见士兵们一个个散兵游勇似的，顿时怫然不悦，说：“参谋长，告诉大家，现在还不是刀枪入库马放南山的时候。战斗随时随地都有可能打响，赶紧振作精神加紧构筑掩体工事。师长不定啥时候就来检查。”

“是。”参谋长转过身，道，“都有了，紧急集合。”

不怪士兵们事后都说杨炳麟有先见之明，掩体刚刚构筑到一半，就听有士兵喊道：“哎，你们看，小鬼子偷偷摸摸的，在干什么啊？”

接着，就有人跟着附和：“就是，想干什么啊？”

“小鬼子想干什么？小鬼子想要你们的命！”杨炳麟也听到了战士们之间的对话，他顺着士兵们的目光瞥了一眼，立马识破了日本人的阴谋诡计，奶奶的，小鬼子这是趁我军立足未稳，向咱们进攻呢！“做好战斗准备！”

士兵们赶紧闭上嘴巴。

不说话不代表心里没想法。

士兵们压根儿就不相信杨炳麟的判断，认为杨团长有些草木皆兵了。都是军人，进攻和防守还是辨得清的。有见过这样进攻的吗？闷不作声、缄默不言？作战是靠勇气的，讲究的是“一鼓作气，再而衰，三而竭”。日本人这是在进攻吗？跟捉迷藏似的，怎可能是进攻，顶多算是在刺探地形。不值得大惊小怪的！

可这样的话只能憋在心里，万不能说出口的。

军人以服从命令为天职。这是从穿上军装第一天就知道的原则。杨炳麟经常这样问士兵：“知不知道什么是命令？”

士兵就答：“报告团长，团长的话就是命令。”

杨炳麟看了士兵一眼，说：“那营长的话呢？”

士兵毫不犹豫，说：“也是命令。”

“连长的话呢？”

士兵犹豫了下：“也……也是。”

杨炳麟盘根究底：“班长的话呢？”

士兵支吾了，想了半天，说：“也应该是。”

“屁话。”杨炳麟哈哈大笑，说，“谁的话都是命令，那就是谁的话都不是命令。”

“那……”士兵语塞了。

“你说的也不算错。”杨炳麟拍着士兵的肩膀，说，“独立画堂听命令，珠帘底下一声传。所谓命令，古时候是帝王的诏命、朝廷的文书，后来指上对下所发的指示。战场上，就是长官给士兵发布的指令。我要告诉你的是，命令就是，要你的命你也要毫不犹豫去执行的东西！”

团长把命令看得比性命都重要，别说是仅仅要你做好准备，就是让你冲锋陷阵，也不能有二话啊！好吧，抖起精神，做好战斗准备！

这时候，士兵们还不了解鬼子的招数。鬼子冲锋的时候一般都是悄无声息的，禁止喧哗。所有交流都由手势和简短的口令进行。这点，士兵们不懂，杨炳麟可是知道的：进攻是军事战术，不是电影导演艺术。冲锋号固然振奋人心鼓舞士气，可它也有着无法回避的缺陷，那就是容易暴露军事行动。所以，日军军号仅作用于部队的勤务号令，如起床、熄灯、点名、开饭等。日军进攻，更多时候拼的不是“气势”，而是“镇定”。

当然，“自杀式”“万岁式”冲锋除外。

“团长，鬼子上来了。”没过一会儿，参谋长走到杨炳麟身后，小声道。

杨炳麟点点头。

杨炳麟早已从望远镜看到了一群有些模糊的黄影正在向蒲汪村蠕动，跟虫子一个模样。已经运动到滇军阵地前沿的有大约一个大队的鬼子，后面还有大约一个大队的鬼子。杨炳麟心道：小鬼子真是下本儿了，看这阵式，今天是想一鼓作气拿下蒲汪了，真是不知死活！

待小鬼子一点点走近，早已憋了一肚子火的杨炳麟大喝一声："打！"

顿时，枪弹从一个个伪装成各色各样自然风景的角落里雨点似的放射出来，凹凸不平的村路上，立马横七竖八地躺了许许多多敌人的尸体。

小鬼子不知深浅，不敢恋战，恨入骨髓又无可奈何地退了回去。

这一天，小鬼子花样百出地发动了大大小小十多次进攻，将士们严防死守，英勇阻击。小鬼子始终没能前进一步。

当然了，杨炳麟团也同样损失惨重。阵地被一波又一波下冰雹似的炮弹掀得完全看不出本来面目了，尸首遍地，汽油弹将尸首烧得吱吱冒油。部队整排整排地打光。一度重机枪阵地上只剩下了机枪手一人。身负重伤的机枪手顽强阻击，竟然使得日军不能靠近。

傍晚，气急败坏的日军开出战车助阵，再次大兵压境。

杨炳麟放下望远镜，啐一口牙血，说："今天看来只有拼了，小鬼子执意要决一死战嘛。参谋长，把部队都拉上阵地，陪咱们的对手练一回！告诉弟兄们，把看家的本事都拿出来，肝脑涂地，不能退却，誓与阵地共存亡！"

一发炮弹在附近爆炸，掀起的泥土落了杨炳麟一身，他一动没动。

机枪排长有些躁了，"他娘的，还真把老子的机枪当烧火棍了。准备射击！"

"等一等，让他娘的小鬼子靠近点再——"杨炳麟见射击过早，急忙跳出去制止。这时，"哒哒哒"一梭子子弹疾射过来，杨炳麟应声倒地。

"团长！团长！杨团长……"参谋长大叫着，他的眼中闪耀着火光和泪光，嘴里和鼻孔里堵满了被炮弹掀起的黑色焦土。

杨炳麟的双腿血流成河。

参谋长黑着脸，吼道："快，快去找担架，送团长下去！"

杨炳麟挣扎着想站起来，连着努力了两次，都没有成功，嘴里却依旧不依不饶，说："下去？下哪儿去？没有命令，谁也不许后撤，死也要死在前线！给我拿杆枪来，趴在地上我也照样打日本！"

第 540 旅旅长郭建臣在望眼镜中发现后，立即请示第 182 师师长安恩溥，建议以 1080 团团副钟光汉代理 1079 团团长。获准。

继任团长钟光汉来接手的时候，全团仅剩200多人还能够继续作战。钟光汉接手后，部队继续鏖战，直至弹尽粮绝。滔滔江河变成了细水流沙。

钟光汉右手臂被敌寇弹片击中，鲜血直流。他在电话里声嘶力竭地告诉安恩溥："师长，你就别再费心思考虑找人来代我了。我是胳膊上负伤，和杨团长打在腿上有所不同，我的腿还可以走，还可以用眼睛看，用脑袋想，另一只手也可以继续指挥！唯一的问题就是，能打仗的人实在是太少太少了。请师长一定优先考虑！"

钟光汉通话的时候，日军步兵和战车又向蒲汪东北面围攻过来，营长王承钹见状，带一营百余官兵从南面绕到西面敌侧抄日军后路，强攻敌背，激烈拼杀3个多小时，击退了日军。但官兵阵亡40多，伤30多，完整生还者只剩下了不到10人。

暮色苍茫，山野越来越迷蒙。远处的河，远处的岭，还有脚下被炮火烤焦的土地，都仿佛随着即将临近的下一场恶仗，变得陌生，变得狰狞。坚守在蒲汪东北部的范文学营长正烦躁不安地在阵地上来来回回地走着，他的脚步愈来愈沉重，好像已经迈不动了似的。好几次，他都想停下来，退到哪个安全的角落里，好好地睡上一觉。但每次这个念头一闪，立马就有一个声音在呵斥他、敦促他，他必须昂起头，必须直面将要发生的一切。

第540旅旅长郭建臣冒着硝烟弥漫的炮火来营地巡视时，范文学正在愤愤地甩头，将脑子里那些杂七杂八、不切实际的混蛋东西往外甩，然后一门心思地为下一场恶仗做准备。郭建臣问他有什么困难没。范文学拍着胸脯，说："旅长，我们营，加上我还有18人。不过请旅长放心，我们知道军人的光荣是为国献身，只要我们还有一口气在，就绝不容许日寇从这里通过！"

当郭建臣将巡视的情况如实地报告给安恩溥师长时，安恩溥才听到一半，头发根嗖地就竖了起来，泪水也一下子就盈满了眼眶。他就这么眼含热泪目不转睛地望着郭建臣，一句话都说不出。当泪水像断了线的珠子，扑簌簌地滑落脸颊时，安恩溥转过身，直接要通了第60军军部的电话。

"军长，1079团危在旦夕，再打下去，就要灭门绝户了。军长，就留些人作这团的种吧！"安恩溥哀求道。

电话里什么声音也没有。

卢汉什么话都没说。

安恩溥心里明白，他这是在给军长出难题。

是，安恩溥确实是给军长卢汉出了一个难题。

带兵之人历来讲究“举千人之所爱，则得千人之心”。带兵贵在爱兵，爱兵愈深，带兵愈亲。只有真诚爱兵，才能赢得兵心，带好部队。好多士兵，出征前还是乳臭未干围在父母膝下团团乱转的毛小伙，是民族大义将他们聚到一杆旗下，让他们成为一名英勇不屈的战士，与他卢汉一道冲锋陷阵赴汤蹈火。卢汉怎么可能忍心眼看着他们一个个视死如归、取义成仁！

然战场就是战场。

明代著名科学家、政治家徐光启曾在《疏辩》中讲过：“在法，初逃者从重捆打，再逃则斩矣；临阵脱逃，初次即斩矣，亦求危其怨乎。”眼下，双方鏖战正酣，每一个阵地都是炮火连天，每一个士兵都在浴血奋战。一个萝卜一个坑，一个士兵一堵墙。把哪支部队撤下来，都无异于釜底抽薪，都有可能使千里之堤毁于蚁穴。

第 60 军出征前，云南省主席龙云曾亲向卢汉口授密令：“不惜牺牲，图立大功！”而且，刚过运河时自己就给特务营发布过命令：“把机关枪架到河岸上去，谁想当逃兵，让他先问问我的机枪答应不答应！”命令还没落地，自己已然朝令夕改，自食其言，此事若是流传开去，军令还有何权威而言，还谈何令行禁止，还谈何军令如山？

但是，那就可以不问战士们的生死吗？不错，军人的任务就是歼灭敌人，夺取胜利。战士们可以死，但不是用来死的。无论是谁，都无权拿战士的不怕死作为借口，让战士们白白送死！

一个将军，一个好的将军，他的责任并不仅仅是指挥士兵在战场上歼灭敌人夺取胜利，他还有一个很重要很重要的任务，就是让战士们活着回家！不是有这样一句话吗：敢死的士兵一定是个好兵，而想活的将军才称得上是个好将军！

想到此，卢汉眼中一亮，眉头顿时舒展开来，但语气依旧十分低沉，说：“好吧，趁着夜色，叫他们撤下来吧！”

钟光汉就是在这时接到的指令。

按照命令，钟光汉率1079团随第182师集体撤退，到湖山集结。

此役，第182师可谓损兵折将。虽没致全军覆没，可是全师连同派出勤务归来和自行逃回的官兵全加在一起，只剩下不到500人了。同样，日本军也是大败亏输，除去被抢运走的尸体外，遗弃的尸首从蒲汪村里一直排到了村外。

这一天，遭遇不测的还有183师杨子华营。

踏着黎明前的静寂，杨子华率全营官兵威风八面地走进了一座荒无人烟的村庄，这时，就听见惊天动地的枪炮声和声嘶力竭的喊杀声阵阵传来，不绝于耳。

杨子华立住脚，向着声音的方向远远望去。

他一站住，整个队伍就都住了脚。

风像刀子一样刮在杨子华的脸上。虽说已是春天了，但凝重的空气中，还依然弥漫着残枝败叶的潮湿气息，杨子华的脸上沾满了晨露凝聚的水珠。他盯着烟波浩渺的水天处看了一会儿，除了薄薄的雾气和死气沉沉的屋顶，他什么都看不见。

“一定是先头部队跟小鬼子接上了火。”杨子华喝道，“副营长，我们的先头部队已经跟鬼子交了火，命令部队立刻做好战斗准备！”

“各连注意了，小鬼子马上就要打过来了，情况紧急，我们根本就来不及构筑工事，好在鬼子目前还没有发现我们，我们仍有机会隐蔽迎敌。各连就地取材，利用房屋作依托，迅速占据有利地形，等待时机，给狗日的一个迎头痛击！”

副营长扯着嗓子吼道。

士兵们立刻风流云散，弩箭离弦般地掩藏起来，虎视眈眈地紧盯着前方。

此时的天际，已微露出蛋白，云彩赶集似的聚拢在天边，像是浸了血，显出淡淡的红色。

十分钟过去了，风平浪静。

半小时过去了，还是海晏河清。

一小时过去了，依旧是相安无事。

士兵们不禁有些急躁起来。

“他娘的，小鬼子到底还来不来？这不是折腾我们吗？”

“就是，来不来说句话啊，大爷我的肚子早就饿得咕咕直叫了。”

“别说，你这一说肚子咕咕叫，我还真是觉得饿了。”

司务长悄悄地爬到杨子华的身边，望着杨子华的脸，小心翼翼道：“营长，常言说，人是铁，饭是钢，一顿不吃饿得慌。中国民间也素有‘粗茶淡饭，吃出铁汉’的民谚。这些俗话、俚语无一不是在强调，一个人即使你有着钢铁般的坚强意志，也要有饭食管饱，不然就会饿得心发窘，意志也就不那么坚毅了。”

杨子华把眼一瞪，说：“大敌当前，你还有心思在这儿绕圈子？想说啥直来直去，别跟我说俗话俗语。”

“嘿嘿，”司务长尴尬地笑道，“我的意思是……咱们还是昨天下午出发前吃的饭，到现在都已经过去整整一个对时了。大家伙日行千里夜行八百的，那点儿饭哪能撑得到现在啊？没听见都在叫唤着饿呢。你看，这天都亮了，估摸着小鬼子一时半晌地也到不了咱这块儿，我还是做点儿饭给大伙充充饥吧！”

杨子华直起身，走出掩体，吸了一口气，说：“天亮了就天下太平了？日出扶桑一丈高，人间万事细如毛；野夫怒见不平处，磨损胸中万古刀。这一天才刚开始，日本人正磨刀霍霍等着我们呢！”

“营长还不了解我吗？咱干活那个干净麻利快，三下五除二，不会耽误事的。”

一连长使劲儿吞了口口水，看着杨子华，说：“营长，就让他做点个吃的吧，弟兄们确确实实都饿了。”

杨子华环视众人，一个个全都眼巴眼望地看着自己。不用问，他们肯定是赞同司务长的意见的。

杨子华叹了口气，说：“我不是不让你们吃饭。和生命相比，一顿饭不吃没这么重要。”

司务长又笑了：“一顿饭是不重要，可要是连着几顿饭不吃这就重要了。”

杨子华迟疑地看了司务长一阵，转身走进掩体。他的声音过了好一会儿才传出来，显得那么无力与沙哑。杨子华说："抓紧做，做好以后直接送到战士手里。任何人不准离开掩体。"

"好勒。"司务长屁颠屁颠地跑着走了。

"华馆春风起，高城烟雾开。"不一会儿，一家农户的烟囱里就飘起了袅袅炊烟，摇曳的烟雾把饭香直接送到了滇军士兵们的鼻孔眼里。士兵们贪婪地吮吸着。

就在所有士兵都在饶有兴味地盯着缭绕的炊烟浮想联翩时，这股像少女的腰肢一般柔软的炊烟也毫不留情地向他们伸出了妖娆的死亡召唤之手——这一带的地形早已被日军炮兵标好了射击诸元，就等着他们自己送上门来了。浩渺的烟雾正好为小鬼子提供了攻击的目标。

日军小队长一阵狂喜，"开炮！"

登时，滇军阵地硝烟滚滚，炮火纷飞。一发发炮弹带着啸声落在村子里，把村子里的角角落落都轰了个遍。炮击过后，阵地上只剩下土墙、屋顶、碎石、瓦砾和士兵们的身子、四肢、头颅……整个营700多名士兵全部葬身于日军的炮火之中。

后续部队在打扫战场时，无不瞠目结舌、惊愕失色。整个过程完完全全是在吞声忍泪的状态下完成的。

因为，整个阵地上没有一具尸体是完整的。

多少年过后，一到晚上，人们还依稀能够听到悲戚的呜咽声在这片土地上随风飘荡。老人们说，这是60军将士们阴魂未散。

出师未捷身先死，官兵们走得心有不甘啊！

的确，作为抗日的远征军，这些年轻的官兵，可是怀揣着抗日救国的理想和一腔沸腾的热血，身着黄色棉布军装，小腿上打着绑腿，穿着云南特有的尖口连袢布鞋，肩扛步机和轻、重机枪，马拉大炮，翻山越岭，长途跋涉，千里迢迢，英姿勃勃地挺进到台儿庄的。可是，还没有向日本人放过一枪，就牺牲了。有的士兵，直到死时，枪还背在身上。

这未免也太憋屈、太窝囊了。

换谁，谁会心甘情愿呢？

第三章 惨无人性的战敌

尹国华不知道，潘朔端不知道，就连第60军军长卢汉都不知道，三天前，就在60军长途跋涉昼夜兼程往徐州奔走迁徙的时候，五圣堂正在遭受着一场史无前例令人发指的血洗。一队日军在军官池田大佐的指挥下，踏着台儿庄战役隆隆的枪炮声，杀气腾腾地闯进了五圣堂村。

村庄早已没有了往日的宁静，取而代之的是满目的疮痍和毫无生气的哀号。战争只留下了鲜血、落寞、毁于一旦的家园和永远无法弥补的伤痛。

村长王保久恭恭敬敬地站在村口拱手相迎。

春风像秋风一样地吹着，树枝被狠命地摇曳着，发出“咯咯吧吧”的响声。王保久蓬头垢面，身上那件单薄的棉衣好像从来没洗过一样，磨得油光锃亮的。他的手里举了个小旗子，讨好地望着池田大佐的眼睛，不住声地念叨着：“欢迎，欢迎，欢迎大日本皇军莅临我们这穷乡僻壤。”

池田大佐鄙夷地瞅了王保久一眼，问：“这个人，什么的干活？”

日军小队长山木指着王保久向池田大佐介绍说：“这位是五圣堂村的村长，王村长王保久。王村长对我们大日本皇军绝绝对对是百分之百地竭诚尽节、忠心耿耿。”

“竭诚尽节？忠心耿耿？还百分之百？”

池田大佐不以为意地瞥了山木一眼，随即将目光转向墙上张贴着的花花绿绿的抗日标语和漫画，上面写道：“扫荡倭寇——好铁要打钉，好男要当兵！”“要种族不灭，惟抗战到底！”

“言过其实了吧？”池田大佐不咸不淡地道。

山木追随着池田大佐的目光，小心翼翼地瞄了一眼标语，说：“是的，池田大佐。卑职对他进行过考查，卑职安排给他的每一项事务，他都能做到不负众望。”

池田大佐摇摇头，不屑一顾，“山木君，你还年轻，初出茅庐，少经世故，看人的不行。马上我就证实给你看，什么是披肝沥胆，什么是尔虞我诈。”

“是，卑职谨听池田大佐教诲。”山木毕恭毕敬。

池田大佐歪过头，居高临下地乜视着王保久，说：“王村长，你的为什么要拥戴我们大日本皇军？”

王保久想了想，磕磕巴巴道：“大日本帝国，不仅文化上先进，经济上强大，而且其人……民诚心坚定。作为友善邻邦，你们正在用其、用其……用其辉煌的文化来、来指导我们、指导我们辽阔国土的建设。由于你们的参与，我们两个大东亚的人民将走向共同繁荣。”

池田大佐一眼就看出了这不是王保久的真心话，而且，以王保久的身份，他压根就讲不出这样的话来。肯定是有人教好的。

池田大佐循着自己的思路道：“你的，说得十分正确。自从中国成为苏俄英法美的走狗，东亚兄弟便陷入了令人扼腕、两败俱伤的冲突中。中日两国，唇齿相依，在危难时期要互帮互助。”说完，话锋一转，突然问道：“你的住在什么地方干活？”

池田大佐面色黢黑，鼻梁上架了一副墨镜，王保久看不清他的表情，只看见他的军刀上暗红的刀绪随风翻卷。王保久用手一指，做小伏低道：“报告皇军，你看，就在前头，门前有棵老杨树的那栋房子，就是小的的家。”

池田大佐点点头，“好，你的前面的带路，我们先到你家去看看。”

王保久不敢违命，乖乖地在前带路。

一行人浩浩荡荡向王保久家奔去。乡亲们不知鬼子整的是什么把戏，一个个胆战心惊地隔着门缝向外偷窥。

王保久白发苍苍、穿得破破烂烂的父母战战兢兢地迎在门口。

“报告皇军，我的家到了，这二老是我的爹娘。”

池田大佐漫不经心地打量了王保久父母一番，点点头，倒背着手，左顾右盼地在院里走了一圈，说：“王村长，在大日本皇军和国民党、共产党之间，你最忠于哪一方？”

“这还用问吗？当然是大日本皇军。”王保久满脸堆笑。

池田大佐一指王保久的父母，说：“那在大日本皇军和他们之间呢？”

王保久一怔，犹豫不决道：“那……当然也是大日本皇军。”

“这都是你说的，”池田大佐凶神恶煞般地盯着王保久，“我不希望看到你反悔。”

“绝不反悔，绝不反悔！”王保久被池田大佐眼里的杀气盯得后背一阵阵发凉。

“吆西，吆西。”池田大佐原地转了一圈，手又指向王保久的父母，凶相毕露，“如果——我说如果，如果大日本皇军命令你杀了他们，你会怎样？是刀下留人呢，还是执令如山？”

王保久没想到狼心狗肺的池田大佐会提出这样一个令他左右为难的问题，一时间怔住了。

其实，这个问题并不艰难，池田大佐甚至无须明知故问。王保久是绝不可能为了执行与自己有着不共戴天之仇的狗日的日本人的一个荒唐的指令去杀害生他养他的父母的。王保久之所以犹豫不决，是因为他已经预见了违令的后果，那就是他自己的生命已经岌岌可危。死不足惜。王保久不怕死，以死惧之对他来说是没有任何意义的。如果他的死能保爹娘平平安安，他会毫不犹豫地去慷慨赴死。可是，他死了，豺狼成性的日本人就会放过他的爹娘了吗？不会的，这些杀人不眨眼的强盗仍然不会放过自己的爹娘。

王保久眼下最大的心愿，就是怎样能让这个不可一世的家伙改变成命。

池田大佐却不知道，这一刻，王保久动了这么多的心眼。

池田大佐突然将脸一转，喝道：“大岛雄一。”

一名日本士兵上前一步：“到。”

“你热爱大日本帝国天皇陛下吗？”

“卑职誓死效忠大日本帝国天皇陛下！”

池田大佐利落地从山木身上拔出他的军刀，信手摔到大岛雄一的面前，冷冷地说：“大日本帝国天皇陛下检验你的忠心的时候到了。如果你真心热爱大日本帝国天皇陛下，那么，就请你毫不犹豫地捡起地上的屠刀切腹谢罪；如果你对大日本帝国天皇陛下的热爱并非发自内心，仅仅是说说而已，你尽可以把屠刀刺在在场的任何一个人身上。当然，也包括我。我以大日本帝国天皇陛下之名起誓，不论你杀了谁，都是他死有余辜。大日本皇军绝不追究你任何责任。何去何从，完全由你自己做主。”

池田大佐话没落音，大岛雄一早已扑通一声跪在了地上，手持军刀将腹部割开，然后用刀尖挑出内脏扔向池田大佐。鲜血从刀口“扑哧”蹿了出来，溅了池田大佐、山木和王保久等人一脸一身。

王保久的父母更是吓得色若死灰。

对池田大佐这种杀人不眨眼的做法，山木从心里不认同——

来中国前，整个日本，从上到下，没有人认为这是一场侵略战争，他所看到、听到的，是众口一词地认为这是一场正确的战争，且一定会取得胜利。所以，山木从没有认真考虑过，中日战争到底是一场什么性质的战争。不是山木缺乏思考这一问题的能力，是因为他受到的就是这种不允许思考的教育。他不能思考、不应该思考或者说不允许思考批判政府的事。他只知道，参军入伍是一件很荣耀的事情，父母如果不把儿子送去军队，儿子如果畏缩不前，就会被认为是“国贼”，是会遭到周围人唾弃的。

在这世人一派“皆醉”之时，唯有他的外公伊藤是“独醒”的——这是三木来中国后，目睹日本军人的种种凶狠残暴后得出的结论。而当时，三木并不知道，虽然各方都在为侵略中国所取得的赫赫战果一片叫好，但日本国内已经出现了“战争扩大派”和“不扩大派”之间的激烈纷争——

“战争扩大派”认为，经过华东与华北的一系列作战，中国的军力和工业能力已接近崩溃，中国军队已经不堪一击。只需稍稍派出几个联队，对中国战场再进行一次全面扫荡，即可占领中国大部。到那时，中国就只剩下投降这一条道了。

而以宇垣一成外相为首包括伊藤在内的“不扩大派”则认为，日本已经攻占了中国的东北全境和华北大部地区，同时控制了中国的要害地区沪宁杭，中国最为精华的地区与战略重镇都在日军手里，日本已经获得了巨大的利益。虽然眼下英美等西方国家出于自身利益，对日本采取了事不关已高高挂起的绥靖政策，但国际时局终有变化之时，谁知哪一天，他们头脑一热，枪口一转，将矛头直接指向日本。真要到了那一天，日本就被动了。最为稳妥的做法就是适可而止，至少是按兵不动，等待中国自己垮掉。

但“不扩大派”们也仅仅是说说而已。日本陆军历来都是日本政治的主宰者，傲慢而强硬的陆军将领们坚信，武力能够实现大日本帝国所期待的一切。

行前，公孙俩曾经有过一段对话：

那天，心随所愿的山木正眉开眼笑地在自己房间里整理行囊，伊藤郁郁寡欢地走了进来。

“明天就要走？”

“是的外公，明天天一亮就出发。”

“唔。”伊藤未动声色，忧心忡忡地看了少不更事的山木一眼，又问，“你都做好准备了？”

山木手舞足蹈，“是的，此时此刻，我恨不得立刻就现身中国，一马当先不遗余力地横扫并占领战火熊熊的支那战场！”

“荒唐！”伊藤怒形于色，一拳砸到了桌面上，“把军力集中投到一个泱泱大国去，还不见好就收，一味扩张，迟早日本要像拿破仑在西班牙那样，在中国陷入泥沼。在中国，任你有多少部队撒上去，用不了多久都会被慢慢放干血。这个过程，早晚会让日本变成一个外强中干的壳。不信，你可以走着瞧！”

伊藤说的这个战例，山木是知道的——

作为受到无数后人追捧的伟大战略家和军事家，身为欧洲四大军神之一的拿破仑（其余三位分别是恺撒、汉尼拔和亚历山大）留下了无数震烁欧陆的皇皇战功。率军攻打西班牙时，从北线一路长驱直入，打到加泰罗尼亚地区时，被善用游击战法的西班牙民兵挡住了前进的道路。法国数十万精锐部队陷在西班牙游击战的泥潭里不能自拔，拿破仑被迫逐次投入兵力。尽管拿破仑在不断地鼓舞和激励士兵：“来吧！让我们并肩战斗！胜利属于你们！荣誉属于你们！高举起大鹰旗帜，去争取我们的自由和幸福吧！”然他已无后备兵力，法军实在难以抵御，最终全线崩溃。拿破仑在流放期间回忆说，西班牙战争就像一个“不断流血的溃疡”。

然此一时彼一时，日本天皇也不是拿破仑。

“外公未免有些庸人自扰了。”山木不以为然地笑了笑，说，“支那战争的赫赫战果已经再一次证明了，帝国军队是当今世界独一无二的军队，百战百胜，所向披靡，非拿破仑军队所能比。只要对中国人‘作决定性地’一击，就可以轻而易举地瓦解他们的抵抗。再说了，中国半壁江山都已掌握在帝国手中，焉有半途而废之理？”

伊藤笑了，略含讥讽道：“早在战争初期，参谋本部支那课课长永津佐比重就曾口出狂言：只要帝国派军队拿下北平，其余地方就会不战而降。事实是怎样呢？北平拿下了、天津拿下了，连南京都拿下了，中国军队仍在顽强抵抗，支那课所期冀的‘速决战’依然遥遥无期。”

“正是他们的负隅顽抗激怒了帝国，帝国已经忍无可忍，以致不得已而采取坚决措施，惩罚支那军的暴行。陆军部说，以我们公正光明的态度而实行的和平，只能通过这种巨大胜利才能达到。所以，这次对支那，要打得让它十年也站不起来，从而促使南京政府迷途知返。”

“陆军部犯的最大的错误，就是把四亿中国人当成了埃塞俄比亚的野蛮人。只要中国人还保有一寸土地，他们就将继续抵抗我们。自满洲事变以来，中国人已经从死亡边缘苏醒过来了。中国人已经睁开了眼睛，可日本人现在却在打瞌睡。”

山木莫名其妙地看着外公，“我很不理解，为何举国上下都在为我们在支那战场上的旗开得胜、捷报频传而欢欣鼓舞，独独外公心灰意懒、愁眉不展？外公是在怀疑这场战争还是怀疑天皇陛下？”

“外公从未怀疑过大日本天皇陛下！”提起天皇，伊藤肃然起敬。“天皇是一个活着的神，是天照大神的后代，是爱好和平的陛下，是一位自由主义者。天皇陛下一直反对战争，也不允许他的子民陷入战争。这场战争完全是在天皇不知情或未批准的情况下发动的。”

“外公所言差矣。日本不仅仅是一个国家，它还是道德和正义的化身。它的战争自然也是公正的，永不会侵略。我们之所以采用‘深怀慈悲的杀害’手段，其目的都是为了在中国建立‘皇道’。为了大多数人的生存，杀掉少数有问题的人，使那里的人们处于天皇仁慈的占领下，这是被占领民众的幸事，绝不是殖民地扩张。从形式上讲，没有‘战争’，只是一个‘事变’。”

伊藤摇摇头，“中国有句古语：恃国家之大，矜人民之众，欲见威于敌者，谓之骄兵，兵骄者灭。”说完，看也不看山木一眼，扬长而去。

当时，山木只觉得外公是受了“不扩大派”的蛊惑，一时是非不分。然而，来到中国以后，战场上的血与火的经历，特别是日本军队杀人如麻的种种暴行，完全改变了他对这场战争的认识。

就在所有人都还恍若置身梦中的时候，池田大佐已经眼疾手快捡起了山木的军刀。池田大佐毫不在意地瞥了大岛雄一一眼，毫无感情色彩地道：“安息吧，雄一君。为了天皇的名誉而献身，伟大而光荣！”

池田大佐用他雪白的手套，来来回回，仔仔细细地擦拭着军刀，一抬手，变戏法儿似的将它架到了王保久的脖子上。看到王保久变白的脸色，池田大佐心满意足地笑了。说：“王村长，就在一分钟之前，我大日本皇军最优秀的士兵大岛雄一用他最珍贵的生命做了一个效忠天皇的证明，现在，轮到你了。你刚刚不是说，在大日本皇军和你父母之间，你最忠心于皇军吗？”王保久寒毛卓竖。“你面前有两个选择：效忠父母，你就把刀插到山木君的腹上；效忠大日本皇军，就把刀插到你父亲或母亲的腹上。”

山木闻听，不由自主地后退了两步。

池田大佐不满意地瞪了山木一眼，然后，手指着王保久的父母，说：“你要都不选，就是你死。你死了，他们还是活不成。你自己抉择吧。”

王保久接过军刀，不知所措地捧在手里，祈求般地瞅着池田大佐，语无伦次：“太太太君，太君！干吗非要这样选呢太君？咱们能不能换一个法子呢太君？”

“你只有五秒钟思考时间。”池田大佐睬都不睬。他转过身，背对着王保久，边往前走，边在口中念道：“五——四——三……”

时间紧急，根本容不得王保久细细思量。王保久急眼了，大吼着：“龟孙小日本，你他娘的欺人太甚了，老子先送你去见阎王！”同时，发了疯似的举刀朝池田大佐砍去。

池田大佐命悬一线。

山木的心提到了嗓子眼。

王保久的父母更是瞪直了眼睛。

池田大佐显然早有防备。

池田大佐果断地转回身，同时，他的手里多了一把枪。

这时，就听得“啪”的一声脆响，池田大佐手里的枪，响了。王保久的腿上顿时多了一个血窟窿。王保久哀嚎一声，跪倒在地。王保久咬着牙，一转身，坐到了地上。

王保久的父母大叫着想冲向王保久，但都被明晃晃的刺刀拦住了。

池田大佐手指着王保久，乜斜着山木，斥责道：“这就是你所说的竭诚尽节、忠心耿耿？山木君，擦亮你的眼睛吧，再不要被两面三刀的支那人蒙蔽了。否则，我们的大东亚共荣圈何年何月才能实现？”

山木低下了头。

“狡猾的王村长，我们差一点点就要被你的奸险欺骗了。”池田大佐目不转睛地紧盯着王保久。

王保久疼得龇牙咧嘴的，破口大骂道：“去你娘的！开枪吧，给老子来点痛快的！”

池田大佐摇摇头，用嘴努了努王保久的父母，“你太着急了，大戏还没有落幕，你怎么可以先死呢？那儿不是还有你的两位亲人吗？你走了，他们该多么孤单？怎么也得让你们结伴而行吧。”

王保久没想到日本人会来这一招，他一下子蒙了。少顷，转回身，重又跪在地上，哀求道：“皇军开恩，皇军开恩，求求你放过两位老人吧！”

“你们中国有则寓言，说有一个农夫干完活，看见一条蛇冻僵了，觉得它很可怜，就把它拾起来，小心翼翼地揣进怀里，用身体温暖着它。可蛇却恩将仇报，反咬了农夫一口。农夫临死之前说：我竟然去救可怜的毒蛇，就应该受到这种报应啊！是你们中国人教会了我，做人一定要分清善恶，只能把援助之手伸向善良的人，对恶人千万不能手下留情！”

王保久绝望了，垂死挣扎道：“你敢对两位老人下手，到阴曹地府我都不会放过你！”

“阴曹地府？你不觉得你说得太远了吗？阴曹地府的事情，到了阴曹地府再说，我先把今天的事情办完。”说完，缓缓走到王保久的父母跟前，歪过头，对着所有在场的日本士兵道，“你们也都有半年没接触过女人了吧？这个老女人，如果你们不嫌老、不嫌丑、不嫌脏，我就把她发给你们享用了。”

王保久的父亲闻听此言，扬声恶骂：“狗日的日本人，你们丧尽天良……”

池田大佐冷冷一笑，“我还没有说到你，你已经是迫不及待了。弟兄们及时行乐，你就别在这碍手碍脚了。”

说完，“啪”的又一声枪响，王父应声倒地。王父瞪着王保久，嘴唇翕动着，仿佛在斥责他：龟儿子，你这是在引狼入室啊！

王母大惊失色地叫了一声：“老头——”扑倒在王父身上。

王保久怒不可遏地叫骂道：“日本人，你个狗杂种！日本人，你个狗杂种！”同时，强忍着疼痛，一点一点地挪到一名日本士兵跟前，抱着大腿，狠狠地咬下去。

“啊——”日本人猝不及防，忍不住一声痛呼。

一名日本士兵见状，一枪托将王保久砸倒在地，王保久痛心彻骨地惨叫了一声。

在王保久的瞋目裂眦下，在日本兵狂呼乱叫中，风烛残年的王母被拖到了院子中间，被扯去了衣服……

池田大佐哈哈大笑，“王村长，你都看见了吧？这就是跟大日本皇军阳奉阴违、离心离德的下场。看完了，你也该陪你的老父亲去了！”

池田大佐不慌不忙地捡起横在地上的闪闪发光的军刀，在早已被鲜血染得通红的手套上，来来回回地擦，突然手腕一翻，削铁如泥的军刀准确无误地插在了王保久的心窝上。

王保久甚至没来得及惨叫一声，便一命呜呼。

池田大佐的牙齿咬得“咯咯”作响，眼里闪着一股无法遏制的怒火，好似一头被激怒的狮子。“山木君，今天的事情你都看到了吧，支那人非我族类，永远都不会跟我们大日本皇军一条心。对付他们，只有一个法子，那就是烧光、杀光、抢光！放下佛心，大开杀戒吧，杀死一个支那人，你就少了一个对手。否则，你的小队长就做到老死吧！”

“是！”山木小声答道。他的眼神像落日一样苍茫而深远，看上去显得心事重重。

池田大佐瞪了麻木不仁的山木一眼，“那还不赶快去执行？”

山木面无表情地转过脸，赌气地喝道：“没有听见大佐的命令吗？立刻执行！”

“是。”一队士兵旋风般呼啸而去。

霎时，五圣堂村火光四起，烽烟滚滚，弹如飞蝗，哭声连天……成片成片的房屋在熊熊燃烧的烈火中化为灰烬。每个人都被笼罩在前途未卜的浓浓烟雾里。这个烟雾，只有将日本鬼子赶出中国，才会消散。

一名六七岁的男孩跌跌撞撞地从火海中跑出来，还没辨明方向，就被两名日本兵架着腿架着胳膊重又扔回火海之中。

一名长相俊秀的女人怀里抱着一个正在牙牙学语的孩子，刚刚慌慌张张地从一座院墙里翻出来，顶头碰见一群正嘻嘻哈哈追赶牛羊的鬼子，女人的脸立马就白了，胆战心惊地站在墙边，望着鬼子畏缩不前。日本兵悄悄地咽了口口水，蜂拥而上，将女人按到了地上……

一名身强力壮的青年仗着自己有拔山举鼎之力，没命地向村外狂奔，一名日本兵不慌不忙地举起手里的步枪，“啪嗒”一声，青年颓然倒地。日本兵哈哈大笑：“我就不信，你的两条腿能跑过我的子弹！”

在发生这一切的同时，全村老少都已在荷枪实弹的日本兵的驱赶下，惊恐不安地围在了王保久家门前的那棵老杨树下。

池田大佐在人群中走了个来回，突然停住了，对着一名日本兵挥了一下手，日本兵连忙颠过来，屁股一收，膝一磕，把腰猫下，对着池田大佐的嘴摆好了耳朵。池田叽咕了几句什么，立刻，男人和女人被分成了两个阵容。乡亲们这才搞明白日本人的真实意图，人群中霎时爆发出一阵阵呼天抢地的哀嚎声和女人们万念俱灰的尖叫声……

强奸的大规模上演，不仅仅是男性性饥渴的释放，而是一种征服的象征，更是一种羞辱的行为。日本兵强奸的是中国女人的身体，羞辱的却是中国男人，这证明了他们在各方面都没有能力。

德国驻南京的外交代表在给德国政府的电报中这样说：犯罪的不是这个日本人或那个日本人，这是整个陆军本身的残暴行为，他们是兽类的集团，是一架正在开动的野兽的机器。

眼见自己的女人被行如禽兽的日本士兵粗暴地扒光了衣服，粗暴地按在了地上，有几个男人忍无可忍，互相使了使眼色，意思很明白：怎么样？跟他们拼了吧？这样的眼神，交换了不知有千遍还是万遍，然而，直到日寇兽行结束，也没有付诸行动。缘由很简单，没有人心甘情愿地第一个挺身而出。大家心里都明白，十几挺机枪正虎视眈眈地对着他们，还有手枪、洋刀……毫无疑问，谁冲出去都是一死。

看着那些愁眉苦脸却只能仰天长叹的男人，池田大佐忍不住哈哈大笑。他指着墙上的标语，说："你们不是叫嚣'军民合作，驱逐日寇'吗？哼，我今天先灭了你的民，明天再灭你的军。看你们拿什么驱逐日寇！"

而山木却悄悄转过脸，哭了。

当晚，当所有士兵都呼呼大睡的时候，山木悄无声息地爬起身，走到一张瘸了一条腿的八仙桌跟前，就着火光如豆的油灯，工工整整地记录下了洗劫五圣堂村的整个经过。他要把这段经过带回日本去，告诉外公、告诉宇垣一成外相、告诉日本天皇、告诉日本民众、告诉全世界所有人，这不是一场"圣战"。这是一场战争，是一场侵略战争！

"如果你没法阻止战争，那你就把战争的真相告诉世界。"

山木所能做的，也就只有这些了。

若干年后，山木偶然读到了法国思想家孟德斯鸠的一篇文章，孟德斯鸠说："日本人的性格是非常变态的。在欧洲人看来，日本是一个血腥变态、嗜杀成性的民族。日本人顽固不化、任性作为、刚愎自用、愚昧无知，对上级奴颜婢膝，对下级凶狠残暴。日本人动不动就杀人，动不动就自杀。不把自己的生命放在心上，更不把别人的生命放在心上。所以，日本充满了混乱和仇杀。"

山木的眼前，如放电影般立刻浮现出了五圣堂村的景象。他的眼眶中突然掉下一串泪珠，潮湿地划过脸颊，在干燥的皮肤上留下了一道曲折的线。

第四章　所向披靡的战旅

尹国华与日军不期而遇发生激战时，第60军军长卢汉率领的军直属队伍刚刚渡过古运河。

“尽道隋亡为此河，至今千里赖通波。若无水殿龙舟事，共禹论功不较多。”

大运河是祖先们用几百年的时间创造出来的人间奇迹。中国历代多定都北方，然官俸军饷却仰给于江南，大运河北通涿郡之渔商，南运江都之转输。所以，说大运河是国家的“生命线”，一点都不过分。

卢汉器宇轩昂地伫立在波澜壮阔的古运河岸，极目远眺。只见柳暗花遮云雾迷蒙，白茫茫的一片，让人分不清是水还是天。正可谓：雾锁山头山锁雾，天连水尾水连天。

卢汉蹲下身，望着波光粼粼清澈见底的河水，不免心生感慨：巍巍华夏，地大物博，恐怕只有这古运河水清如镜了！卢汉将袖子往上绾绾，伸出手，想掬一捧水洗一洗他那张黑眉乌嘴面目全非的脸庞。手刚刚伸进钻心刺骨的水里，就听见东北方向炮火连天，声震云霄。

卢汉呼地站起身来，脸上的汗水一片油亮。他一把从警卫员手中抢过望远镜，蹙紧眉头向远方望去。

天色就是在他目不转睛的凝视中透亮起来的。

遗憾的是，战场太远，只能看见一颗颗的炮弹连绵不断地在远处的那个眼下还不知名的村落上空炸响。炮声中，一幢幢茅屋的屋顶被掀掉了，一棵棵树木的枝桠被削去了。烽烟滚滚，火光冲天。凭着听到的声音判断，又是重机枪，又是轻机枪，又是掷弹筒，又是三八大盖，又是重炮，又是坦克，卢汉猜想，一定是遇到了鬼子的主力部队。

“参谋长，赶紧了解下是哪支部队遭遇了敌军。”卢汉目不转睛地盯着枪炮齐鸣的远方。每响一声炮或是响一声枪，他的心就会紧揪一阵子，仿佛那枪林弹雨全都打进了他的胸膛。

“是。”

参谋长赵锦至话没落音，一名通信兵气喘吁吁风尘仆仆赶至。

赵锦至问明情况向一直目视着远方的卢汉道：“军长，第183师师长高荫槐派人来报，该师先头部队到达陈瓦房、邢家楼、五圣堂一带时与日军遭遇，双方已经接火。”

卢汉转过脸。他的目光像一块碎裂的冰，尖锐而寒冷。

卢汉看了惊魂未定的通讯员一眼，说：“传令给高荫槐：迅速展开，抢占要点，坚决抵抗！”

“是！”通讯员答应一声，转身离去。

“参谋长，通知部队停止前进，就地建立军指挥所。通信营要立刻架设全军通信网，通知182和184两个师抓紧构筑工事，作好战斗准备，迎击来犯之敌。”

这时，卢汉还丝毫不知汤恩伯部已向大良壁东南溃退，其左翼陈养治部也已退到岔河镇附近；于学忠部右翼第327旅更是早已退至台儿庄水陶沟桥、浪沧庙附近。由于两翼友军不顾大局地左右后撤，原本固若金汤的防线，瞬间形成了一个大缺口，给了敌人乘隙而入的机会。日军以步兵约两个联队四五千人、炮三十余门、坦克二十余辆的阵容联合扩大夹破口南犯，与第183师会于陈瓦房、邢家楼、五圣堂之线。

卢汉站在运河岸边的一个高坡上，手举望远镜目不转睛地注视着战场上的一举一动，士兵们都很勇敢，也知道就地利用地形地物和日军展开激烈的战斗。这让他很满意。但也有不少士兵在日军突如其来的进攻中显得很惊慌，他们胡乱射击之后就往后退缩，有的慌里慌张中就被日军的子弹击中而毙命。

卢汉原名邦汉，字永衡，1895年出生于云南省昭通市炎山乡中寨的一个彝族奴隶主等级的吉狄家族。虽然出生于奴隶主家庭，但整个幼年时期大都在田间地头度过。稍长，与后来官至云南省国民政府主席的表兄龙云一道，被送至昭通城内读书。此间，与龙云、邹若衡一道拜江湖术士马得胜为师，学得了一手好拳法，三人并称“昭通三剑客”。

1911 年 6 月，四川各地纷纷组织保路同志会，反抗清廷出卖筑路主权，史称“保路运动”。云南永善人魏焕章在川南组织了一支队伍，自任统领，欲攻打清朝四川总督赵尔丰。卢汉遂跟随龙云投入魏焕章部。辛亥革命后，云南都督蔡锷决定派兵支援尚未起义的四川，滇军援川军第一梯团长（相当于旅长）谢汝翼，奉命率部经昭通入川至叙府（今宜宾市）。龙云、卢汉得知滇军来到，遂一同投奔谢汝翼梯团。谢汝翼得知他们是云南人，热烈欢迎他们参加滇军。卢汉从此与滇军结下了不解之缘。

1912 年，中华民国成立，卢汉以准尉级军衔被保送至云南陆军讲武堂第四期步兵科学习，龙云则去了骑兵科。云南讲武堂是近代中国滇军的摇篮。虽然清政府创办的目的是培养一支新式的武装力量，以挽救摇摇欲坠的封建王朝统治，但事与愿违，它恰恰在推翻中国千年封建专制政体、创建中华民国中起了重要作用。当然，也造就了一批大大小小的官僚。卢汉毕业后被委任为少尉见习排长，后升任连长、副营长等职。龙云统治云南后，卢汉扶摇直上，成了龙云的可靠助手和事实上的云南第二把手。

史家有种说法，叫作“天下未乱蜀先乱，天下已治蜀未治”，特指魏晋南北朝时期川陕之间的混乱局面和所受荼毒。其实，这远不是四川一省所独有的历史景观，它同样适用于包括了云、贵、川的整个大西南。

1931 年，龙云提出“废师改旅”的整顿军队办法，在用人上不尊重各师长意见，受到属下师长卢汉与朱旭、张冲、张凤春等人的反对。四师长以“清君侧”为名发动兵变，龙云措手不及，以回昭通扫墓为名离开昆明。龙云走后，四位师长反而没有了主意，慌了手脚，无法善后。于是，再请回龙云当省主席。官复原职的龙云以“以下犯上”罪名将其扣押。后自气自消，将卢汉、朱旭、张冲释放。卢汉被委以全省团务督办，保留省政府委员；朱旭为省民政厅长；张冲为第七旅长兼全省盐务督办。惟张凤春痴心不改，仍然反对改编，直至抗战之初才被释放，未几即病逝。卢汉赴任后，虽未控制实际兵权，但龙云对云南军政大事还是常征询表弟的意见，省内的财政整顿，向法国、比利时等国购买武器等，均是卢汉主其事。

“七·七事变”后，华北沦陷，日寇继续向华东、华中进犯。国民政府军事委员会委员长蒋介石在江西庐山发表谈话，宣布对日抗战，并决定召开国防会议，共商出兵抗日大计。

1937年8月9日，在做了近十年的“云南王”后，云南省政府主席龙云来到国民政府首都——南京。这让包括国民政府军事委员会委员长蒋介石在内的许多人大出所料。

多少年来，国民政府组织的会议，龙云从不参加。原因很简单，就是怕被扣起来。军队系统有句话：“当官怕开会，当兵怕分散”。什么意思呢？就是当官的害怕被中央喊去开会。因为你根本就分不清，是不是“鸿门宴”，谁敢说没有可能会议还在进行之中，自己已经被杯酒释了兵权，转而做了阶下囚？“当兵怕分散”说的是部队不能分兵打游击，一分散，当兵的就跑了。因为许多兵是抓壮丁抓来的。故而地方军阀势力在对待中央指令上，历来都是阳奉阴违，“听宣不听调”。名义上听你宣讲训斥，一提调动军队，一切免谈。

龙云任云南省政府主席十年，这是首次到南京。

“出门方欲图生计，入室何来座上宾。”这一次，几乎所有的政要人物都参加了最高国防会议：“中央系”的大员们自然是当仁不让，各地的地方实力派也是积极参加。

“时局至此，非集我全民力量，作长期抗战之计，无以救危亡。一则发誓为国牺牲之愿，一则以报钧座德恩于万一。”会上，龙云主动请缨，要在边省云南组建军队开赴前线作战，“我们云南1200万民众，坚决拥护中央抗战之大计，倾全滇之精神力量，贡献民族，准备为祖国而牺牲。身为地方行政负责者，当尽以地方所有之人力财力，贡献国家，牺牲一切，奋斗到底，俾期挽救危亡。”

龙云承诺回去后即先派出一个军听候中央调遣。龙云说：“滇省原为贫瘠之区，但国事如此，誓以将政府历年所蓄及民间所有公私力量，悉数准备贡献国家。”

“好！志丹（龙云字志丹）忠贞谋国，至深赞佩。抱破釜沉舟之决心，益坚最后胜利之自信，寸地尺土，誓以血肉相撑持，积日累时，必陷穷寇于覆灭！”

闻听此言，国民政府军事委员会委员长蒋介石大吃一惊，这对于地方军阀中最擅长保存自己实力的龙云来说，委实太难得了。所以，对龙云，蒋介石一直心存芥蒂，根本就不指望他挺身而出。没曾想，国难当头之际，龙云竟变得如此深明大义。

龙云离宁时，蒋介石专程到机场送行。

礼遇之高，风头之劲，让多少人醋海翻波、惭凫企鹤。

龙云回滇后第一时间约见卢汉。

“永衡，我早就跟你说过，天生我材必有用。这不，天将降大任于斯人了！”龙云仰在沙发上，脸上挂着温和的笑容，就像一位远道而来的亲眷。

“决定与小日本开战了？”卢汉抑制住满心的激动，拉过一把椅子坐下，这才看着龙云的眼睛，问：“部队何时出发？”

龙云微笑着，“我有这样说吗？”

卢汉愣了愣，也笑了，说：“除了与小日本宣战，还有什么事会让你这般火急火燎地约见我？”

“是啊，自卢沟桥事变发生以来，平津沪等城相继沦陷，可小日本仍无止境，更肆贪黩，分兵西进，逼我首都。察其用意，无非欲挟其暴力，要我为城下之盟。日本人蛮横无理，辱我华人，至此已极。南京会议上，委员长神情怅惘，满面郁悒。我已向委员长面呈：云南将士誓与国土共存亡，不惜牺牲于抗日战争中。”龙云短暂地吐出一口气后，从身边的皮包里掏出一沓子材料塞给卢汉，“计划和意图都在这上面了，好好看看吧。这件事，就交给你了，要钱给钱，要人给人。”

“太解气了，就等着这一天了！”卢汉高兴地一拍大腿：“对一个军人而言，无论在内战中歼灭多少敌人都不值得去炫耀，因为你杀戮的都是自己的同胞。”

“说的是啊。1896年，李鸿章访问德意志，李鸿章在德意志帝国首任宰相，人称‘铁血宰相’的俾斯麦面前大谈其与太平军及捻军对决时的神勇。俾斯麦颇有意味地说道：我欧人以能敌异种者为功，自残同种以保一姓，欧人所不贵也。李鸿章闻听羞愧难当。四川省主席刘湘也说：‘过去打了多年内战，脸面上不甚光彩，今天为国效命，如何可以在后方苟安！’”

卢汉点点头，说：“整军是一件麻烦事，需要时间啊。”

龙云说得干净利落，“只有一个月的时间，只争朝夕吧。”

“一个月？这也太紧迫了吧？”卢汉惊讶得瞠目结舌。

龙云把夹在指间的雪茄掐进烟缸，说：“我倒是想着给你宽限些时日呢，可惜委员长没给我宽限啊。还有，小鬼子会给委员长宽限时日吗？”

卢汉望着踌躇满志的龙云，缓慢而坚定地说：“永衡知道该怎么做了。”

龙云不再说话，一直到卢汉起身告辞，都没再动一下嘴巴，只是用眼睛平静地注视着卢汉。

在龙云的有力支持下，卢汉仅用28天的时间，即将云南现有的六个旅及部分直属部队组建成一个军，下辖182、183、184师，计6个旅12个团。此外，军部尚有直属机关、一个直属炮兵团，全军官兵共4万余人，其中彝族将士2.4万人。包括龙云、卢汉在内，当时谁也没有想到，这支临时拼凑起来的“杂牌军”，会在日后的战场上成为一支让日本人闻风丧胆的“铁军”。

组编工作得到了云南各族人民的倾力支持。在抗击日本侵略的隆隆炮声中，中华民族实现了百年以来最为彻底的民族觉醒，也赢得了百年以来最为宝贵的集体自信，中华民族既有同自己的敌人血战到底的气概，更有自立于民族之林的能力。热血青年踊跃报名参军，士兵都是从云南各族子弟中精选征集而来的，人人健壮、气宇轩昂、剽悍骁勇、训练有素。尤为值得一提的是，连以上军官，基本都来自于云南陆军讲武堂，有着较强的作战指挥能力；排长、班长及好多老兵，大都经历过多年战火的考验，有着丰富的实战经验。

重阳节那天，新组建的第60军在昆明巫家坝举行誓师出征大会。

当龙云率第60军军长卢汉、第182师师长安思溥、第183师师长高荫槐、第184师师长张冲等人高视阔步、器宇轩昂地走上讲台时，全场顿时掌声雷动，万众高呼：

“卢军长，打！打！打！三师长，杀！杀！杀！誓灭倭寇，保卫祖国！”

鼓乐响起，3万小学生齐声高唱抗战歌《我有敌人凶似狼》：

我有敌人凶似狼，强占我国疆；抢掠屠杀后，再烧我村庄。
可怜我同胞，千万命遭殃；不打倒野心狼，民族作亡羊。
兵和民，不要分，齐心打敌人；
联友军，杀敌人，敌友要认清。
冒弹雨，穿枪林，不怕水火深；
弟兄们，向前进，冲破敌中心……

歌声中，30名小学生手擎一把形如月牙、碧光耀眼的环刀拾阶而上，毕恭毕敬地敬献到卢汉的手中——昆明市立学校3万名小学生，得知卢军长即将率部出滇抗战，恨自己年幼不能参加杀敌，每人自愿捐出一枚铜钱，铸造了一口“杀倭宝刀”，敬献卢汉军长，盼其努力杀敌，夺得抗战最后胜利。

不后退，不投降，敌军火，虽猛烈，我们心坚强；
镇山河，守四方，雪国耻，复边疆，万古美名扬。
前军仆，后军上，齐进攻，交手仗，白刃闪血光；
拼一命，死战场，夺回我，失地方，为民族自强！
杀！攻上！

歌声中，昆明民众代表上台向60军敬献旌旗。四面旌旗分别上书：“还我河山”“叱咤风云”“党国干城”“直捣扶桑”。黄钟大吕都协和，铁画银钩谩摹录。旗上所言充分体现了昆明民众对60军出滇抗战的殷切厚望，希望他们奋勇杀敌，抗战到底。

“全民抗战意不辞，劲旅堂堂战马嘶；奇耻百年应洗雪，势倾三岛破东夷！”卢汉手舞宝刀，代表全体将士庄重宣誓：“余以至诚，遵守总理遗训，恪守国策，服从蒋委员长、龙总司令官命令，督率所部，抗日救国，奋斗到底，以牺牲的决心，作破釜沉舟的抗战！若有违背誓言，愿受军律严厉之制裁。”

面对民族存亡的空前危机，云南人民的爱国热情像火山一样迸发了。

这一天，云南省抗敌后援会和妇女会也相继组织了昆明妇女出征抗敌请愿游行。开始，参加游行的女生并不多，走过几条街后越来越多，最后形成了4000多人的女生队伍，浩浩荡荡到达了省府所在地五华山。

龙云笑容可掬地接见了昆明女生代表，说："身为云南省主席，我不仅要为三迤大地涌现出这么多的当代花木兰引以为豪，更要为你们'万里赴戎机，关山度若飞；朔气传金柝，寒光照铁衣'的英雄壮举击节称赏！"

同学们全都默默而又景仰地注视着这个戴着眼镜、留着平头，文质彬彬的男人，虽然他的眼角夹着皱纹，但却年轻、生机勃勃、活力四射。龙云回答非常爽快，说他完全支持组建云南妇女战地服务团随军抗日，只是眼下筹措军费十分困难，一时尚难以支助。希望他们能先自行组织起来，进行战前学习训练，一旦前方需要，随时可以开拔，参与战地抗日工作。

在龙云夫人、昆华女中教师顾映秋女士的奔走呼号下，云南妇女战地服务团很快就组织起来了，60名团员大部分来自昆华女中，年龄最大的25岁，最小的年仅15岁。团员们自费集中于西山华亭寺进行训练，主要科目为爬山、射击、游泳、战地救护等。

一个多月后，服务团接到云南省政府的命令，开赴抗日前线。

《云南日报》以"10万军民气吞三岛，60军昨日大检阅"为题，详细报道了第60军出征的盛景：至参加检阅部队，站立远方，场无隙地，人小如豆，马大似蚁，人数之多，难以计数，连开会及参观者计算，将近10万人。

两天后，第一批4万多名云南子弟组成的陆军第60军，在家乡人民的热烈助威声中奉命奔赴中原战场。

离别这天的情景，像一张底片，永远地定格在了云南父老乡亲的心上，就如钉入脑海里的一枚钉子。妻子送郎上战场，父母盼儿归故乡，一遍遍地叮咛，一遍遍地嘱咐，这其中寄托着多少的爱，多少的祝福，谁都无法说得清楚。许多人，已经走了很远很远了，仍然驻足，恋恋不舍地回望那座金碧交辉、雕梁画栋的"金马碧鸡牌坊"。这其中，有好多好多人，是抱着悲观的心态回看的。今日一别，相见无期。这一眼，也许就是最后一眼了。

确实，他们之中，有三分之一以上的将士从此再也没能回到养育过他们的故乡，永远长眠在了那片曾经被炮火硝烟烧焦了的土地上。

60军经曲靖、平彝、盘县；走晴隆、安顺、贵阳，过镇远、晃县、沅陵、长沙，沿途受到了各地人民及抗日救国团体的盛大欢迎和慰问，官兵们深受鼓舞。历时40余天，跋涉2000公里，翻越崇山峻岭，终抵常德集中待命。

最初，国民党最高统帅部是准备把60军由浙赣路运往金陵参加南京保卫战的。但是，当先头部队昼夜兼程来到浙江兰溪时，固若金汤的六朝古都南京已经沦陷——

长江三角洲，由长江冲击而成，从上海向西延伸到国民政府的首都南京，面积61000平方公里，人口稠密，自古是鱼米之乡。在日本军松井石根总司令指挥的从上海到南京的“闪电战”下，富饶的长江三角洲变成了硝烟弥漫的战场。日本人却认为这是在建立东亚新秩序。

无奈之下，最高统帅部命令60军转赴孝感、花园、武胜关地区整训待命。

对这支组建于清末的云南新军来说，别说国人刮目相看，就连国民政府军事委员会委员长蒋介石都青眼有加。

整训期间，国民政府不仅请德国军事顾问斯达开·包尔等到第60军来帮助训练，传授军事技术，允许抗敌演剧队、歌咏队、电影队到孝感、花园、武胜关一带为官兵演话剧、写壁报、画漫画，教唱歌曲，放有关抗日的电影，更是把第60军列为特种军编制，扩大了军部及军直属队，并增编了3个补充团，拨给汽车20余辆充实军兵站支部。又以撤到武汉的苏州博爱医院陈维莘院长所率医护人员及设备，改编为军政部第166后方医院，配属60军在汉阳设院，专门负责收容第60军伤病官兵。还发给德造20响手枪500支，仿德造三号方轮手枪300支，并手枪弹10余万发。

当时，前线战事接连失利，北平、天津、上海、杭州相继失陷，特别是南京大屠杀的血雨腥风和恐怖阴云，笼罩在国人心头，久久不能散去。城乡焦土，遍地狼烟，同胞蒙难，民族危亡，军心不振，民心不稳。

猛见60军士气高涨，军容整肃，还配有从比利时和法国所购得的武器，蒋委员长灵光一闪：日本人不是号称4个小时下天津，6个钟头进泉城，拿下中国指日可待吗？那就让他睁开眼睛看一看吧，看一看这支气吞山河冲坚毁锐的威武之师是怎样所向披靡勇冠三军的。恰好，也借此机会以壮士气。

这一日，三军列阵，铁甲生辉——

近代以来，列强入侵，东方古国，屡遭蹂躏，今天，中国终于有了无坚不摧的军队。

军旗猎猎、兵车辚辚、战马萧萧、枪炮森森……

飒爽英姿，代表了军人的风采；步伐有力，代表了军人的自信。为国为民，他们充满自信踏上征程，将来的胜利一定属于他们！

当数万名官兵迎着灿烂的朝阳，洋溢着青春的自信，迈着整齐、铿锵的步伐走来时，汉江大道顿时变成了沸腾的海洋。这久违了的足音仿佛从历史深处走来，每一声都敲打在国人的心上。

"60军是中国目前最精锐、最具有战斗力的部队了，要我看，最强的部队也不过如此。"

军委会政治部副部长周恩来也是激动不已，他悄声地跟时任国民政府政治部第三厅厅长的郭沫若说："这样的军队，如果能有一支威武雄壮的军歌对应起来，那则就是缀玉联珠了！"

"周部长的话，你们都听到了？"郭沫若扭过头，把目光慢慢转向任光、安娥、冼星海，说："这件事就交给你们了，我要在60军上战场前听到这支军歌。"

任光、安娥用力一点头，"没问题厅长，包在我们身上了！"

"不光为他们写歌，我们还要包教包会！"冼星海补充道。

从此，60军便有了自己的军歌：

我们来自云南起义伟大的地方，
走过了崇山峻岭，
开到抗日的战场。
弟兄们用血肉争取民族的解放，
发扬我们护国、靖国的荣光。
不能任敌人横行在我们的国土，

不能任敌机在我们领空翱翔。

云南是60军的故乡，

60军是保卫中华的武装！

这是中华民族救亡图存的豪迈战歌，也是祈愿抗日胜利的雄壮凯歌。60军就是唱着这首气壮山河的军歌迈向了战场的。

1938年4月中旬，日军大举增兵鲁南，准备攻略徐州。

第5战区司令长官李宗仁电报蒋介石，指调60军增援。

1938年4月中下旬，60余万中国军队集结在鲁南，准备与日军决战。日军也调集30余万精锐军队，分6路向徐州迂回，欲歼灭中国军队主力。形势危急。李宗仁致电蒋介石，指调60军增援。

4月19日，李宗仁又专门致电龙云：

昆明。龙主席志舟如兄：穆密。自台儿庄破敌、围攻峄县逐日皆有进展，乃敌不甘挫败，叠由京沪及平汉方面转用兵力，闻有三师之数，近已继续到达，向临沂及峄东方面猛烈反攻。弟为应付此后战局，亦请委座增调大军，期灭此敌。贵部60军先头部队亦已到达，该军素质优良，此次得开鲁南共同抗敌，以我西南之士卒作挞伐之先锋，深慰夙心，顺利可卜。此后尚希时惠教言，藉匡不逮。60军补充兵亦希预为筹备，早日北运，俾能维持战力，实为至盼。弟李宗仁。

次日，龙云复电：

铜山。李德邻如弟鉴：皓未电悉。穆密。此次60军开赴津浦前线归弟指挥，各官兵闻之无不兴奋，以后尚希勿稍可气，严为训导，俾得追随节麾努力抗敌，是所至盼。以目前情形而论，敌援兵已有增加。以弟之观察，峄县尚有攻下之可能否，此云所极关念者。便希详示，以释怀远。如兄云。

这是军阀混战后，李宗仁抛向对手的第一个橄榄枝。

——军阀混战时期，龙云、卢汉率领的滇军部队曾经两度攻打南宁，桂军被围城下，一连数日只能以黑豆充饥。滇桂两系由此结下血海深仇。大敌当前，战局紧急，身为徐州战区最高统帅，李宗仁虽为桂系最主要的将领，也不能不摒弃前嫌，与对手相逢一笑，化干戈为玉帛。更重要的是李宗仁深知滇军的战斗实力和战斗能力，他相信，滇桂携手，一定能够克敌制胜。

这天，武汉卫戍总司令陈诚奉蒋委员长之命来到60军行营。

第60军是列入武汉卫戍部队序列的，陈诚不约而至，也算是名正言顺。

陈诚一副公事公办的语气："委员长本意是要60军留在这里保卫大武汉的，可李德邻（李宗仁）非要调你们去台儿庄。你是什么意见？"说完，就瞪大眼睛一眨不眨地望着卢汉，看他如何表态。

"军人以服从命令为天职，统帅部叫到哪里，我们就去哪里。我没有任何意见。"卢汉不假思索道。

陈诚也是从战场上摸爬滚打、闯关夺隘才坐到武汉卫戍总司令位置上的，这一路上，见惯了怨天尤人，听惯了怨声载道，他从内心里认定卢汉一定会叫苦连天的，没想到卢汉回答得如此干脆利落。陈诚不由得从心底里对卢汉和他的60军刮目相看，脸上也起了些许细微的变化。说："果然被委员长言中。"

卢汉不明就里地望着陈诚，"陈司令无可讳言。"

"委员长说：'永衡（卢汉字）也许会跟李德邻讨价还价，也许还会跟我蒋介石讨价还价，但是，永衡绝不会跟战争讨价还价，特别是值此国难当头之时。'"

"谢委员长知遇之恩。"

"既然如此，我也就开门见山了。"陈诚从口袋里摸出一支雪茄，在送到嘴里的同时，也擦着了火柴，火柴的光芒把他的脸照得忽明忽暗。陈诚说："统帅部已经决定第60军开到陇海线的民权、兰封一带集结，归程颂云（程潜）的第一战区指挥。统帅部的意见是，大部队先行，正在珞珈山受训的军官暂不动，待结业后再去。”

卢汉的脸色起了些微妙的变化，仰起脸，看着陈诚，长叹了一口气后，说：“请陈司令转告委员长，60军是一支新组建的部队，有一多半人出发的前一天，还在田间地头干农活呢，从来就没有接受过正规的军事训练。而珞珈山受训的这批人，却是60军的中坚力量，领军打仗全靠他们呢。若是寻常换防，统帅部怎样安排，卢汉绝无二话，但我们这是要上前线，是要和日本人决一死战的，群龙无首怎么能行？请委员长三思。”

——全面抗战爆发后，武汉成为全国抗战的中心，成为战时不是首都的首都。武汉大学珞珈山校园，也因之成为远东反法西斯运动的训练中心和重要指挥中枢。珞珈山军官训练团就是在这种背景下应运而生的，蒋介石亲任团长。凡未直接参战之部队，副军长、师长、旅长、团长，甚至营长等均调此前来培训。军官训练团的讲授内容颇为丰富，当时蒋介石、陈诚、陈立夫、冯玉祥等各界名人都前来训话授课。

60军刚调防武汉，营级以上军官就被要求轮流到珞珈山受训。目前，应有百十名军官在训。这批人可是卢汉的中流砥柱啊！

陈诚倒也爽快，用一种诚恳的语气，说：“好，回去即将你的意见面呈委员长，你就静候佳音吧。”

陈诚甫一转身，卢汉立刻在电话向龙云报告了这里发生的一切。

其实，陈诚到来之前，第5战区司令李宗仁已致电龙云。

所以，接到卢汉的电话，龙云一点儿也不吃惊。

龙云从容不迫地听卢汉不厌其烦地把经过叙述完毕，正色道：“查我国在此力求生存之际，民族欲求解放之时，值此存亡绝续之交，适如总理所云：我死国生，我生国死，虽有损失，亦无法逃避。况战争之道，愈打愈精，军心愈战愈固，唯有硬起心肠，贯彻初衷，以求最后之胜利。万勿因伤亡过多而动摇意志，是所至盼。”

挂上电话，卢汉拉开椅子，慢慢地坐下去，用一种深邃而又坦然的目光看着窗外，长长地吐了一口气。

陈诚回去不久，统帅部就打来电话，同意60军意见，珞珈山受训军官19日与部队同车开拔。

卢汉不知道，此时，徐州已危在旦夕。

徐州已危在旦夕，台儿庄更是命若悬丝。

台儿庄，本不该成为军事重镇的。

台儿庄位于京杭大运河的中心点，西南距徐州大约50多公里。虽然叫“庄”，但其实是一座有砖土结构寨墙环绕的市镇。

按照李宗仁原先的计划，台儿庄只是一个“诱饵”——由第二集团军31师驻守，负责牵制和引诱日军装备精良的第10师团濑谷支队——“支队”为日军非常设单位，主要是为了完成一项特定任务而组建。当时濑谷支队的总兵力大约为1万人，但配有师团级的重炮，这是为了攻坚战而配备的，然后由汤恩伯率领的中央军第20军团从侧后方突然发动攻击，打一场歼灭战。

遗憾的是，战争并没有朝着李宗仁的设计发展。

一是汤恩伯军团并没有按照事先的约定，在31师与日军接火后“不顾一切，马上抄袭敌之侧背”；二是日军的濑谷支队也没有按照李宗仁所设计的那样，进行试探性进攻，一下子就来了个兵临城下。台儿庄从一个“诱饵”，一下子变成了主战场。

一场事先谁都没想到的炼狱一般的血战，就此拉开了帷幕。

兵败如山倒的日军并不认可这次溃败。退守峰县后，一面忙着负隅顽抗，一面忙着调兵遣将，伺机卷土重来。旬日之间，就从平、津、晋、苏、皖等战区调集了20万重兵、数百辆坦克和300架飞机，分三路向徐州进行战略大包围。发动侵华战争以来，在一个战场，集中如此多的兵力，于日军来说，这还是头一次。日本人的意图很明显，就是绕开台儿庄，合围徐州，打通津浦线，将日军铁蹄下的华北、华东两个战区相连接。

算盘固然打得很好，然李宗仁却不能同意。

为防止敌军陷我徐州，长驱武汉，国民党最高统帅部决定在徐州与敌抵御，先后调集增援部队20余万人，加上第5战区原有部队共60余万人，集结到徐州附近地区，与日军展开了第二阶段的会战。

第60军也因之奉命调至此。

军车到达一个小站时，一个戴着执勤袖套的国民党中央军少校，挥着旗子，吹着哨子，将军车拦下。

少校跑过来问：“请问哪位是卢汉军长？”

“哪样子事？”随着一口浓重的昭通山口音，体魄健壮的卢汉在数名手持驳壳枪的警卫的跟随下，迈着长年在山地作战的步伐，走下车来。

少校一看他领章上的两颗将星，连忙恭恭敬敬地行了一个军礼：“报告卢军长，我奉命向您传达上峰的命令，台儿庄前线十分火急，你部现已归五战区指挥。贵军改向临枣支线的车辐山、赵墩火车站下车，22日前务必全部到达，卢军长向李长官请示机宜。”

卢汉不由微微一怔。这时，第60军的通讯参谋又跑来传达了蒋介石亲自下达的“委员长令”：要求60军听从李宗仁指挥。

卢汉习惯地向后摆了摆手，一张25000∶1的军事地图立刻铺展在地上。他蹲下身去，用手指沿平汉线转陇海线再拐临沂、枣庄支线，定在车辐山、赵墩两个车站上，说：“命令潘朔端1081团为先头部队，本军各部务必在22日拂晓前全部到达指定地点。”说罢，卢汉又写了一张纸条交给少校：“你把委员长和五战区长官部的命令，还有我的命令，向60军后续各部传达，不得有误！”

4月21日上午11时，卢汉到达徐州，立即前往第5战区总指挥部——徐州花园饭店，面见到李宗仁、白崇禧二人。李宗仁、白崇禧告知卢汉，台儿庄东北战事吃紧，并令60军归第二集团军孙连仲总司令指挥。整个接见及布置任务不到20分钟即告结束。

下午从3时开始，60军各师的兵车陆续抵达徐州内外各站。按理，卢汉应在徐州召开一次作战会议，研究敌情及布置任务。可是，第二集团军司令部没有给他时间。

“启程吧，我们边行军边部署。”卢汉无可奈何地说完这句话，就随部队继续登程向指定的防区出发了。

4月22日拂晓，当列车把60军运抵京杭大运河河畔时，军部一道急令：以第183师在右，集结于陈瓦房、邢家楼、五圣堂、小庄地区；第184师在左，集结于台儿庄以东陶沟桥、孟庄、马家窑、丁家桥地区；第182师在右后，准备集结于蒲汪、辛庄、戴庄、后堡地区；军指挥所设在东庄。各部队下车后立即疾行，向指定地点集结，接防台儿庄以东地区的于学忠部和守卫禹王山的汤恩伯部。

没曾想，部队还在疾行途中，战斗却已经迫不及待地打响了。

“他娘的，小鬼子也忒快了吧？这还没正式进入战场呢，战斗就已经打响了。”赵锦至望着远方烽火连天的战场，嘴里嘟囔道。

卢汉的目光变得阴沉，他盯着赵锦至，正色道：“哪儿是战场，哪儿不是战场？不把小鬼子赶出疆土，中国无处不战场！”

“不好军长，有士兵退下来了。”一位参谋突然大惊失色地叫道。

卢汉定睛一看，果然有些残兵败将溃不成军地退了下来。

卢汉一下子就恼了：他娘的，米饭都白吃了？鬼子还没轰两炮呢，这就退下来了。此时，卢汉还不知道，严阵以待的日本军早已集中了优势兵力，光是攻击安恩溥第182师的火炮就有100多门，另还有十几架战斗机来回轰炸扫射。

“陷之死地而后生，置之亡地而后存。看来，我只能背水而战了。”卢汉扭过头看了一眼滂渤怫郁的大运河，咬牙切齿道，“参谋长，命令特务营把这些退下来的士兵组织起来，重新拉到战场上去。另外，叫机枪连给我调两挺机关枪过来，就架在河岸上。谁想过河，让他先问问我的机枪答应不答应！”

第五章　急转直下的战局

“轰轰轰……轰轰轰……”

炮弹似暴雨，炮火如闪电；炮烟似浓雾，炮声震九天……

陈瓦房惨不忍睹的战况，身在晓庄的第183师1081团上校团长潘朔端尽收眼底。

作为全师的先头部队，在快接近陈瓦房的时候，潘朔端当机立断命令一营作为先锋营以战斗队形搜索前进，其余两个营与先锋营保持一定的距离渐次跟进，所有官兵一律不许掉队。

没想到，先锋营刚接近陈瓦房村口，就与迎面而来的大队日军短兵相接。

仇人相见，分外眼红。营长尹国华立即指挥部队就地散开与日军展开了激战。

潘朔端脸色铁青，孤身站在一根屋顶已经被炸得不知所踪的屋脊上，手举着望远镜，目不转睛地注视着陈瓦房战局变化，心急如焚。

“呼——呼——”狂风呼啸着，将他的大衣掀得如同匹练飞空，像千万把钢锥，直往他的骨缝儿里钻，冻得他直打哆嗦。潘朔端的身体在风力的作用下左摇右摆。随时都有被吹落的可能。

这么高的墙头，万一摔了下来，不死也得脱层皮。

葡萄心急如焚，如热锅上的蝼蚁。一遍又一遍地催促着潘朔端赶紧下来。葡萄说：“团长，你站在上面不行，太危险了！你下来吧，我上去。我看见什么跟你说什么。行不？”

葡萄是潘朔端的通讯员，天天鞍前马后寸步不离地跟着潘朔端，自认为什么话都能说。

“看把你小东西能的，屎壳郎能垫桌子腿还要瓦片？”葡萄说第一遍的时候，陈瓦房的战斗才刚刚打响，情势还不是那么危急。潘朔端听见葡萄的话就笑了，说："你要是能指挥打仗，何必还要老子来当这个团长？"

后来，陈瓦房的战斗进入了白热化状态，尹国华八面受敌，四面楚歌，潘朔端的心就一下子全都拴到战场去了。葡萄再啰唆，潘朔端就懒得搭理了。

葡萄不知就里，继续嘟嘟噜噜："团长，你还是下来吧，不是我存心巴结你，你说，你要真是有个三长两短的，我回去咋跟俺爹交代？俺来的时候，俺爹专门交代俺，就是把俺的命赔了，也得保证你完好无损……"

"你他娘的还有完没完啊？再唠叨，再唠叨你现在就给老子滚回云南去。"潘朔端横眉怒视，"老子身边不留碎嘴子。"

葡萄就不敢吱声了。

葡萄原名不叫葡萄，叫一个很有幸福感的名字——福广。

福广参军前旁听过几天私塾，对一个大字不识的士兵来说，这就算是有学问的人了。这天，有点学问的福广给大伙儿读报纸。报上有段话，说战士们"冒着敌人的炮火匍匐前进"。福广不认识"匍匐"，但福广见过"葡萄"。"匍匐"和"葡萄"长得差不多，都是国字脸，估计就是错也错不到哪儿去。葡萄干脆就来个瞎子放驴——随它去了，大嘴一张："冒着敌人的炮火葡萄前进"脱口而出。

本来，这样做是不应该有什么问题的，对了错了的没有人会计较。因为谁都不知道对错。哪知，这天恰巧有个连队的文书到团里来送材料，而且这个文书又是一个爱咬文嚼字的人。他当即就听出了毛病。这句话错了。不是读报纸的福广读错了，就是做报纸的编辑编错了。不管谁错了，都必须立刻纠正。

文书隔着窗子就把报纸抢了过去，就是这么一个简简单单的动作，把福广彻底打回了原形。从此，"葡萄"这个绰号连同"葡萄前进"这个故事一起传遍了全师。

有一回，183 师师长高荫槐到 1081 团来视察，葡萄给高师长上茶。高荫槐上上下下将他打量了他一番，扑哧笑了："你就是那个冒着敌人的炮火葡萄前进的福广吧？"

福广的脸臊成了猴子腚。

后来，葡萄经常想，如果那天文书不来团里，自己也不倚窗而坐，或是闭门塞户的话，文书就听不到自己的声音，或抢不到手里的那张报纸。那样，这个笑话就不可能成为笑话了。就是一不小心成了笑话，起码也不会像现在这样流传甚远，连师长都知道了。

葡萄是云南双江拉祜族佤族布朗族傣族自治县人，其父是云南讲武堂拌饭的，和潘朔端是旧相识。

潘朔端随60军移师台儿庄前，其父找到潘朔端，说："眼下，举国都在抗击倭寇，人人争上前线，我虽然只有这么一个儿子，可我不糊涂，人生在世总是要死的，与其让他在家饿死，不如为国家民族战死沙场，这才真正称得上是死得其所。你把他带上吧！"

潘朔端看了看骨瘦如柴的葡萄，他觉得葡萄太稚嫩了，在他面前，就像乡下田埂边上随便生出的一棵葱。潘朔端盯着福广爹，他的眼神像一把锋利的刀。说："孩子太小了，还不到十四岁。这个年龄的孩子是不该参与到战争中去的。"

潘朔端叹了一口气。

福广爹从潘朔端不紧不慢的话语里听出了稍嫌责备的意味。

福广爹的心一下子沉了下去。

福广爹仰起脸，却垂下了眼睑，避开了潘朔端刀子似的目光，说："孙立人孙将军有句话：男儿应是重危行，岂让儒冠误此生？若不是国难当头，谁会送子赴死？再说了，潘长官胸中藏战将，腹内隐雄兵，威名远扬，福广能在长官之下为国效力，是他的造化。长官若是嫌上战场身子骨弱，不妨将他暂且留在身边，给你端茶递水接个电话啥的，腾个身子骨健壮的上战场杀鬼子。"

"好吧，"潘朔端咽了口唾沫，伸出手，将福广爹长满了层层老茧的手攥在自己手里，"咱得有个君子协定：驱走日贼，我就把这孩子还给你！"

福广爹的眼中似有泪光在闪动，"凯旋之日，我一定到城外去迎你们！"

福广就这样跟着潘朔端从昆明出发，经贵阳至长沙，由兰溪转武汉，再到台儿庄。潘朔端念及福广面黄肌瘦的，扛杆枪都吃力，到前线也发挥不了什么作用，就留他在团部做了通讯员。

福广就像潘朔端的灵魂附体似的，屁颠屁颠地跟着潘朔端，形影不离。

在福广的心里，潘朔端的安危，比自己都重要。

所以，葡萄嘴是闭上了，可他心有不甘。他看见副团长黄云龙站在旁边，就游说黄云龙去劝劝潘朔端。

其实，黄云龙和葡萄一样提心吊胆忐忑不安。

早在葡萄之前，他就已经碰了一鼻子的灰。

他说："团长，上面太危险了，万一鬼子那边有个狙击手什么的，你还不一下子就交差了。还是我上去吧。"

潘朔端目不转睛地凝望着陈瓦房，"屁话，你上来就不危险了？"

"我跟你不一样，你是咱们全团的主心骨，不能有半点闪失。"黄云龙还是不甘心。

潘朔端笑了，说："还是屁话！谁是主心骨？我要是不幸壮烈了，你不照样也是咱们全团的主心骨？"黄云龙还想说什么，被潘朔端给止住了："好了好了，别在这烦我了，老子没时间跟你啰唆。"

潘朔端巍然屹立，气吞山河的身影犹如一尊岿然不动的雕像。

潘朔端1901年出生于滇东北乌蒙山区威信县长安乡一个小康之家。幼时在家乡私塾就读，从所学诗文中，汲取了比较积极的思想。岳飞的《满江红》，文天祥的《正气歌》《过零丁洋》，以及辛弃疾、陆游等人的诗词，他全都滚瓜烂熟倒背如流，并把"先天下之忧而忧，后天下之乐而乐""富贵不能淫，贫贱不能移，威武不能屈"作为自己的座右铭和做人处事的准则。

1918年，潘朔端不顾家人的反对，只身前往昆明，考入云南省立第一中学。在课堂上。他聆听爱国教师讲课，开阔了眼界，增长了不少新知识。尤其是孙中山先生的三民主义主张，给了他很大的启迪，他一心向往革命策源地——广州。1924年，潘朔端在省立一中毕业，回家筹集路费，准备前往广东寻找救国救民的道路。谁知大哥坚决不同意，不仅分文不给，还强迫他与一个素不相识的女子结婚，后来又提出要他到镇雄城里谋个高等小学教员，或是谋个长安乡的保董来当，这样潘家就可以光耀门庭，大振家声了。潘朔端坚决不从。大哥只好答应为他筹措路费，让他去闯荡世界。潘朔端来到广州，顺利考入黄埔军校第四期，毕业后，留校任第五期入伍生队排长。“四·一二”事变后，大批中共党员及进步青年被捕杀，潘朔端由于思想“左倾”也被清洗。他和云南同乡曾泽生一起流落到上海，以帮人开车为生。1929 年，黄埔同学卢濬泉在云南讲武堂创办军官候补生队，亲自去上海邀请潘、曾二人回滇，分别担任军官候补生队的中队长和副大队长。

戎马关山北，凭轩涕泗流。“九·一八”事变后，日本帝国主义步步进逼，中华民族面临亡国灭种之祸。潘朔端义愤填膺，激愤之情无法排解，他反复书写抗日同盟军将领吉鸿昌、方振武和宁都起义将领董振堂、赵博生、季振同的名字，一遍遍地写，一次次地称道：“他们高举抗日义旗，是全国军人的榜样。若都能像他们那样，中国就有救了！”并叹息自己身为一个军人，不能外御强寇，报国雪耻，真是愧对父老乡亲！全面抗战开始后，滇军被编组成陆军第 60 军，下辖 3 个师、6 个旅、12 个团出师抗日。潘朔端被任命为该军 183 师 1081 团上校团长，率部开赴抗日前线。临行前，潘朔端致信夫人宋平：

男儿为国忠于职，
愿以热血洗国耻；
为降国家民族恨，
战死沙场喜逢时。

行军途中，潘朔端在高荫槐师长处看到了第 5 战区司令长官李宗仁在《东方杂志》新年特号上发表的《民族复兴与焦土抗战》一文，李司令长官说：“今日中华民族之唯一的出路，唯有立即对日抗战！”号召全国民众“不惜化全国为焦土，以与侵略者作殊死之抗战！”潘朔端读得热血沸腾。“男儿何不带吴钩，收取关山五十州。”潘朔端感觉到自己这个堂堂七尺男儿一下子有了用武之地。

黄云龙和葡萄正琢磨着怎么样才把潘朔端从高墙上请下来，潘朔端自己就从高墙上蹦了下来。

“快，葡萄，给我接通一营。”

葡萄满脸沮丧，“团长，咱们刚进村子就跟小鬼子接上火了，电话线还没来得及接呢！”

“他妈的！连个破电话都架不通，养你们这帮子通讯兵白浪费粮食啊？”潘朔端气急败坏地骂道。

葡萄小心翼翼地说：“团长别急，给我点时间，我一会儿就能接通。”

“给你点时间？你问问他娘的日本人给我时间吗？”潘朔端转过脸，忧心忡忡地道，“云龙，国华和一营被数倍于滇军的日军团团围住难以自拔，看来是凶多吉少啊。我得去陈瓦房救他！晓庄这边就交给你了。”

“我去吧团长。”

“不行，尹国华身陷重围，我必须去！”黄云龙还想坚持，潘朔端摆摆手，斩钉截铁，“别争了，上了战场，哪里都不是洞天福地，说不定一会儿你这儿的形势比国华那儿还严峻呢。”

黄云龙点点头，“日本人兵败台儿庄，日军不可战胜的神话不攻自破，威风扫地。这一次，恼羞成怒的日本人共调集了九个师团近 20 万人的兵力，自峄县向南进犯，可谓是大军压境。看来是不达目的誓不罢休啊！”

“是啊，日本人亡我之心不死啊！抗日战争全面爆发前若干年，东三省就已沦于日军的铁蹄之下，卢沟桥事变后，抗战全面爆发不到一年时间，华北、华东、东南相继失陷，国民政府的首都遭敌血洗……中华民族正在遭受着一场前所未有的灾难。蒋委员长说：‘地无分南北，年无分老幼，无论何人，皆有守土抗战之责任，皆应抱定牺牲一切之决心！国家命运已至最后关头，我们须以全力报效国家，解救危局，以尽军人天职！’”

“团长，彝族有句格言：刚萌芽的笋，一滴细雨就能助它成长；有觉悟的人，一句话语就能使他长进。1081 团的弟兄们时刻谨记卢汉军长在昆明巫家坝誓师大会上的那句誓言：以牺牲的决心，作破釜沉舟的抗战！小日本的阴谋永远也别想在我们手里得逞。”

“好，我自狂歌空度日，飞扬跋扈为谁雄？是汉子气魄！”潘朔端点点头，赞赏道，“好好盯着吧，我们出发了。万不可掉以轻心哦！”

“放心团长，云龙誓与阵地共存亡。”

“别跟我说这样的话，我不要你与阵地共存亡，现在还不是杀身成仁的时候，我要你活蹦乱跳地等我回来。”

“云龙记住了。团长也要多多保重！”

潘朔端转身喝道：“二营长，集合队伍，随我增援陈瓦房！”

“二营集合！”

片刻时间，二营整装待发。

潘朔端望着一个个武装整肃志在必得的战士，慷慨激昂道：“弟兄们，民族被侮的时候，要用我们的热血去洗刷；国家危急的时候，要用我们的硬骨去挣扎。他杀死我们一个，我们便打他一双；他冲进我们的村庄，血肉就是抵抗他们的城墙。坚定我们的意志，把敌人的阴谋粉碎，攥紧我们的拳头，坚决把狗日的倭寇打退！有信心没？”

士兵们振臂高呼：“宁做战死鬼，不当亡国奴。民族永生存，血肉筑城固！”

“目标陈瓦房村，出发！”

这时，就听天空中突然传来了“咻、咻”的声音。

黄云龙狮吼龙鸣般地喊道：“快隐蔽，小日本开始炮击了！”

战士们迅速地伏在了战壕和各种临时构筑起来的掩体里。

黄云龙毅然决然地扑在了潘朔端的身上，而葡萄则毫不犹豫地扑在了黄云龙的身上。

一发发炮弹如倾盆大雨般连绵不断地倾泻在阵地上。

晓庄村尘土腾空，硝烟蔽日。

难道日军对晓庄的进攻这就算是开始了？

黄云龙望着烽火连天的浓烟，触景伤怀。

炮火终于停了下来，潘朔端将身子晃了晃，“快下去，快下去，压死老子了！”

黄云龙使劲想从葡萄身下钻出来，可葡萄就是一动不动。

“葡萄，咋的了？快起来，咱俩加一块要把团长压成肉泥了。”

葡萄仍是一声不吭。

黄云龙感觉到有些不对劲，一使劲，将葡萄翻到了一边。

黄云龙刚刚转过脸，就看见葡萄满头满脸都是血，“葡萄，你怎么了？

葡萄——葡萄——”黄云龙大惊失色地叫道。

潘朔端闻声也围了过来。

葡萄的后脑勺上有一个大窟窿，后背也被划了一道大口子，白森森的一片，肉向外翻着，鲜血一团团的，直往外溢，汩汩地冒着血泡。

潘朔端肝肠寸断，眼睛禁不住湿润了，他情不自禁地将葡萄紧紧揽在自己怀里。

“葡萄！葡萄！葡萄你不能死啊！我说好了，等把日本人赶出中国，要把你还给你爹的。你死了，我怎么跟你爹交代啊？”

潘朔端的胸前和衣袖上沾满了葡萄的血。

葡萄面色如纸，双目紧闭，软绵绵地躺在潘朔端的怀里。

他已经听不见潘朔端的话了。

潘朔端低声地跟黄云龙道：“把葡萄葬了。”说完，又补充道：“找块高点的地方，让葡萄看看我们1081团的弟兄们是怎么战胜敌人的！”

黄云龙的牙齿已经将自己的嘴唇咬破了，他用衣袖使劲地擦着唇边的血，“放心团长，葡萄也是我的兄弟。”

潘朔端挺起身，抖抖身上的浮土，发了疯似的吼道：“二营长，带上弟兄们，咱们走！”

这时，潘朔端还不知道，日本人在激战陈瓦房的时候，就已经把晓庄围堵了个风雨不透。目的就是要将晓庄和陈瓦房分隔，再各个击破，赶尽杀绝。此时此刻，哪怕就是给潘朔端插上飞翔的翅膀，他都已很难冲破被日军围困得水泄不通的封锁圈了。别说救尹国华于水深火热了，他自己能否冲决日军的百马伐骥，都已经是两说了。

一阵炮火过后，鬼子全线压了过来。山顶、山路、村口、村中、身前、身后……到处都是鬼子，黑压压的一大片。

日军的坦克也开过来了。

古运河边的沙滩地十分适合坦克运行，坦克一边隆隆开炮，一边滚滚向前，在一望无际的土地上来来回回地碾压、扫射……

滇军刚一进晓庄，还没喘口气，就和敌人遭遇了，根本就没来得及构筑工事。唯一能称得上掩体的就是在日军炮火下坍塌损毁的残垣断壁，勉强能够藏下身子，但几轮炮火过后，几乎都被夷为了平地。

晓庄，已经躲无可躲，藏无可藏。

滇军，完完全全地暴露在日军布下的天罗地网之中。

“团长，你们已经冲不出去了。你看——”黄云龙努努嘴。

潘朔端顺着黄云龙示意的方向抬眼一看，顿时吸了一口凉气：“乖乖，这么多鬼子。来吧，既来之则歼之！别以为你潘爷爷好欺侮！”潘朔端命令道：“三营长，命令你的机枪排狠狠地打，把鬼子给我压制住。所有官兵把手榴弹备好，听我命令，一起投弹，用手榴弹消灭剩下的鬼子！二营长，枪声一起，趁鬼子大乱，伺机突出重围，救一营于危难之中。”

二营长、三营长不约而同答道：“是！”

“打！”

“咣！咣！”轻重机枪同时开火，一枚枚手榴弹准确无误地在敌营中爆炸，村庄突然之间冒出无数炮火。大军压境的日军突然之间被打了个措手不及，一下子蒙了，待回过神来已有了不小的伤亡。

趁鬼子惊慌失措之际，黄云龙摸到潘朔端身边，说：“团长，还是你留在晓庄吧。你这边发动佯攻，把敌人的注意力吸引过来，我带二营看能否从侧翼突围出去。”

潘朔端望了望人头攒动的日军，说：“尹国华那边危在旦夕，晚一分钟，就多一分危险。兄弟们交给你了，就是变成一条泥鳅，也得给我冲出去！”

“放心吧团长。”黄云龙大声道，“二营弟兄们，跟我冲！”

二营士兵闻风而动，向着敌人火力点稍显薄弱的左路猛扑过去。

日军见侧翼遭袭，赶忙调集火力，乱炮齐发。空中硝烟密布，地上尘土弥漫。每炮、每枪响过，都有滇军士兵在烟雾中倒下。可滇军士兵们仍旧奋不顾身地冒着密集的炮火，在敌阵中左冲右突、躲闪腾挪、长驱直入。有的负伤了，有的倒下了，有的直接被炸飞了，连尸骨都没有留下。而活着的人，哪怕是负了重伤，只要还有一口气，一息尚存，就依然在舍生忘死、赴汤蹈火地往前冲！

“慷慨赴死易，从容就义难。”滇军战士在地狱烈火面前，从容就义，慷慨赴死。

黄云龙看在眼里，急在心里。

这不是办法啊。这个样子下去，就是有人侥幸冲出去，单枪匹马也救不了尹国华。

潘朔端心急火燎，大喊道："云龙，回来。这个样子不行！云龙，回来……"

黄云龙根本就听不到潘朔端的呐喊。因为，潘朔端的声音还没发出来，就被枪炮的声音湮没了……

黄云龙迫不得已放慢了突围的速度，指挥士兵借助掩体交替前进。

就这样，还不时有士兵倒在血泊之中。

"他奶奶的，刀山火海都挡不住老子的前进，凭你们这群倭寇就想把老子困死在这儿？没门！"黄云龙黑着脸对着二营长狂嗥道："不能再等了，调一排人跟我一起火力压制鬼子，你带大伙不顾一切地往陈瓦房突围，增援尹国华。杀不退敌人，一营危矣！"说完，一把从一名士兵手里抢过一挺机枪，挺身跃到阵前，端着机枪朝着鬼子阵前从左到右、从右到左一阵狂扫。

"他奶奶的，小鬼子们，老子跟你们拼了！"

鬼子们大惊失色。顿时，四散开来，成扇形向黄云龙还击。

"哒哒哒……"一颗颗子弹，混混沌沌落在黄云龙的头上、脸上、身上，黄云龙浑身上下全是血窟窿。

这边的情况，身为团长的潘朔端看得清清楚楚。

眼见自己的战友被打成了筛子，潘朔端怒火中烧，刷地抽出战刀，朝着部下咆哮道："弟兄们，为我们的战友们报仇，冲啊！"说完，如猛虎出阵，高举战刀，冒着敌人的炮火，第一个冲了出去。

"为战友们报仇，冲啊！"

战士们也热血沸腾，一跃而起，像突然暴发的山洪一般势不可挡地端着枪，紧随着潘朔端冲向敌群。

牛角号，战马啸，刀枪斧影寒光皎；军旗折，铁甲散，流血涂野草木焦。

日军军官见状，也跟着抽出了战刀，呜里哇啦地命令鬼子们绝地反击。随着他的一声令下，日军所有的机枪一齐开火。

潘朔端心如火燎。

一般情况下，不到万不得已，潘朔端是不会让战士们命悬一线地与敌人短兵相接的。他太了解他的子弟兵与日本兵差距了。日本兵步枪射击训练有其民族特点。虽然其基础训练有统一科目，但其时日本盛行“下克上”，新兵转入连排级协同战术训练时，大都加入该部队老兵们的“私货”。这些私货练起来都很苦，但非常实用。例如立姿加重物持枪长瞄，打夜间100米外香火头，避弹奔跑及针对避弹奔跑的射击方法、狙击与反狙击术，突发情况下防守与反击等。经过这些训练，多数鬼子兵都达到了现代狙击兵的射击水平。与这样的对手针锋相对，吃亏是在所难免的。

果然，在日军密不透风的枪林弹雨面前，冲锋不止的滇军兄弟如同断梗飘蓬的茼蒿，扑扑棱棱，相继倒下。然未倒下的滇军们却毫不失色，如猛虎下山一般，大义凛然地跃过战友们的尸体，视死如归地继续乘胜逐北。

狭路相逢勇者胜。面对将生死置之度外的滇军，日军开始后退。

两军轮换包围，战线犬牙交错。

喊杀声在半空中回荡，机枪步枪声响成一片。

潘朔端冲到敌人阵前的时候，他的身后已不足30人。潘朔端感觉到了势单力孤。可他没有停顿，因为他知道，任何由望而生畏引起的犹豫，都会让他和他的士兵陷入万劫不复的境地。他奔跑着、呐喊着、舞动着，英勇无畏地冲进了敌人阵地。潘朔端没有看见，一名日军军官的枪口早就对准了他。就在他钢刀乱舞时，这名军官抿着嘴，微微一笑，扣动扳机。

潘朔端头一歪，颓然倒下。

滇军们目瞪口呆。

三营长红着眼，扑到潘朔端身上，撕心裂肺地大喊：“团长——”

“快、快去增援……”话没说完，潘朔端就昏迷过去了。

“停止冲锋，团长负伤了，赶紧保护团长撤退！”三营长对几名还在拼杀的士兵喝道。

听见三营长的呼喊，几名正在呼喊着向前的士兵赶紧停止了冲锋，围上前来，七手八脚地抬着潘朔端向后撤去。

当晚，部队撤出晓庄一线，退至新庄一带防守。

这一天，打得十分惨烈。

滇军将士用血肉之躯阻挡住了日军一次又一次的突袭，以它悲壮的牺牲载入20世纪中国抗日战争的光荣史册。

日方报纸在报道这场战争时，十分不情愿地这样写道："自'九·一八'与华军开战以来，遇到滇军这样猛烈冲锋，置生命于不顾，实为罕见。"

日本东京大本营称："第60军是唯一的中国铁军。"

国民政府对滇军所向无敌的大无畏精神深为慨叹，专门致电第60军军长卢汉：

> 台儿庄卢军长，贵部英勇奋斗，嘉慰良深，查敌之苦困，较我尤甚，盼鼓舞所部，继续努力，压倒倭寇，以示国威。

第六章　舍生忘死的战士

天，终于黑下来了，月光朦胧，像隔着一层薄雾，洒落一地清冷。苍白的月光下，几棵枯树在寒风中摇曳，显得异常诡异。阵地上飘荡着一层厚厚的悲怆。望着不再如水的月光，尹国华突然想起了自己的家乡——云南省石林彝族自治县鹿阜镇一个叫大屯的村子。村里有一条清澈见底的大河——清水河，像块月牙形的黛玉，静静的、平平的，没有一点涟漪。当然，他还想起了独守空房的娇妻。

20天前，他刚刚给妻子写了一封信，信中这样写道："我们的部队，在此准备增援，随时有和敌人接触的可能。至于我，生死早已置之度外，我很高兴这次有机会和敌人周旋，为了国家存亡，我很愿意和日本鬼子拼命到底，即使不幸而战死，也算了却我平生夙愿了。"

信还没有寄出，至今还装在自己的上衣口袋里。在此以前，他都是想，妻子在读到他这封信时，他还在不在人世。这会儿，他突然想，死之前，这封信还能不能寄出去。

副营长查完哨回来，见尹国华还在那儿发呆，心疼地说："营长，累了一天了，歇会吧。我想——"副营长欲言又止。

尹国华感觉到副营长有话要说，扭过头，盯着副营长那双黑白分明的大眼睛，说："有啥话就说吧，别憋着了。今儿不说，别明天想说都没机会了。"

副营长鼓足勇气，说："这一天，小鬼子跟疯了似的，我们一下子就损失了200多名弟兄，近乎半个营的兵力，如果明天鬼子还像今天这样狂轰滥炸的话，这阵地……"

"我怎么会不明白呢？"尹国华手指着远处日军营地的方向，内心一阵凄冷，说，"今天的情势你都看到了，小鬼子里三层外三层围得水泄不通，苍蝇都飞不进来。为了驰援我们，潘团长身负重伤，黄副团长连命都搭进去了，最终还是没能冲破日军的重重阻击，连晓庄都没能突出来。今天没指望上援军，估计明天也不会好到哪儿去，我们只能是婴城自守了。还是那句话，有一个人在，阵地也不能落到东洋鬼子手里！通知下去，千万不能大意，所有官兵，今晚一律枪不离身，睡不脱衣，加强警戒，随时准备战斗。再有，你瞅着机会就歇会儿。"尹国华说罢，拍了拍副营长的肩膀，努力做出一种如释重负的腔调，说："去吧，我再到各处去看一看。"

副营长抖起精神，"放心营长，这就传令下去。"

尹国华点点头，"去吧。"

此时，战士们大都没有休息，正凑在一起叽叽喳喳地讨论着一天的战况。尽管一个个灰头土脸的，有的还血迹斑斑的，可大家一点儿不显惊恐和疲惫，谈兴正浓。

尹国华笑了，说："打了一天的仗，还不累啊，还一个个兴趣盎然滔滔不绝。赶紧睡吧，等把小鬼子赶跑了，战争胜利了，有的是时间，让你们一次说个够。"

尹国华虽然嘴上这样说，可他心里，比他家乡那条清水河里的水还透彻——黑夜正在像日军所向披靡的坦克一样无所顾忌地向前推动，每往前进一分，就离死亡挨近一步。因为，天一亮，战斗就要重新打响。今天一天，小鬼子大大小小的进攻不下几十次，最终也没能占到什么便宜。天亮以后，肯定要疯狂地反扑。等待着他和全营兄弟的肯定是一场你死我活的恶仗。别看现在一个个生龙活虎的，战斗一打响，一颗炮弹轰来，甚或是一颗子弹打来，人可能就不在了。

但是，此这种悲观又消极的念头，只能自己默默地在心里胡思乱想，最多，跟副营长唠叨唠叨，跟战士们可不能咋想咋说。

尹国华挨着一名小战士坐到地上，拉起小战士的手，用力捏了一下，说："叫什么名字？今年多大了？"

"回营长，我叫李昌甦，19了。"

尹国华歪过头，重又打量了李昌甦一眼，说："19岁就出来当兵了啊？你父母怎么舍得放你出来的？"

焦黄的月光步履蹒跚地从李昌甦脸上碾过，映出两行泪痕。李昌甦慢悠悠地说:“哪敢跟爹娘说啊，说了还走得了？我是自己从文山师范学校偷跑出来参军的。到武汉后，才写信告知家里。爹回信说：‘当兵也好，出去了就好好干。’爹说娘一直到现在都想不通。因为我姐夫也从军了，后来牺牲于湖南醴陵，娘担忧我也走了姐夫的路。”

旁边的战士们听见李昌甦讲述家事，一个个也跟着泪流满面地低下头去。

尹国华揽过李昌甦，张开五指插进他的短发中，一下一下地梳理着。

“老人的想法和担忧完全可以理解。其实，战争远比老人家想象的更残酷，没有经历过战争的人，永远也不会知道，战争的残酷达到了怎样一个程度。但是，国家自由平等，却只有鲜血可以换取。”尹国华摩挲着李昌甦的头，跟李昌甦，也是跟大家伙，说，“虽然我们渴望和平，反对战争，但我们并不畏惧战争。小鬼子已经逼到我们家门口了，作为一个有血性的中国人，必须要自我保护，必须要奋起抗争，用枪杆子告诉小鬼子，属于我们的领土、属于我们的自由，绝不能任由你们占有！枪子不长眼，可我们自己有眼，打仗的时候精心着点，活泛着点，既打鬼子，也保护好自己，留着我们的命，等把小鬼子赶走以后，好好回去孝敬爹娘。”

李昌甦盯着尹国华，一直把胸中的那口气呼全部出来，说：“记住了，营长。”

“营长，你说这天天打仗，啥时候是个头啊！”一个年纪和李昌甦差不多的小战士长吁了一口气，焦愁地问道。

听到小战士的问话，尹国华心里一阵抽搐，感觉浑身的血液都在往心脏里涌。他习惯地咬了咬嘴唇，做了一个长长的呼吸之后，说：“这样的事情能是以我们的意志为转移的吗？从地球上出现文明以来，战争就没有停止过。有资料说，5000 多年中，发生战争 15000 多场，几十亿人在战争中丧生。这 5000 多年中，人类只有 300 年生活在和平环境中。也就是说，每 100 年中，人类最少有 90 年是在战争状态下度过的。就说小日本吧，一个弹丸之地，可它从六七十年前就开始侵略中国。自 1874 年至今，单独或伙同其他列强，先后发动了四次对中国的侵略战争：1874 年的侵台战争、1894 年的甲午战争、1900 的庚子之役，还有就是这次全面侵华。你掰着手指头数一数，这一次又一次的，哪一次能是我们说了算的？对我们而言，真正能让我们当家作主的就只有一条，为了我们的美好家园，为了我们的父母兄弟，好好杀敌，好好活着。所以，我请大家伙一定要记住我的话：战争对于我们来说，不光意味着死亡，还有活着！”

战士们听后若有所思，异口同声道：“营长说得对，好好杀敌，好好活着！”

尹国华突然想起了王顺子，“哎，王顺子跑哪儿去了，咋这大半天没看见王顺子的鬼影子？”

“王顺子累了，正躺在那儿挺尸呢。”一个战士说道。

王顺子应声而起，“谁在背后说我坏话呢？没看见我正在思考明天这仗怎么打呢吗？”

大家伙都笑了，“你要是能指挥打仗，小鬼子早就被赶出去了。”

“哎，咱不带这样门缝里看人的啊！”王顺子说，“咱们营长就说过：不想当将军的士兵，不是好士兵。你怎知20年后我不是一个好将军。”

“我相信，20年后，王顺子肯定是一个好将军，但眼下，你还是先做一个好演员吧。”尹国华摆摆手让王顺子过来，“来唱一段京韵大鼓，给大家伙解解乏。”

王顺子参军前是昆明市一家曲艺团的演员，什么京东大鼓、京韵大鼓、西河大鼓、梅花大鼓、乐亭大鼓、东北大鼓、山东大鼓、北京琴书、河南坠子、温州鼓词等他全会。

王顺子张口就来：“冷雨凄风不可听，乍分离处最伤情。钏松怎担重添病，腰瘦何堪再减容。怕别无端成两地，寻芳除是卜他生。只因为王夫人怒追春囊袋，惹出来宝玉探晴雯，痴心的相公啊，他们二人的双感情。自从那晴雯离了那怡红院，宝玉他每每的痴茶他似中癫疯。无故地自言自语常叹气，忽然间问他十声九不哼……”

王顺子还没唱完，就有人提反对意见，“好了，好了，别尽唱这些个不痛不痒的，来点个干柴烈火的。”

王顺子瞅了瞅尹国华，征询道：“那俺就来一段《兰桥会》？”

尹国华说：“唱你的，别理他们。”

王顺子又开始唱：“……又有一位女少年，看样子也就十八九唉，这花容月貌哇是女婵娟唉；您要问佳人怎么打扮哪？诸君不知你听我言呀！黑蓁蓁的青丝如墨染哪，大红的头绳把发根缠，梳的本是新式样的元宝纂，打结别着一个白玉簪哪。不搽冠粉就容颜美，那胭脂不点嘴唇鲜，那高高的鼻梁有多受看哪，樱桃小口红又鲜哎，脸蛋赛粉团哎，大眼儿直呼扇哎，眉毛弯又弯哎，好像月儿牙初二三哎。打动了魏景元，这大嫂可赛貂蝉。两耳戴的本是灯笼坠儿啊，头上的铃响那是簪环，身穿的衣服朴素好看，又闪出来呀，丁丁点儿点儿的小金莲。说她的脚小可真少见，不倒不歪也不偏，那小金莲，扣四亮一有多周正，好像虾米把腰儿弯，您若问金莲有多大，要上尺量二寸三分五厘八毫六丝三哪。我不是把她来夸奖，女人的脚小她占先，谁要是跟她见上一面，得昏昏沉沉好几天哪，谁要是与她成婚配呀，强似金榜中状元……”

就在王顺子如痴如醉地唱着他的京韵大鼓的时候，累了一天的战士们一个一个地都沉沉入睡了。月光黑暗，王顺子看不清他们的脸，只能看到他们摇头晃脑的暗影。开始，王顺子还以为这是在跟他此唱彼和、风从响应，直到有人发出了惊天动地的鼾声，王顺子才恍然大悟，此时此刻，只有他一个人还孤独地陶醉在他的京韵大鼓里，其余的人，包括尹国华在内全都耽溺在光阴如水的梦境里去了。

王顺子生气了，唱词也由京东大鼓变成了嘟嘟噜噜：“哪有这样的？俺好心唱给你们听，一分钱不要，你们倒好，一个个呼呼大睡。这也太不尊重人了吧！要知道，在昆明，我王顺子的京东大鼓可不是随随便便什么人想听就听得到的，拿钱还得看我乐意不乐意呢！”说着，沮丧地一屁股崴到了尹国华的身边，刚想躺到睡觉，一眼看见身旁躺着的正是营长尹国华，一下子又来气了：“还有你这位大营长，要不是你喊我，我才不唱给他们听呢。俺是给的你的面，你呢，俺那边声嘶力竭，你这边酣然入梦。”边说，边扯过尹国华的胳臂往头底下一枕，说：“你不讲究，我也就不讲究了。”

睡意阑珊的尹国华听见王顺子的牢骚，笑了，逮着王顺子的鼻子捏了一把。说：“睡吧睡吧，没看见大家伙都睡着了？说再多，没人听见还不是嘴里抹白灰——白说啊？等到都睡醒了再絮聒他们。”

王顺子想想也是，说：“行，那我就等他们都睡醒了再说。我不怕他们，反正我从今以后再也不唱给他们听了。”

王顺子说到做到，从此再没给大家伙唱过京东大鼓，任凭战友们磨破嘴皮。就连尹国华以命令的方式要求他唱，他都没有出声。待到王顺子再开嗓，已是抗战胜利以后。

那日，国民政府在昆明举行庆祝酒会。席间，兴会淋漓的国民政府军事委员会委员长蒋介石满面春风地跟第60军军长卢汉道：“卢军长，早就听说你们60军有个叫王顺子的，他的京东大鼓在全中国可都是鼎鼎有名。这么大喜的日子，怎么不请出来让大家伙一饱耳福呢？娘希匹，你是要留着一个人独自消受，还是怕我夺你所爱啊？”

卢汉赶紧解释：“哪里哪里，是属下觉得委员长是南方人，不会喜欢这些北方的空惭俚曲，所以，就自作主张没有安排，属下失职。”

“俚曲只知无《白雪》，遗音谁谓有朱丝。”委员长摇摇头，说，“艺术是不分地域、不分语言、不分种族和不分贫贱与富贵的，它能让我们随着生命一道奔流，走向遥远，走向命运的终极。喜欢就是好，哪里分什么南方北方？”

卢汉弄巧成拙，满脸绯红。扭过头，说：“快，快去请王顺子，就说委员长有请！”

其时，王顺子就坐在委员长身后。

料事如神的王顺子早就想到了，委员长一定会点他的戏。这么重要的庆祝酒会，这么重要的人物参加，岂能没有他王顺子的一席之地？那样的话，怎么能对得住这“隆重”二字？！

听见卢汉差人请他，王顺子气定神闲地摆摆手，说：“不要请了，我就在这儿候着呢。”王顺子不慌不忙地站起身，恭恭敬敬地给委员长深深地鞠了一个躬：“谢委员长抬爱！”然后，手提三弦大步流星走到台中，鞠躬施礼，落坐椅上，拿起鼓板，绑在左腿，右手手夹鼓键子，拿起三弦，手动腿动三弦动，板响鼓响弦乐响。

京东大鼓原本两个人乐队为一个演唱伴奏，王顺子却一个人干了三个人的活，简直成了绝技绝活表演。一段开场过门还没演奏完，台下已是掌声雷动。

王顺子声情并茂地唱道：“花明柳媚爱春光，月朗风清爱秋凉。年少的佳人（她就）爱才子，年迈的双亲爱儿郎。（那）善人之家爱节烈，英雄到处爱豪强。龙爱大海长流水，虎爱深山涧下藏…… ”

王顺子唱的是《八爱》。王顺子心里有数，委员长在此，借他个胆子他也不敢唱那些个《妓女告状》《小寡妇上坟》《寡妇难》《十八摸》等不堪入耳俗不可耐的小段，他要唱唤正义鼓人心的。

王顺子的京东大鼓赢得了满堂喝彩。

委员长更是喜形于色。

委员长亲自走上舞台，拉着王顺子的手，跟陪同他一起走上舞台的云南省政府主席龙云说："京东大鼓我听了这么多，论行腔吐字、气质身段，还只有你们这个王顺子能配得上让我竖指称赞。王顺子的京东大鼓，字正腔圆，说得清楚，唱得明白，环环紧扣，步步深入。好！好！好！"

委员长一连说了三个好，龙云兴高采烈地叫道："为委员长金口玉言，为王顺子多才多艺，鸣炮奏乐！"

龙云话音刚落，顿时，厅里鼓乐齐鸣，厅外，炮声喧天。

"轰——""轰——""轰——"

王顺子大喜若狂地喊道："谢谢委员长！谢谢龙主席！"

听见这通惊天动地般的轰响的并不只有王顺子，还有好多好多滇军官兵，其中，就有第 60 军 183 师 1081 团二营营长尹国华。

"不好，小鬼子又打炮了！"

尹国华是最先醒过神来的那群人中的一个。

他一个鲤鱼打挺站起身，拿起望远镜一看，立马倒抽了一口气：乖乖！目极之处，密密麻麻全是日军。

尹国华将望远镜一扔，一边跑着，一边吼着："快醒醒，快醒醒！小鬼子开炮了，快进掩体！快！快醒醒！"

王顺子还沉浸在酒会的热烈气氛里，听到尹国华的喊声，不以为然地笑了。说："哪有什么小鬼子？小鬼子早就被我们 60 军给赶跑了。委员长都来喝庆功酒了，他还让我唱——"

就在这时，一枚炮弹在他身边炸开，一声巨响，王顺子和他的"京东大鼓"与遮天蔽日的尘土一起飞上了天空。仿佛命中注定要离开这里似的，王顺子的离开，没有留下任何痕迹。

尹国华瞠目结舌地注视着王顺子“升天”的全过程，可时间已不容他悲伤了。因为，成群的日军已经逼到了滇军的阵地前。

尹国华迅速从身上取下一颗手榴弹，大家伙见状也纷纷取下手榴弹拿在手里，临阵以待。尹国华示意大家伙不要急，听他口令。

50 米、30 米、10 米……肆无忌惮的日军已经任性妄为地逼到了跟前，连日军的眉毛胡子都看得一清二楚了。这时，尹国华一跃而起，趁鬼子愣神的当口，甩手将手榴弹扔进了鬼子堆里，然后，一把拉起身边的一挺机枪就射：“弟兄们，为王顺子报仇，打！”士兵们也如法炮制，不约而同地将手榴弹投向鬼子，然后，卧倒射击。

在一连串的手榴弹爆炸和一排步机枪集火射击后，惊慌失措的小鬼子四散奔逃。这次反攻还没有开始，就已经结束，小鬼子在丢下了几十具尸体后，迫不得已地仓皇结束。

有战士想乘胜追击，尹国华将手一摆，喊道：“不要追了，快修工事。快！”

几名已经跃出掩体的战士折了回来，拿出工兵铲，和大家伙一道构筑工事。有几个战士不知从哪儿找来了木板和石板，对洞壁和洞顶进行了加固。

“还不错，壕沟还是有些浅，还得再深一些。要学会保护自己，我们只有把自己保护好了，才能更加有效地打击鬼子。”尹国华从容不迫地转着看着，一边走一边叮嘱，“加紧干吧，狗日的小鬼子很快就会反扑过来，一场更加残酷的战斗也将要打响。记住：战斗打响后，层层阻击，尽最大能力杀伤鬼子，不到万不得已绝不允许冲锋。”

尹国华话刚落音，一名战士喊道：“营长，快看，小鬼子又冲上来了！”

“这么快就扑过来了啊！”尹国华转过脸，吃惊地看着浩浩荡荡如黑云翻墨般地反扑过来的小鬼子。尹国华的脑海里突然泛起了 183 师师长高荫槐常常挂在嘴边的一个词：来者不善。

尹国华分析得不错。这一次，小鬼子确确实实是集中了优势兵力，而且，进攻阵型也由前几次进攻时一成不变的一线式转变成了叠层式。通俗地说，就是由一窝蜂式进攻变成了梯次型进攻。第一梯队失利，第二梯队乘势而上；第二梯队败北，第三梯队前仆后继。战不旋踵，一往无前。三个梯次攻下来，任你是一个主力师，也把你折腾得落花流水溃不成军了。更何况尹国华仅仅一个营，而且，还是一个损兵折将元气大伤的营。

其时，现实远比尹国华所隐忧得更加岌岌可危。日军第一梯队逼近滇军阵地时，士兵们只顾着狂轰滥炸了，根本没想到他们也会有弹尽粮绝的时候。所以，当第一梯队铩羽，第二梯队发力攻坚时，滇军手中手榴弹已经屈指可数。

尹国华目不转睛地盯着源源不断地涌来的小鬼子，目光坚定如铁。说："副营长，小鬼子不让咱好好活着，咱也不能让他们活滋润。告诉弟兄们，扔光所有的手榴弹！抽出我们的长矛大刀，听命令，跟小鬼子拼了！"

话是这样说，其实，尹国华最不愿意的就是与小鬼子展开白刃战。不到万不得已，他是不会孤注一掷，让弟兄们与鬼子刺刀见红的。尹国华太了解这些一起出生入死的弟兄们了，虽说一个个身强力壮孔武有力，也都练过几天功夫，但那不过是一些江湖武术招式，花拳绣腿，唬唬人还可以，而要真刀实枪地跟这些训练有素、在战场上拼过命的真军人过招，就相形见绌黯然失色了。

尹国华之所以这样想并非毫无根据——

"三个中国军人拼不过一个日本兵"的说法，最早是从八路军那儿传出来的。说要对付一个日本士兵，往往需要三个以上的八路军战士。因为，在白刃战中，日军"体力好、技术好"，优势明显，"常常是一个顶几个"，八路军"损失甚大"。这样说，并不是故意长小鬼子的士气。在徐州时，尹国华曾见过一个从台儿庄战场上下来的伤兵，说起负伤时的情形，伤兵愧疚满面，说：战场上，他和六名战友同时与三名日本兵肉搏，日本兵结成三角阵负隅顽抗。结果，六名战友五人被刺毙，剩下那一位与他一样，被刺成重伤，日本兵则成功撤走。

事实证明，尹国华的担心绝不是庸人自扰杞人忧天。据战后权威部门数字统计：1937 年 8 月 15 日至 1938 年 4 月 30 日，在日军第 10 师团伤亡的 8060 人中，被刺死刺伤的仅 65 人，只占其伤亡总数的 0.8%。

可眼下情势不一样了，日本兵咄咄逼人气势汹汹地杀到自家门口了，这时候还有什么好犹豫的，岂有拱手相让任人宰割之理？小鬼子也不是钢浇铁铸的，都是肉身凡胎，破釜沉舟，豁出命去拼一场，焉知就不能决胜于这群禽兽不如的东洋鬼子？！

“兄弟们，小鬼子上来了，跟我杀——”尹国华长啸一声，高举大刀片跃入鬼子群中，“迎面大劈破锋刀，掉手横挥使拦腰。顺风势成扫秋叶，横扫千军敌难逃……”尹国华一边与鬼子相与肉搏，一边引吭高歌。

这首《破锋刀歌》，是武术宗师马凤图编创的专门讲授刀法的歌诀。该刀法融会了明代戚继光《辛酉刀法》、程宗猷《单刀法选》和清代吴殳《单刀图说》等古典刀法的技法精华，包括埋头刀、拦腰刀、斜削刀、漫头硬舞等技法，动作简捷精炼，大劈大砍，迅猛剽悍，具有明显的军旅实用特色。

“跨步挑撩似雷奔，连环提柳下斜削。左右防护凭快取，移步换型突刺刀……”

尹国华越舞越快，光怪陆离的钢刀犹如一条银龙绕着他上下翻飞，左右盘绕。

尹国华的壮举极大地鼓舞了滇军官兵们的杀敌士气，一个个摩拳擦掌，血脉偾张，联翩而至地跃入敌群中，左冲右突，上劈下砍，以瞬间的强大力量刺向敌人……

一番惨烈的肉搏过后，日军的第二梯队已不复存在，而尹国华营也仅剩下十来个人了。更为糟糕的是，日军的援兵接踵而至。此刻，不说双方鏖兵激战了，就是日军站着不动任由滇军砍杀，滇军都无力为之了。

“风萧萧兮易水寒，壮士一去兮不复还。探虎穴兮入蛟宫，仰天呼气兮成白虹。”尹国华筋疲力尽地望着对面蝗虫般密密匝匝的日军，一种绝望之情油然而生，“莫非这百把斤今天就要撂这儿了？”

“一连长！”尹国华扯着嗓子喊道，没人答应。他又扯着嗓子喊了一声，“一连长！”仍旧没人答应。尹国华生气了，他转过头，怒目圆睁：“为什么不答话，一连长呢？”

大家伙全都低着头，没有一人说话。

十几名士兵，有的站着，有的躺着，有的坐着，全都遍体鳞伤皮开肉绽。尹国华深情地看了他们一眼又一眼，说："你们为什么不说话？"

"营长，"当尹国华看向一连士兵陈明亮时，陈明亮虽然还依然低着头，但他还是真切地感受到了尹国华那火辣辣的目光，他咽了口吐沫，泣不成声地道，"一连长已经阵亡了……"

虽说尹国华事先已经有了预感，但他听到陈明亮的回答还是禁不住大吃一惊。尹国华愣了愣，飞快地看了陈明亮一眼，说："那……二连长呢？三连长呢？也都不在了吗？"

"也都不在了……"陈明亮嚎啕大哭，"营长，你别问了，咱们营就剩下这十几个人了，人都在这了……"

尹国华的脸色一下子变得煞白，对于战争的惨烈，尹国华是想过的，只是没想到竟是这般的惨烈，这才仅仅一天多的时间，一个营的兵力就已经所剩无几。而且，战争还远没有结束。随时随地，都还会有人死去。

不行，一营不能就这么无声无息地销声匿迹了，一营必须有人活下去，用亲身经历去告诉世人：一营没有孬种，一营战到了最后一兵一卒！尹国华看了大家伙一眼，他眼中有种难以言说的光芒一闪而过，毅然决然地道："弟兄们，情况我不说大家也心知肚明，我们这些弟兄恐怕是……活不过今天了，大家不要怕，大不了与小鬼子同归于尽。从昨天到今天，我们打死了多少小鬼子，想想那些一枪没发就被小鬼子打死了的弟兄，我们已经值了。我要说的是，咱们一营不能就这么绝了，就是拼死我们今天也要保出去一个。你们说，保谁出去？"

"不走！我坚决不走，我要同日本鬼子战到最后一刻！"

大家伙异口同声喊道，谁都不愿意就这么撤出战斗。

"大家都不愿意走，那我就沙场点将了啊。"尹国华看着大家，说："李昌甦，我看——"

尹国华话未说完，李昌甦一口回绝："营长，我不走，我要跟你一起打鬼子！"

"冲出去了，跟着部队照样可以打鬼子嘛。"

"不，我就要跟你一起打鬼子！"

"你还是个孩子，你娘……"

“营长，你就让我留下吧。不然，”李昌甦一下子泪流满面，“有一天到地下了，我这个逃兵怎么去面对我姐夫？”

尹国华点点头，没再坚持。

尹国华的目光又落到了陈明亮的身上，陈明亮发现了，不自然地躲着。

尹国华说话了：“陈明亮——”

“我不走，凭什么别人可以不当逃兵，我就非得当？”陈明亮坚决不同意。

“这不是在跟你商量，这是命令！”尹国华怜惜地看了陈明亮一眼，说：“你也看看，咱这群人里面，除了你以外，还有谁的胳膊腿全乎？先不说小鬼子在后面穷追不舍，就是放开了任他们跑，他们跑得出去吗？”

尹国华说的是实话。尽管陈明亮也是浑身上下血迹斑斑，但毕竟四肢还都健全，比起那些个缺胳膊少腿的，他已经算是很正常的人了。

“记住，不论你用什么办法，一定要活着突出去，找到咱们182师师长高荫槐，或者找到541旅旅长杨宏光，告诉他们，成功不必在一营，一营可以先成仁。一营的官兵没有屈服于小鬼子，一直战到了最后一刻……”

陈明亮哭道：“营长，我不想走，想跟你……”

“执行命令！”尹国华把脸一绷，吓唬陈明亮道，“信不信，你再不走，我会一枪崩了你，然后说你战场脱逃！”

陈明亮害怕了，“你们都要活着啊！”

“营长，敌人又上来了！”一名战士急切地喊道。

尹国华看了一眼，急忙转过脸来，用枪指着陈明亮的脑门，说：“快走！”

陈明亮无限深情地给尹国华鞠了一个躬，转过身，头也不回地向后方跑去。他刚离去，敌人就冲上来了。上野城一挥舞着战刀，冲在最前面。

上野城一指挥着部队一直攻到了滇军阵地前，没遭受到一点阻击，狂妄自大的上野城一一下子就想到了，这伙强硬的对手，一定是全军覆没了，要么，就是弹尽粮绝了。

否则，没有别的理由。

上野城一声嘶力竭地喊道："支那军队已经没有子弹了，冲上去抓活的！"

士兵们闻听，嗷嗷叫着要上前来抓活的。

这边，尹国华也在大喊大叫："弟兄们，打光所有的子弹，留一颗手榴弹与小鬼子同归于尽！给我打！"

接着，机枪、手榴弹一起射向小鬼子，日军躲闪不及，旋即倒下一大片，枪支、军衣、肉体四处迸散。上野城一猝不及防，也跟着倒了下去。

上野城一恼羞成怒地喊出的最后一句话也是："给我打！"

一排排子弹在滇军阵地炸响，把多名战士都炸死了，尹国华也死在了其中。

由于尹国华营乃至第 1081 团全团将士的浴血奋战，英勇顽强，日军始终无法插入滇军侧翼，为 60 军赢得了珍贵的备战时间，在整个战役中起了很大的作用。同时，全体官兵大无畏的民族主义精神，极大地鼓舞了 60 军及所有前线官兵的杀敌士气。

当陈明亮千难万险地冲出敌人的包围圈，见到第 60 军军长卢汉时，抱着卢汉的胳膊，泪如雨下，说："军长，我们一营，除了我冲出来了，营长，还有那些我们一起出生入死的弟兄们，全都没了…… "

"以一个营的兵力，阻挡住了 20 辆坦克 5000 名日军的反复攻击，也真是难为了我的这些弟兄了！"

卢汉，这个自称"从不流泪"的彝家汉子，禁不住热泪盈眶。

尹国华全营英勇阵亡的消息传遍全国，受到各界人士的敬重。《云南日报》的记者前往尹国华家慰问，其妻正怀抱不满周岁的幼子在庭前戏耍。尚不知丈夫已经牺牲。记者便以前方战况相询问，她从书橱里拿出几天前收到的丈夫寄来的信和照片，让记者看。尹国华在给妻子的家书中写道："韵鸥爱妹：到信阳后寄出三次信，都收到了吗？近来剑生（其幼子）已在了吧……两女近来也能执笔学书了吗？这虽是她们还爱学好，同时也是环境允许她们。不然，如在战区的孩子，逃亡之暇，哪能再求学哟。希望你以后再带着他们去同摄一影寄来……韵鸥，在家要俭约持家，用一文钱要有一分钱的代价。同时，省下一文钱，捐助国家，也就是增进一分的抗战力量……至于我，生死早已置之度外，我很兴奋这一次能有机会去和敌人周旋，为了我们国家的存亡，我很愿意与日本鬼子拼命到底，即使不幸而战死，也算是我平生的夙愿了。”

《云南日报》以通栏大字标题予以报道：

“为国捐躯，尹营长精神不死；战死沙场，足了平生之愿；浩气长存，堪与日月增光”。

第七章　功勋不朽的战将

183 师 542 旅旅长陈钟书威风凛凛地骑在他那匹高头大马上，望着无墙不饮弹、无土不沃血的五圣堂村，禁不住悲从中来。

陈钟书扭过脸，摘心剜胆地看着副旅长马继武，说：“马副旅长，读书时候，常看到书上说财匮力尽，民不聊生，可我们并没在心里面落下印记。今天看到了吧，这儿的老百姓已不仅仅是家家无余财，户户无劳力的问题了，日寇的铁蹄已经把他们践踏得流离失所，有家难回了！”

陈钟书头发蓬松，声音嘶哑，可能是好久好久没睡过一个囫囵觉了，他的眼里布满了血丝。

望着眼前墙倒屋塌遍地焦土的村庄，马继武同样是欲哭无泪：“狼子兽心的小日本这是要对我们中国百姓赶尽杀绝啊！”

“此行离家千万里，杀敌不思归家日。”陈钟书面色苍白，牙齿咬得咯咯响，腮上鼓起了一道道硬邦邦的肉棱子，这使他的神色看上去古怪而狰狞。陈钟书一眨不眨地盯着马继武，马继武看见陈钟书的眼睛里有种雾霭般的苍凉。

陈钟书说：“马副旅长，告诉弟兄们，报效祖国的时候到了，做好与小鬼子决一死战甚至是同归于尽的思想准备，宁愿马革裹尸，为国捐躯，也绝不能看着日寇的铁蹄践踏我国疆土而苟且偷安！”

“师长，我们出滇就是为了国家存亡、民族生死而战斗。你就指挥我们打吧，滇军兄弟绝不认怂！不把小日本赶出去，我们无颜面对中国百姓，尤其愧对对我们寄予厚望的三迤父老！”

马继武两眼喷火，拳头握得咯咯响。

陈钟书的眼里有种很亮的东西一跳，很快便不见了。说：“马副旅长，你抓紧统筹部队安营扎寨，我到师部去联系一下接防事宜。”

“放心旅长，保证完成任务。”

陈钟书的身后，紧随着一队卫兵。

早在卢沟桥事变时，陈钟书就已经做好了献身国家的思想准备。他跟妻子说：“年内必有大战，我已决心舍身为国，到时候，你不要挂念我。唯一的希望，是要把孩子抚养长大，教育成人，将来为国出力！”

武汉整训期间，家里来人报信父亲病亡。接到噩耗，陈钟书如五雷轰顶。陈钟书兄妹八人，家境贫寒，11岁就当了放牛娃，17岁那年，陈钟书愤然以12吊铜钱的代价将自己抵入户籍兵，帮家里还债。尽管来人告诉陈钟书：“老人在临终前专门嘱咐不要你回来送殡，要上前线多杀鬼子”，可父亲那饱经沧桑、憔悴疲惫的身影还是时时浮现在陈钟书的脑海。陈钟书犹豫不决、一筹莫展。回家奔丧，部队即将开赴抗日前线，眼下正是用人之际；不回去，父亲含辛茹苦把自己拉扯大，为自己操了一辈子的心，于心何忍？

第60军军长卢汉得知后，对陈钟书说：“自古忠孝难以两全，此正是我们杀敌报国之时，望你能放下家事，潜心练兵。我电告龙主席令安宁县长替你照料家中一切。”

陈钟书眼含热泪，说：“也只有这样了，烦劳军长通融。”

卢汉当着陈钟书的面给龙云发去一封电报：“昆明。司令长官龙云钧鉴，壮密。顷据职军陈旅长钟书函呈称，该员先父昨在籍逝世丧葬事宜，亟待筹办，查该员远征在外，职务重要，而后方料理乏人，拟请令饬安宁县长就近代为照料一切，以示体恤，谨电乞核。职卢汉叩。”

仅过一天，卢汉就收到了龙云的复电：“汉口。60军卢军长，壮密。世电悉，陈旅长钟书之父丧，早经派员照料，并发款代办矣，特复。云冬密印，二月二日。”

陈钟书就这样怀着丧父的悲痛，踏上了抗日的战场。

陈钟书一行向邻村走去，刚到村口，猛见一队日军不约而至。

“哒哒哒哒…… ”日军率先发难，走在前面的战士应声倒地。

陈钟书还没反应过来是怎么回事已经从马上摔到了马下。

警卫排长周文斌惊叫一声“旅长——”即朝着陈钟书猛扑过来。

还没等到他近前，陈钟书已经动作麻利地从地上爬了起来。不满地道："慌什么，几发子弹就吓破了胆？纷纷纭纭，斗乱而不可乱也；混混沌沌，形圆而不可败也。"

周文斌见陈钟书安然无恙，一颗悬着的心顿时放了下来。高声疾呼道："立刻反击，不惜一切代价，阻住敌人前进步伐，保证旅长后撤！"

滇军士兵且战且退。

因是仓促迎敌，地势上又不占优势，加之日军火力迅猛，势单力孤的滇军士兵根本没有招架之力，一个又一个地在陈钟书面前倒地而亡。

抢占了先机的鬼子还在穷追不舍。

陈钟书在周文斌的掩护下，撤退到一幢被炮火掀掉了房顶的屋框里。

周文斌说："旅长，你撤吧，我带弟兄们挡一阵子。"

陈钟书把眼一瞪，怒不可遏道："撤？往哪撤？不撤了，就在这儿跟小鬼子拼个鱼死网破了。要活都活，要死，弟兄们一块儿死！"

"不行旅长，你得活下去！你活着，咱们旅才有希望！"

"兵都不在了，要我一个光杆旅长有鸟用？"

说话间，百余名日军横排成散兵线肆无忌惮地包抄了过来，一个日本士兵的步枪上还缠着一面"膏药旗"，在残阳的照射下格外刺眼。

陈钟书被惹恼了，大吼道："周文斌，把枪上缠着'膏药旗'的那个小鬼子给我干掉！"

周文斌举枪瞄准，一声清脆的枪响，小鬼子中弹倒地，头部喷出的鲜血溅了与他并排而行的几个鬼子一身。日军立刻骚动起来，一个小队长模样的鬼子狂叫着："掷弹筒，快，掷弹筒压制！"

鬼子立刻朝着屋框的位置连续发射了十几发榴弹，剧烈的爆炸声后，几名战士倒在了血泊之中，陈钟书和周文斌等被浓烟呛得捂着鼻子冲了出来。

此时，日军已近在咫尺。

陈钟书喝道："弟兄们，上刺刀。跟小鬼子来场肉搏战！"

战士们听话地装上刺刀，毫不畏惧地直视着前方，默默地迎接着最后时刻的到来。

就在这时，陈钟书听见从身后传来一阵阵密集的枪声和惊天动地的喊杀声，眼前的鬼子纷纷倒地而亡。紧接着就看见一大队人马在马继武副旅长的带领下排山倒海般地冲了过来。

周文斌激动地道："旅长，马副旅长来接应我们了！"

刚刚还杀气腾腾气势汹汹的日本兵见状立刻反转身落荒而逃。

烟雾散去，地上横七竖八地躺满了尸体。穿黄色军装的尸体是日军的，而穿灰色军装的尸体则是滇军兄弟的。

马继武愧疚不安道："对不起旅长，继武来迟了。"

陈钟书大手一挥，"迟什么？一点不迟，来得正正好。老子这不是活得好好的吗？"陈钟书边走边说，"别废话了，赶紧修筑工事吧，要不多久小日本又该卷土重来了。"

马继武点点头，随声附和道："是的，小日本刚刚吃了一个亏，肯定不会善罢甘休。"

果然，日军调整兵力后，重新向五圣堂村发起了轰击。

耀眼的炮火，铺天盖地般在滇军的头顶和身边炸响，投射出青灰色的光芒，棋布星陈的铁块碎片如暴雨般纷纷落下，尖叫声像扇面一样四散开去。刚上战场的滇军官兵们被这突如其来的连天炮火给炸蒙了。这样的炮击，对他们来说，别说经历过了，听都没有听说过。日军的炮弹像长了眼睛，让他们防不胜防，无处藏身。

他们开始感受到了战争的残酷。

炮火刚停，陈钟书就从望远镜里看到村头的公路上飞沙走石狼烟四起，日军以六辆坦克在前面劈山开路，引导着步兵顶着坦克碾起的滚滚黄尘蜂拥而来。

"旅长，看这阵势，他娘的小鬼子这是要跟我们决一死战了！"

马继武就站在陈钟书的身后，眼前的情势同样看得一清二楚。

陈钟书转过脸，看见滇军官兵们一个个掩蔽在临时构筑的工事里，手握钢枪，瞪大眼睛严阵以待。陈钟书非常满意，他清了清嗓子，说："弟兄们，每一场战斗都是腥风血雨，步履维艰。面对侵略者，只要你还是中国人，就不能怕牺牲！勇往直前，直到生命的最后一刻！大家伙能做到吗？"

"能，保证能做到！"嘹亮的声音在空旷的村野上久久回荡。

“常子华——”

1084团团长常子华应声答道：“常子华在。”

“率你团快速迂回到敌人后方或侧翼，等这边战斗打响以后，伺机出击，伏敌侧背，与莫肇衡团里应外合，打他个出其不意，措手不及。”

“是，1084团跟我来。”

“莫肇衡——”

1083团团长莫肇衡应声答道：“莫肇衡在。”

“你的任务就不要我细说了吧？准备出兵迎敌吧。记住，打得赢就打，打不赢就退，不要与其死缠烂打。你前期的主要任务就是，想尽一切办法拖住鬼子，为常子华团赢得时间。”

“莫肇衡明白。”

“进入战斗准备！”

铁流滚滚，车声隆隆。

坦克的轰鸣声越来越逼近了，匍匐在地上的士兵们已经感受到了大地的震颤。

莫肇衡让通讯员传令：“不要急，放坦克过去。一营负责摧毁坦克，二营、三营两面合围全歼后面的步兵！”

一辆坦克过去了。

又一辆坦克过去了……

一直等到六辆坦克忘乎所以地全部驶过，莫肇衡振臂一挥，高声喊道：“打！”

顿时枪声大作。埋伏在道路边的滇军士兵一起开火，子弹如暴风骤雨般覆盖而去，冲在前面的鬼子如折断的高粱，扑扑棱棱全倒了下去。

长驱直入的日军队伍被拦腰截为两段，失去了坦克依托的步兵一片惊慌，就地卧倒顽抗。此时，坦克已发现后面的步兵遭袭，立刻掉转机头杀了过来。排炮接连在莫肇衡团的阵地前爆炸，形成了一道密不透风的火墙。

陈钟书被眼前惨烈的景象惊呆了：在这个刀枪不入的庞然大物面前，他的官兵们也和其他兄弟部队同样一筹莫展。一营长朝着部下高喊道：“弟兄们，炸掉坦克就是胜利，给我冲！”士兵们高呼着“炸掉坦克”，冒着危险拼了命地往前冲。有的还没近前，就倒在了血泊之中。还有些士兵甚至企图用自己的血肉之躯去阻挡坦克的冲击，直接就被辗成了肉泥……

日军的侵略之火在中华大地上肆意蔓延，滇军士兵们的爱国之火也在心中熊熊燃烧。

陈钟书忍不住狂吼道："把手榴弹捆起来，用集束手榴弹！"

他的喊声刚一出口，就被震耳欲聋的枪炮声给淹没了，士兵们根本听不到。陈钟书暴跳如雷，再对着身边的士兵狂吼："他娘的！快，把你们身上的手榴弹都给我！"

周文斌太知道陈钟书要干什么了，他一步抢在陈钟书前面，"旅长，杀鸡何用牛刀，这事还能要你出面吗？"他接过手榴弹，熟巧地用绷带捆成一束，话都没说，就往前冲去。跑了几步，突然想起什么似的，转过身，恶狠狠地说："警卫排的都听好了，好好地把旅长给我照料好。旅长要是有了什么闪失，到阴曹地府我也不放过你们！"说罢，头也不回地冲进枪林弹雨中去。

周文斌一会儿奔跑，一会儿猫腰，一会儿匍匐，一会儿卧倒，几个回合就冲到了鬼子的坦克前。只见周文斌不慌不忙地纵身一跃，一下子就跨上了坦克，正要掀开瞭望孔。这时，不知从哪儿飞来一颗子弹，正打在周文斌的胸口上，周文斌晃了几晃，从坦克上栽倒在地。

"哎呀！"陈钟书捶胸顿足。眼前的情景，陈钟书从望远镜里看得一清二楚。

周文斌的行动，莫肇衡同样也看在了眼里。周文斌倒地的那一瞬间，莫肇衡绷着脸跟特务连连长潘震旦说："看明白了吗？去，上去把周文斌丢下的那个集束手榴弹捡起来，给我塞进坦克里去！"

"是！"潘震旦答应一声就猫着腰冲上前去，刚跑几步，就听莫肇衡又喊道："回来！"

潘震旦莫名其妙地看着莫肇衡，莫肇衡努努嘴，潘震旦顺着莫肇衡努嘴的方向看去，就见周文斌突然翻了一个身，抱起那捆手榴弹扑到了坦克的主动轮上，"轰隆"一声巨响，周文斌和坦克同归于尽。

就在这时，常子华带人从侧翼横冲过来。

"冲啊！冲啊！"

一群视死如归的勇士如猛虎下山般突然冲入敌阵，日军立马阵脚大乱。在一片声震云天的喊杀中，惊慌失措的小鬼子慌忙夹着尾巴落荒而逃。

日军板垣师团第21旅团旅团长桥本顺少将，这个在侵华战争中从山西一路打来的家伙，对中国军队的配属，谁是中央军，谁是地方军，谁是主力军，谁是杂牌军了如指掌。桥本顺在望远镜中看到他的士兵一触即溃不堪一击，又羞又怒。他怎么都没想到，自己统帅的大日本皇军的王牌军竟然在一支名不见经传的杂牌军手下溃不成军。桥本顺终于明白了，自己碰上的是一支攻无不克的劲旅，仅靠这种硬碰硬的打法，是不可能取胜的。

桥本顺的牙齿咬得咯咯响。"调整部署，给我再冲。不把这群支那军消灭殆尽，我们枉为帝国军人！"

在桥本顺的指挥下，日军借助炮火，对滇军阵地发起了一次又一次的猛烈攻击。日方先是派出飞机到中国军队阵地上空低飞盘旋扫射，接着用密集的炮火向中国军队轰击，再以坦克掩护步兵向滇军阵地冲了过来。

在与敌人多次交锋后，陈钟书已经发现了敌人的进攻规律：敌人进攻前，总是先向对方阵地倾泻一阵炮弹。这是在阵地攻击战中，日军最常用的一种战术。就是在步兵突击前，先用火炮、掷弹筒、轻重机枪或飞机轰炸等先压制对方军队火力，然后再发起冲锋。日军炮兵的作战方法是，先实施"进攻准备射击"（时长两到三个小时），炮轰对方军队前沿阵地，摧毁工事、障碍物和火力点，掩护步兵进入冲锋准备位置。当步兵发起冲锋时，炮兵立即实施"突击支援射击"（时长数分钟），压制对方军队一线步兵，为日军步兵冲锋创造良机，当日军步兵快接近对方军队阵地时，炮兵立即延伸射程，阻击对方军队的增援部队。步兵继续冲锋时，炮兵还会采用徐进弹幕射击。为避免造成误伤，日军炮兵还常常将观测所推进到步兵第一线，采取一切办法确保及时延伸射程。

陈钟书命令官兵们潜伏在战壕里不要动弹。直到敌人步兵越来越近，已经能看清敌人的眉毛胡子了，陈钟书才一声令下："打！"战士们枪炮齐鸣，手榴弹一片片、一阵阵，像远飞的大雁似的飞向敌群。

日军丢盔弃甲、狼狈逃窜。

这一天，陈钟书旅先后打退了敌人 6 次进攻，打得难解难分，双方都死伤惨重。

但是，谁都没能前进一步。

太阳落尽了，宏壮的晚霞消失之后，天空便成了铅灰色。而且一时比一时深黯。落日前布满天空的白云，渐渐地被深黯的铅灰色溶蚀。不一会儿，天空完全成了一个颜色。

各团都在按照陈钟书的部署抓紧时机整顿队伍、修筑工事。

硝烟中，陈钟书一刻不停地穿梭于指挥所和阵地之间，检查各火力点掩体、散兵坑、重机枪、战防炮在交通战壕内移动的预备点位，同时，不间断地用望远镜观察敌人阵地的动静。

指挥所里，陈钟书突然发现距滇军前沿阵地约 500 米的一个村子里，铁丝围栏，岗哨林立，来来回回走动巡逻的日军也全都荷枪实弹，四周砌有严密的工事，戒备森严。

显然，饥疲交迫的敌人正在休息。

"他娘的小鬼子，你也有人困马乏的时候！"陈钟书自言自语道。

莫肇衡不解其意地望着他，"旅长发现什么了？"

陈钟书秘而不宣。说："等着吧，今晚让你看一场好戏！"

晚 10 点，副旅长马继武打电话给莫肇衡："给你 10 分钟时间，从你团挑选 40 名精兵强将，到旅部集结。"

莫肇衡问："能问一声准备派做什么用场吗？"

"旅长既然调兵，就肯定有旅长的用意。我说不好。"马继武打起了官腔，"你要是想知道，可以带着兵一起来嘛。"

10 分钟后，40 名身强力壮的小伙英姿勃发地站到了陈钟书的面前。

莫肇衡此时已经明白了陈钟书的用意，"旅长，你真要打？"

陈钟书毫不动摇："是，我已箭在弦上。"

莫肇衡疑虑重重。说："旅长，我刚刚又对日军阵地观察了好久，日军防守得太严密了。警戒哨眼看着就要放到咱们的家门口了，火力点不计其数，我们的部队要想渗透进去，可能性几乎为零。不然，鬼子是绝不敢这样毫无牵挂地蒙头大睡的。"

"我要的就是小鬼子的这种稳操胜券。"陈钟书毫不为意，"鬼谷子曰：

‘凡趋合倍反，计有适合。化转环属，各有形势，反覆相求，因事为制。’世界上，万事万物都在千变万化，一个主帅高不高明，就看他能否在瞬息万变的事物中，抓住事物转化的时机，拿出多个计谋去应付不断变化的情况。”

莫肇衡若有所思。

“张世勋——”陈钟书突然叫道。

“张世勋在。”

陈钟书声色俱厉：“该说的，我都说了，下面就看你们敢死队的了。”

“请旅长放心，敢死队保证完成任务！”

“敢死队要敢死，不是自己敢于死，不把小日本赶出中国我们谁都不能言死！我们的敢死队，就是千难万难，千死万死，也要千方百计地先把小日本送去死！你们要以最快的速度冲进村里，把鬼子的枪械、装备、弹药等能拿的拿，不能拿的连小鬼子一起全都给我炸了，要炸得他一败涂地、元气大伤。一定要狠狠地煞一煞小鬼子的嚣张气焰，为阵亡的弟兄们报仇！为中华民族雪恨！”

“放心旅长，保证打得他落花流水、人仰马翻。”

陈钟书看了看腕上的手表，想了想，然后，毫不犹豫地撸下来，戴到了张世勋的手脖上。

“记住，三点以前，我要听到进攻的枪声；天亮之前，我要亲眼看着你们大获全胜地班师回朝。还有，记得把他娘的手表还给我。”

大家伙“轰”地笑了，凝结在官兵们脸上和心头的紧张与焦灼顿时一扫而空。

张世勋信心百倍，“旅长，你就瞔等着好了！”

陈钟书慷慨激昂地吟诵道：“滇军士兵闯敌围，铁骨铮铮逞雄威；腰悬刀剑偷营去，手刃匪酋凯旋归。”陈钟书大手一挥：“出发！”

这夜，万物凋零，草木成灰，时间如枯骨沉睡于大地。

陈钟书仿佛铁铸一般伫立在窗前，直勾勾地凝望着遥远的暗夜，一言不发，一动不动。警卫员几次过来劝他去睡一会儿，等那边打响了立刻喊他，他一概置之不理。就连马继武过来劝他，他都没有说一句话。

他的心，全都在即将打响的夜袭战上了。

夜空漆黑，敢死队员们隐蔽前进，很快包围了鬼子盘踞的村庄。因连日战斗，日本兵十分疲惫，酣睡正甜。明哨暗哨均未察觉到滇军已经兵临城下。

突然，枪声像爆豆一样，响彻浓雾。

陈钟书一个激灵，一步跃上一堵被炸断了一半的残垣断壁，瞪大眼睛向火光处望去。

“打响了！打响了！”陈钟书手舞足蹈地欢呼着。

——张世勋带着他的敢死队，趁着浓浓的夜色，神速地潜行到村庄之外，万籁俱寂中，神不知鬼不觉地爬过铁丝网，进入村庄。按照事先部署，一部向日军的指挥所发起猛烈攻击，另一部直扑鬼子休息的帐篷。刹那间，火光冲天，杀声震耳，机枪、手榴弹齐发，爆炸声、警笛声、喊叫声混成一团。正在梦乡的日军晕头转向，来不及辨明向自己开枪的是哪路神仙，就上了西天。这一仗，速战速决，不到 20 分钟就消灭 500 多敌人，还缴获了一大批轻重武器及弹药。待临近师团日军接到求救消息赶来增援时，战斗已结束，张世勋早已率部撤得无影无踪。

整整一个上午，元气大伤的日军都没有任何举动。午饭后，日军倒是组织了几次进攻，不过，规模都不是很大。在陈钟书看来，完全是装腔作势、装模作样，根本就形不成威力。

“旅长，你说小鬼子在玩什么诡计？这哪里是进攻，分明是在哄小孩子过家家嘛！他娘的！”

晚饭时，说起日军下午的几次进攻，马继武生气地骂道。

“小鬼子这是在麻痹咱们。吃了这么大一个亏，怎么可能善罢甘休啊。”陈钟书扒完饭，将碗往地上一放，站起身，眯起眼凝视着远方。说：“等着吧，他们这是在筹划一个更大的阴谋呢！”

马继武若有所思地点点头。

果然，第二天天一放亮，日军就纠集了一大批步兵、骑兵，在飞机大炮的掩护下，杀气腾腾地向 542 旅阵地攻来。

一阵猛烈的炮火轰炸过后，敌人又开始了新一轮进攻。

在陈钟书的指挥下，官兵们瞄准日军步兵就是一阵狂轰滥炸，突击队趁机冲上去，用集束手榴弹投向敌人的坦克。日军显然是有备而来，而且来势凶猛，一批日军倒了下去，立刻又有一批冲了上来，还没容滇军士兵喘口气，日军已经以迅雷不及掩耳之势推进到了他们的前沿阵地。

见此情状，陈钟书手拎一杆上了刺刀的步枪，一跃而起，大吼一声："弟兄们，给我杀！"说完，身先士卒冲入敌阵，与日军搏杀成一团。陈钟书左刺右挑，一连捅翻了十几个鬼子。

士兵们看见旅长如此神勇，一个个更是无所畏惧，所向披靡，刺刀所向，鬼子应声倒下。

板垣师团第21旅团旅团长桥本顺从望远镜中看见自己的部下招架不住中国军队刺刀的穿胸洞腹，被杀得屁滚尿流、夺路而逃，气得暴跳如雷。狂吼道："骑兵，快！命令骑兵立刻发起攻击！"

陈钟书正带领部队与日军生死搏杀，猛见一队骑兵高举战刀一路狂奔而来，他立即命令常子华团继续追杀日军步兵，莫肇衡团调转枪头阻击日军骑兵。

"目标，正前方日军骑兵，瞄准马头，打！"

黄土飞扬，弹雨如飞。繁茂稠密的枪弹如雨点般鳞集而来，一匹匹战马长嘶一声猝然跌倒，耀武扬威的日军骑兵腾空而起，然后，重重地摔到了地上。有的骑兵直接就被打死了，摔下马来，而战马仍在狂奔，死去的鬼子被缰绳拖着，一路颠跳……

远处密切关注着战局的桥本顺看到这一切，破口大骂："废物！废物！一群废物！"桥本顺无可奈何地摇了摇脑袋，"命令他们，撤退吧。"

陈钟书振臂高呼："弟兄们，小鬼子撤了，冲上去！"

陈钟书的手还在不停地挥舞着，身子却毫无来由地晃了几晃，接着，慢慢地倒在了马继武的身上。马继武感觉手上黏糊糊的，定睛一看，手上全是血，这才发现，陈钟书的肩头早已被鲜血浸透。一颗子弹不知何时从他的左眼射入又从后脑穿出……

"旅长！旅长！陈旅长——"马继武心如刀绞，挥泪如雨，没命地喊着。

陈钟书面色苍白，双目紧闭。听见马继武的喊声，他吃力地睁开眼。强忍着痛苦道："马副旅长，我……不行了。这个旅，就交给……你了，一定要把小鬼子，赶出五圣堂。否则、否则，我陈钟书死不瞑……”

话没说完，就又歪下头去。

马继武吩咐道：“快来人，把旅长背下去，旅长负伤了！”

司号班长吴国强立刻将陈钟书背到身上，在上尉参谋宋永庆、侍卫曾永泰的护送下，往后方转移。

马继武跃出掩体，吼道：“弟兄们，为陈旅长报仇，跟我杀啊！”

莫肇衡也跟着大呼：“为陈旅长报仇，杀啊！”

全体将士更是急红了眼，纷纷高呼：“杀啊！杀啊！”

滇军将士势不可挡地挥舞着长枪大刀，排山倒海般地杀向敌群，在气壮山河的杀声中，日本兵节节败退。

吴国强、宋永庆、曾永泰轮流背着陈钟书，匆匆前行。

在运河边，恰好遇到了正在督战的第60军军长卢汉。

“什么人胆敢后退？”卢汉怒不可遏。

“长官，是我们542旅旅长。旅长负伤了！”吴国强惊魂未定。

“你说什么？陈钟书负伤了？”卢汉大吃一惊。

卢汉心疼地看了软塌塌地伏在吴国强肩上的陈钟书一眼，焦急地喊道：“快背过河去，赶快抢救！”

过河时，陈钟书突然睁开了眼睛，有气无力地看了宋永庆一眼，说：“永庆，拿笔，替我，写几句话。”

“好的旅长，你说吧。”

陈钟书喘口气，强忍痛苦，断断续续说道：“予从戎卅余年，志在保国卫民。往昔曾经大小百余战而有意义达其使命者甚少，此次倭寇狼猖，国势危殆莫过于斯，蒙长官知遇予以重任，自知力图报效成仁取义，现虽未竟，中途罹危牺牲亦无遗恨。旅长职务由马副旅长指挥处理。惟予身后最重要而须办到者，一、请求上峰将予体速运滇安葬于圆通山麓；二、予奔走一生，两袖清风，未治家产，生计艰窘，并遗正待教养之幼儿男四女六，希转报师长要求卢军长、龙司令长官替予设法，俾免孤寡无依，流于惨境，是所至嘱！”

宋永庆一边写，一边流泪。成稿后，宋永庆又仔仔细细地看了一遍，泣不成声地说：“好了，我读一遍给旅长听听。”

陈钟书没有说话。

宋永庆再喊："旅长，你还听听吗？"

陈钟书依旧没有作声。

刚刚那段话，已经熬干了这位赫赫有名的少将旅长的最后一滴血。

陈钟书牺牲了。

陈钟书是滇军将士在抗战中第一个壮烈殉国的将领。

陈钟书戎马生涯30余年，12次参加敢死队，9次重伤危及生命，可谓九死一生。然而，这一次他没有这么幸运了。

纵横驰骋，安千秋家国，英雄肝胆照乾坤；策马扬鞭，定万世河山，男儿浩气当平生。陈钟书牺牲后，云南各界代表在沉重的悲痛中纷纷到陈钟书家吊唁。工农商学兵在昆明集会沉痛追悼，政府对陈钟书家属颁发了抚恤金。安宁、八街各族各界群众分别召开追悼大会哀悼民族英雄陈钟书，精镌匾额"功勋不朽""金碧生辉"悬挂于陈钟书家乡八街的关圣宫。

《云南日报》在报道"陈旅长钟书壮烈牺牲经过"时说："身先士卒奋勇歼敌，杀身成仁光荣无上。"

值得一提的是，由于战事急转直下，台儿庄、徐州相继失守，再加上陈家一家妇孺无人能够前往迎灵，陈钟书的遗体在徐州东关外一个庙宇里陈放了11天后被草草收殓，埋在一处乱坟岗上。遗骸至今没有找到，可能永远都找不到了。

遗憾已随流水远，英名仍伴故山雄。陈钟书戎马一生，最后，竟然连个归骨桑梓的遗愿都没能实现。这样的结局，怎能不"长使英雄泪满襟"？

第八章　丰城剑回的战躯

“喔——喔——喔——”

第183师1082团团长严家训率兵走近邢家楼时，邢家楼的黎明，才刚刚从鸡笼里睁开眼睛。

鸡鸣一声接着一声，声音粗糙喑哑，苍凉悲哀。一只侥幸没被日本人赶尽杀绝的公鸡肆无忌惮地叫着，一声声拉长了的凄怆，仿佛是一位受尽了人间千百种苦痛的妇人，在孤苦寂寞中长号，声音里满是绝望，宛如划破乌云的晴天霹雳。这久违了的声音，让这片荒凉的土地顿时有了生的气息。

“曹操曾有诗说：白骨露于野，千里无鸡鸣。生民百遗一，念之断人肠。真没想到，这个时候竟然还能有幸听见鸡鸣高树颠，狗吠深宫中。”严家训感慨万千地凝视着人迹罕至寸草不生的村庄，边走边说，“这真是今其江山虽在，而颓垣废址，荒烟野草，过而览者，莫不为之踌躇而凄怆。”

副团长顺着严家训的目光，望向远处的河埠，说：“国破山河在，城春草木深。金鸡报晓焉知不是在向日本人宣言：中国人民和中国生灵是你们永远也赶不尽杀不绝的！”

严家训点点头，赞许地道：“说得有道理啊！”说完，严家训话锋一转，又道：“副团长，问问杨旅长，愿不愿意把指挥部设在邢家楼。愿意的话，就给找一处深宅大院，让我们杨旅长也过一把地主老财的瘾。”

严家训所说的杨旅长是第183师541旅旅长杨宏光。

说完这番话，远征多日、饥疲交加的严家训凭空生出了一种如释重负的感觉来。

“离别家乡岁月多，近来人事半消磨”。其实，这一点儿也不奇怪。自重阳节兵出昆明，这一路，甭管是长驱直入翻山越岭也好，按兵不动风餐露宿也罢，没有一时让人心静如水、从容自若过。走进邢家楼，尽管还是“这刻不知道下刻的命”，但好歹总算是有了一种“少小离家老大回”的归属感。

团副笑了：“知道了，这就去问下旅长。”

——严家训，字诲诚，1898 年出生于云南省富民县永定镇永定街。

富民县位于云南省会昆明市西北部，境内，群山环绕，河流纵横，地势险要，距昆明仅一箭之地。自古为川藏、滇北入滇中重镇，昆明之要津，素有“滇北锁钥”之称。虽土壤肥沃，物产丰富，然自辛亥革命以来，云南经历了断断续续大大小小近 20 年的战争，耗费了大量人力、财力、物力，工商萧条，经济衰退，财政金融面临崩溃，各地土匪蜂起，民不聊生。

“富民”不富，是当地老百姓不谋而合的共识。

严家训自幼丧父，更是家境贫寒。15 岁从军离家时，祖母连天加夜给他缝制了一双新布鞋。他舍不得自己穿，临走时偷偷将鞋子塞在门后，留给家中兄弟，自己穿着一双草鞋出门而去。

严家训入伍后，因作战勇敢，不畏生死，很快便被选入唐继尧的侍卫军。

当时，龙云任侍卫军大队长。严家训为人忠厚、古道热肠、忠信乐易，深得龙云及军中将士好评。先是升任排长，之后任连长、营长、团长……

龙云任云南省主席后，直接破格将年仅 28 岁的严家训提拔为侍卫大队长。

1937 年，抗日战争全面爆发，滇军组建第 60 军，挥师北上。

然而，本应是首当其冲的“急先锋”的严家训却是榜上无名。

严家训三番五次找龙云请缨。说：“主席，国家兴亡，匹夫有责，我身为军人，岂能容忍日寇进犯？我决心保卫祖国，即使战死疆场，为国捐躯也是光荣的。”

其实，龙云有他的私心——

1927 年 2 月 6 日，昆明、蒙自、昭通、大理四镇守使龙云、胡若愚、张汝骥、李选廷发动推翻唐继尧的政变，云南政权的掌控也由过去唐继尧的一家独大，变为四镇守使风水轮流转。但是，这个脆弱的联盟绝非坚冰，没维持多久即被打破。1927 年 6 月 13 日深夜 6 月 14 日凌晨，胡若愚联合张汝骥突然向龙云部发起进攻，派兵包围了他在翠湖边的私人住宅，发动了云南历史上轰动一时的“6・14 政变”。

混战中，龙云被击伤眼睛，束手就擒。

胡若愚说：“我这位兄弟是练家子，要铁笼子才关得住他。”

胡若愚说到做到，果然特制了一只大铁笼子，内置藤椅一张，将龙云关在里面，囚禁在五华山下。

龙云夫人李培莲心急如焚，亲笔修书，让严家训乔装打扮，冒险去找龙云的老部下卢汉搬兵，救龙云于水火之中。

卢汉率兵星夜兼程，兵临城下，十面埋伏，布下天罗地网。

胡若愚眼见大势已去，被迫释放龙云，下野归田。

卢汉、朱旭发出通电，表示各界“特恳军长龙云再出东山，暂维时局”。38 军军长胡瑛也将省府信印和 38 军关防一并交与龙云。

至此，云南的政治军事大权尽落龙云囊中。

对这位冒着生命危险东驰西骋，救自己于牢笼之中的部下，龙云虽然嘴上不说，内心里却是“镂骨铭肌之至”。这么多年来，龙云一直让他珠玉在侧，刻意培养。

不让严家训随军出征，也是龙云有意为之。

戎马一生的龙云太知道了，一脚出滇，何时返乡，还能不能返乡，只有天知道了。所以，龙云一开始就把所有的官职都任命完了，目的就是断绝严家训的后路。

龙云平静地看着严家训，态度决绝，说：“我的出征名单已经板上钉钉，你要我出尔反尔？”

严家训低下头，“诲诚不敢。诲诚只求主席在出滇北上抗日的队伍里，再添加一个名额。”

龙云还是摇头，说：“这也办不到。你是一名少将，以你的军衔起码应该任个旅长。可 60 军旅长以上官职均已各司其职、各就其位，让我怎么安排你？让别人脱袍退位，让你袍笏登场？”

“我出征是为了抗日，是为了打鬼子，不是为了当官。只要让我上前线，哪怕是当一名士兵，诲诚绝无半句怨言。”严家训痴心不改。

“那哪儿行？”龙云一口回绝，“这可是一宗赔本买卖，我都替你抱亏。”

“主席，您忘了是怎样教导诲诚的了？”严家训去意已决，“今古人生有几何，繁华耀眼烟云过；追名逐利马蹄疾，得得得得得得得。”

“开弓没有回头箭，你可要想好啊。”龙云终于暴露了自己的私心，在长叹了一声后，说，“枪子可不长眼睛，它不管你是谁。”

“千山万岭吾独行，千军万马吾不惊；千招万式吾精练，千万身价业小灵。没啥可怕的，大不了捐躯疆场，20年后又一条汉子！”

龙云迟疑了一下后，说：“现在只有第183师541旅的1082团还缺一名团长，你要愿意的话，就去做团长吧。少将军衔不变。”龙云脸上的笑容一点一点凝固。

严家训笑了，“你不说你的部队都已经满编了吗？”

龙云哭笑不得，“你要这样说，我现在就收回成命。”

“君子一言，快马一鞭。现在想变卦，来不及了！”严家训一口气说完，哈哈一笑，赶紧脚底抹油——溜了，“我去报到了！”

严家训就是这样如愿以偿地站到了第60军的阵营里。

“石壕村里夫妻别，泪比长生殿上多。”

离家那日，满天黑沉沉的乌云拼了命地往下压，树上的叶子乱哄哄地摇摆，地上的花草也跟着不停地抖动。

严家训与妻子武锡珍默默无言，相视而立。

微风拂来，武锡珍颤抖着手给严家训扣上了最后两粒衣扣，泪流不止。

严家训悲愧交集，说：“我是一个军人，随时都有为国捐躯的可能，但死而无憾。子女托付给你，你要多辛苦了，望你抚养他们成人，成为国家的有用之才，他们将来会报答你的。你能看到他们成长，我很可能是看不到了，只好多多拜托你了。”

严家训一言，武锡珍的泪流得更欢了，她一句话都说不出，只是一味地点头。

严家训不敢再和妻子对视，转过脸，交代子女说："娃儿，爸爸去杀日寇，你们在家要孝顺奶奶、妈妈，听妈妈的话；在学校要听从校长、老师的教导，与同学友爱相处。"

年龄最小的女儿跑过来，紧紧抱住他的腿，哭道："爸爸你不要走！我不要爸爸走！"

严家训抱起女儿，亲了亲她的脸，说："宝宝乖，爸爸打胜仗了就回来，爸爸给你带好吃的，好不好？"

女孩摇摇头："不要好吃的，我要爸爸。"

"爸爸是军人，军人的职责就是保家卫国，现在国家需要我，等我打完了仗回来，带你去好玩的地方好不好？听话，到妈妈那边去，爸爸要走了。

说完，放下女儿，随着妻儿们依依不舍的目光，转身离去。及至门前，又停住了脚，转过头，看着几间蒿草丛生的茅屋，说："我不在家，孩子也小，你们也住不了这么多屋子，日子过不下去的时候，不妨卖几间，贴补贴补家用。"

武锡珍的泪水终于水夺眶而出了，她用手拭了拭，把头望向天空，眼泪汪汪地道："家里的事，你就别挂记了。天塌不下来，有我呢。你自己保重就好，我唯一放不下心的就是你，你要是……有个三长两短，你说……这个家还怎么过啊！"

武锡珍话刚落音，雨就落了下来，豆大的雨点像断了线的珍珠连绵不断地掉下，越下越大，落在地上的雨不久就汇成了小溪，闹着、跳着，向前奔去。雨水像鞭子一样无情地抽打在严家训的脸上，严家训抬起头，眯起眼，看了看淫雨霏霏的天空，说："放心吧，我死不了的。我一定活着回来！"

说完，义无反顾地阔步而去，连头都没回一下。

——第60军出征后，为了掌握部队军官的家庭情况，解决他们的后顾之忧，云南省政府曾委派专人对第60军军官的家庭情况进行调查，编印了《60军出发官佐调查录》。调查录显示，所有军官们都有妻儿老小，生活普遍困难。将士在前方英勇杀敌，后方的亲属则靠将士们微薄的收入艰难地生活。

部队在武汉的时候，武锡珍托人带过话来，说家中一切安好，让严家训勿牵勿挂，一心杀敌。

知妻莫若夫。

严家训明白武锡珍的心思，这不是怕他牵肠挂肚，而是武锡珍本人已经魂梦为劳。他想修书一封，告诉武锡珍一路无恙，实不必焦心劳思，分肠挂腹。无奈部队出征在即，军务缠身，根本抽不出个囫囵时间，只好委托捎信人口带平安。

迁徙途中，团部的一位通讯兵在火车上请文书为他代修家书，文书信口开河朗诵了一首盛唐诗人岑参的《逢入京使》："故园东望路漫漫，双袖龙钟泪不干。马上相逢无纸笔，凭君传语报平安。"这让严家训一下子想起了家乡，想起了家乡的父老，想起了家乡的妻儿，想起了家乡成片成片的辣椒花，以及那浓烈的云南味道。

在一堵断瓦残垣前，严家训停下脚，望着依稀可见的飞檐反宇、丹楹刻桷若有所思。常言道：瘦死的骆驼比马大。这话一点儿不假。仅从残垣断壁就可以看出，小鬼子打进中国前，这家人的日子一定过得安定富足、尊贵荣华。只是不知道这是一个仁者爱人、乐善好施的财主，还是一个心狠手辣、为富不仁的财主。

正想着，就听见副团长在身后道："团长，杨旅长说了，就依严团长的意思，将指挥部设在邢家楼。旅长还说——"副团长欲言又止。

"旅长怎么说赶紧给我一一道来，别跟个娘们儿似的。"

"旅长说，跟旅部离得近了，抬腿就过来了，让你看好自己的酒壶。"

严家训开怀大笑，说："回旅长，俺老严啥都小气，就是酒大方，甭管啥时候来，管保让他一醉方休。"

副团长也跟着抚掌大笑："我倒是一点儿也不担心你的酒会山穷水尽，我担心的是，跟你近了，旅长的酒只怕是要河涸海干喽。"

"这话我咋听着这么别扭呢，你是说我天天偷旅长的酒喝吧？你个吃里爬外的东西！"严家训转过脸，佯装怒容。说，"快找房子去！"

副团长嘻嘻一笑，刚要转身，就听身后不远处"轰——轰——"的一阵巨响，接着，又听有人喊道："不好，村里有鬼子！"

严家训扭头一看，果然，黑压压的一群小鬼子在炮火的掩护下正蜂拥而来。

刚刚松了一口气的滇军士兵一个个地完全呆住了，在这猝不及防的袭击面前尤显得无所适从。此时此刻，不要说还击了，连找个安稳的地方把自己藏起来，不让小鬼子的子弹射到自己这个最基本的自然反应都忘到九霄云外去了。真是做到了打死迎风站，炸死不低头。在雾霭腾天的硝烟中，在雷霆万钧的炮火中，风华正茂的年轻士兵们，像镰刀下的麦子般，呼啦啦，呼啦啦，倒地而亡。

严家训看在眼里，疼在心里：这些朝气蓬勃的士兵，远离家乡翻山越岭长途跋涉跟他严家训来打鬼子，可他们连日本人长什么样子都没有看清，就倒在了敌人的炮火中。

严家训的眼里往外喷着火，扯着嗓子大声吼道："隐蔽！卧倒隐蔽！"

这一声棒喝，如醍醐灌顶，有的"扑通"就趴到了地上，有的则往身边的颓垣废井躲去。

"怎么办团长，撤退吧！"一名参谋有些惊慌失措地问道。

对于士兵们的惊愕失色，严家训非常理解。他太了解家底了：装备较好，军官素质也不错，可惜战斗力一直都不强。打起仗来更是把保命放在第一位。这也可以理解，许多士兵之所以来当兵，说白了，就是为了混口饭吃，为了拿军饷养家糊口。就说他严家训本人吧，本来，大哥已经应征入伍，因而严家训这种情况就不需要裹粮策马投笔从戎了。但是，严家训为了给家里减轻些负担，增添点儿收入，冒名顶替参了军。

以这样一群初生之犊去和一支身经百战的魔鬼队伍击搏挽裂，以匹夫之勇逞一时之快，只能是自取灭亡。严家训是绝不会去做这种血本无归的营生的。

严家训打仗，讲究的就是一个"巧"字！

中国民间有句俗语：宁可前进一步死，绝不后退半步生。但那说的是信念，不是战术。严家训以为，此时此刻，战场形势与这句民间俗语就有着异曲同工之妙。怀着生的心理，不管三七二十一地溜之退之，从面上看是死地求生，只怕这就是死路一条！而本着死的信念，不顾一切地冲进村里，与鬼子拼个你死我活，乍看起来似乎有些自取灭亡的意味，也许就转机无限。尽管眼下小鬼子占尽天时地利，正在自鸣得意。常言说，骄兵必败。趁此机会，而出其不意地杀进村里，与目空一切的小鬼子来个破釜沉舟，胜利也许就在那一刻间得见分晓。

严家训扫了一眼周围的地貌，满眼望去，尽是一眼看不到边的黄土地，连棵手腕粗的树都没有。

凉风冷露萧索天，黄蒿紫菊荒凉田。

“退？往哪儿退？睁开你们的眼睛好好看看我们的背后，一望无际，一马平川，无处藏身，也无可藏身，就靠着我们两条腿往回跑，能跑多快？我们奔跑的速度，能够超越敌人的火力覆盖范围吗？”

一名满脸稚气的小战士从没见过这阵势，一听形势这么严峻，心中不免有些胆怯。他瞅瞅前面气势汹汹步步紧逼的小鬼子，又瞅瞅身后一览无余无遮无挡的黄土地，嗫嚅道：“团长，这前有雄兵，后无退路，进不能进，退不能退，这仗哪还有法儿打？”

“有法没法都得打！”严家训扫视了一眼众人，喊道，“张万全呢？”

特务营长张万全应声答道：“张万全有。”

“带着你的人迎上去，出其不意打他一下子，杀杀他们的嚣张气焰，另外，给大家伙争取些准备时间。”

“万全明白！”

“出发吧。”

张万全带着特务营绝尘而去。

这时，所有士兵的枪都端在了手里，齐刷刷地望着严家训，满眼里写满了期待和依赖，在等待着他的进一步指令。

“特务营撑不多长时间的，小鬼子很快就会打过来。”严家训面无表情地盯着渐行渐远的特务营的背影，说，“大家抓紧时间占据有利地形，把自己隐蔽好，听命令，等小鬼子靠近了再打。”

严家训是有着他自己的盘算的：部队是在完全没有准备的情况下仓促迎敌的，战争前所应进行的那些事无巨细的准备，如组织准备、物质准备和精神准备等，全都是空白。这可是兵家之大忌啊！战争准备的程度如何，是要直接影响到战争双方的主动与被动，顺利与困难，胜利与失败的！刚刚那惊心动魄的一幕，就已经用刻骨铭心的事实向大家证明了准备的至关重要。已经死去了的战士就不去指责他们了，但是，活着的呢，从枪炮大作到身边战友粉身碎骨，这情景不能说不骇人耸闻吧？可就有战士到现在还一本正经地把枪挎在肩上呢。然严家训并不去指斥他们。严家训一贯认为：兵是带出来的，不是训斥出来的。常言说：只有不称职的将帅，没有不称职的兵。况且，"蜂虿作于怀袖，勇夫为之惊骇，出于意外故也"，也并不是这些战士麻木不仁，实在是被这阵从天而降的枪林弹雨吓失了机。眼下，真正让他行思坐忆、研精覃想的是这种状态下怎么与敌人短兵相接。倘若真刀实枪地跟有备而来的小鬼子干起来，胜算几何？俗话说：吃一堑长一智。由于盲目前进，部队已经吃了一个大亏了，绝不能一错再错。

严家训虽然一介武夫，但毕竟也是在云南讲武堂受训过的，闭塞眼睛捉麻雀的事情绝对是不会做的。他早就盘算好对策了：避其锋芒，迅速机动，灵活运用兵力，抓住敌人的弱点，突然发起攻击，不跟鬼子做困兽犹斗，一旦受挫迅速撤退，避免胶着和拉锯状态。

鬼子的掷弹筒一连打了五六轮才停下，硝烟还在空中漫溢，杀气腾腾的小鬼子已经踏着皮靴"夸夸夸、夸夸夸"地逼到了村口。

张万全一头一脸都是血地跑了回来，气喘吁吁道："团长，小鬼子太猛了，我们实在挡不住了！"

"你歇下，交给我们吧！"严家训一跃而起，高喊道，"弟兄们，为死难的弟兄们报仇，跟我冲！"

随着严家训一声暴喝，士兵们高喊着"杀——"，挥舞着长矛，紧握着长枪，冲向敌群。

冲在最前面的就是严家训。

霎时，邢家楼村口枪击声、喊叫声、哀嚎声、怒骂声……各种声音交杂在一起，鬼哭神嚎，骇人听闻。

一场巢焚原燎、断脰决腹搏杀之后，一批日本军人倒下去了。

当然，一批中国军人也跟着倒下去了。

日军魂飞胆丧屁滚尿流地向村里退去。

"弟兄们，跟我冲，把小鬼子赶出邢家楼！"

"哒哒哒哒……"愤怒的子弹，像呼啸的大海，翻卷着死亡的浪花，连绵不断地冲向小鬼子。

“败类！败类！大日本皇军的败类！连这么一个小小的弹丸之地都攻不下，还算什么皇军？”日军阵地，池田大佐从望远镜里看到这里发生的一切，鼻子几乎都要气歪了，恨得咬牙切齿地说：“全体出击，不惜一切代价给我占领邢家楼。出发！”

随着池田大佐一声令下，鬼子出动了。

坦克辚辚碾过，原野发出一片哀嚎；士兵滚滚赶来，踏起漫天尘土。

古邳大地，柔肠寸断，欲哭无泪。

刚刚还如丧家之犬般抱头鼠窜的那帮小鬼子见状，立马来了精神，调转枪口就地还击，等待大队驰援。

严家训见势不妙，赶忙拦住士兵：“停止追击，寻找掩体，做好准备，阻击鬼子！”

副团长触目兴叹：“团长，你看小鬼子源源不绝，跟条长蛇似的，看这阵势，是非要置我们于死地不可啊！”

“有句老话怎么说来着？你有你的连环计，我有我的老主意——”严家训瞥了副团长一眼，胸有成竹地笑了笑，说，“破除长蛇阵，最好的方法就是制其两翼，使其首尾不能相顾。我们今天就给小鬼子来一个揪其首，夹其尾，斩其腰。”

副团长还是不得要领，“怎样揪其首，夹其尾，斩其腰？”

“马上你就明白了。”严家训收敛起笑容，深思熟虑地道，“弟兄们，我们的情势都摆在这儿呢，我不说大家也知道：不占据绝对有利地形，又没有预设防御工事。我们要是不把邢家楼拿下作依托，不光我们，全旅的人都要变成日本人的枪下鬼！下面我命令：副团长，你带着一营在这里保固自守，给我们迂回创造时间；参谋长，你带领二营钻到小鬼子腹部埋伏；我带三营绕到小鬼子背后去。我到达后，立刻给你们发送信号，咱们同时出击，不惜一切代价地往村里冲，让小鬼子顾头顾不了尾，顾尾顾不了头，顾中间则首尾不能相顾，坚决把敌人赶出邢家楼。”

这下副团长明白了，主动请缨道：“团长，还是你在这里守营吧，我带三营出击。”

参谋长也说："团长，你留下吧，旅部有啥事联系起来也方便。"

严家训想了想，说："好吧。到达地点，立刻发信号，全团以你信号为令发起冲锋。记住，小鬼子人多势众，我们是吃不了的，我们这边一打响，你要立刻给小鬼子留出口子，让小鬼子落荒而逃。做得巧妙点，要不着痕迹，千万不能让小鬼子看出破绽。"

"是，团长放心。"

"事不宜迟，出发吧。记住，多少人去，多少人回。我要你们全都活着给我回来！"

副团长和参谋长不约而同地说："团长放心，我们一定争取活着回来！"

"不是争取，是一定！"

"是，一定！"

望着副团长和参谋长带着两队人马渐行渐远，严家训用力咬紧了自己的牙齿。

"团长，我们怎么打？"问这话的是一营长。

严家训转过脸，见一营长正直勾勾地盯着自己，说："把你营所有的神枪手都集中起来，备足子弹，埋伏在第一道防线，只要小鬼子进入射程，立刻给我开火。不要心疼子弹，但必须得给我保证一枪消灭一个；第二道防线放一个连队的兵力，把全营的手榴弹都配给他们。看见神枪手撤下来以后，立刻补上去，把所有的手榴弹全都喂给鬼子；如果……"说到此，严家训冷笑一声，声音一下子尖利起来："如果这两轮阻击波仍然还没能阻挡住小鬼子前进的步伐，没办法，那我们就只有跟小鬼子刺刀见红了。"

"各连长都听见了没？限你们三分钟之内把你们连里枪法准的给我挑 30 名，送我这儿来。"一营长面对着严家训，脸都没转，就开始大吼小叫。

"是！"

不一会儿，90 名神枪手武装整肃地站到了一营长的面前。

一营长的眼珠子车轱辘般地在神枪手的身上来来回回滚动，说："你们这里面有没有南郭先生？有的话自己走出来，跟着第三道防线拼刺刀去，别在这儿给老子滥竽充数。那儿不需要瞄准，能把刺刀捅进小鬼子肚皮里就行。”下面鸦雀无声，没有一人搭话。一营长又道：“没人吱声，看来你们很有信心嘛，都把自己当成东郭先生了吧？”

严家训转过脸笑了，心里道：“真他娘的能穷白话，这都是哪扯哪啊！”

一营长瞥见了严家训脸上的笑意，以为团长这是在赞赏自己，很是得意。可他脸上并不表现出来，仍旧虎着脸。

“一连长，这些人就交给你了。记住，可得给老子打出威风来啊！”

“瞧好了，营长。”一连长雄心勃勃地带着神枪手们倍道而进。

“各连都有，把你们连胳膊长、臂力大的再给我挑30个过来。”

“嗯，不错。不过，好兵还得好官带。”眨眼工夫，90名神龙马壮的大力士又地站到了一营长的面前，一营长满意地一个个地瞅着，“二连长，钢筋铁骨的我都给你了，第二道防线能不能守住，守多久，就看你们的了！你行不行啊？不行赶紧说，我现在换人还来得及。”

请将不如激将！一营长故意利用二连长的自尊心和逆反心理，以“刺激”的方式，激起其不服输情绪，将其潜能发挥出来，从而得到不同寻常的说服效果。

二连长果然急了眼，“营长，不把小鬼子赶出邢家楼，我提头来见。”

“我不要你的人头，那玩意儿能当下酒菜？”

“那……咋办？”

“咋办？必须给我守住！”

“是，誓与阵地共存亡。”

“出发吧。”

二连长带着大力士们鱼贯而前。

眼巴眼望那些有点特殊本领的战士都被挑走了，剩下的战士不免有点儿沮丧。严家训看见眼里，说：“不能打不能拼的花拳绣腿都被我们给支走了，剩下的都是精兵强将。”严家训的话让那些留下的士兵们心头一震。“打仗什么最危险？什么最艰难？隔个百八十米的放空枪，那难吗？说难也难，说不难也不难，但不能算最危险。隔五六十米甩两颗手榴弹，那难吗？也是说难也难，说不难也不难，也不能算最危险。那最难的，最危险的，在哪儿？就在我们这儿。当他们阻挡不住的时候，由谁来做中流砥柱，由谁来浴血搏杀？我们。所以我说，只要敢于上战场，只要敢于拼刀枪，都是优秀的三迤儿女，都是真正的滇军战士！现在，我来问一问，大家有没有信心将小鬼子赶出中国？”

严家训一席话说得战士们心里滚烫滚烫的。

“有！”口号声英勇豪迈。

这一天，由晨到暮，竟日苦战。

有备而来而又丧心病狂的日军，先是突破了枪林弹雨的长枪阵，继而又越过了遍地开花的榴弹阵，还与滇军将士展开了难解难分的白刃战。但是，在浑身是胆、傲雪凌霜的三迤健儿们的顽强抗击下，强悍的板垣、矶谷混合师团最终还是趁着半晦半明的夜色，夹着尾巴溜了。

不论战争怎样激烈，太阳总要照常升起。

天刚露出鱼肚白，脚下的草坪上，露珠在闪闪发光，一切都纯净得让人心旷神怡，仿佛一幅淡淡的水墨画，水墨画里，弥漫着好闻的青草的香。

“看，太阳快要升起来了！”几名小战士似乎忘记了刚刚的出生入死，兴奋地大叫着。

大家不约而同地转过头，齐刷刷地向东边看去。

“还是孩子啊！”严家训睁开眼，怜惜地盯着这些天真烂漫的小战士，摇摇头，说，“这一夜的赴汤蹈火、冲锋陷阵还没把你们累趴下？”

——昨夜，一大队日军趁着月黑风高，出其不意地拿下第 1082 团阵地。日军的队伍像一条灰黑色的带子一样，在山地间蜿蜒着，只听得到“沙沙”的脚步声，连一声咳嗽都听不到。

严家训早就预料到了小鬼子肯定要狗急跳墙，所以，早早就将警戒布置到了日军的营地外，日军刚一蠢蠢欲动，这边就接到了报告。

严家训手拿望远镜，目光炯炯地盯着迤逦前行的日军，说：“弟兄们，小鬼子五次三番被我们打得落花流水，仍还不接受教训，非要跟我们拼个鱼死网破。大家伙说，咱们怎么办？”

“那还有啥说的？继续教训呗！定叫他有来无回！”

“好，准备吧！”

说话间，小鬼子威风凛凛地杀到了严家训的帐前。

严家训大喝一声："打！"

霎时，烟雾腾腾，火光闪闪，子弹马蜂似的"嘤嘤"叫着，射向敌群，"嗵嗵"的手榴弹爆炸声响个不停，枪炮声、喊杀声、号角声……回荡在山谷里。

战斗从半夜一直打到黎明。

小鬼子偷鸡不成，弃甲曳兵，落荒而逃。

"轰轰轰！"忽然，一阵沉闷的爆炸声，在团部外面响了起来，巨大的爆炸声，震得地面都在颤抖。看来，小鬼子连口气都没喘，就反戈一击杀回马枪来了。阵地上，铁器的撞击声，士兵的惨叫声，响成一片。黎明的空气里，除了呛人的硝烟味儿之外，还传来了阵阵浓浓的血腥味儿！

"团长，鬼子又发起进攻了！"一位士兵不慌不忙地喊道。

连日的苦战，士兵们已经处变不惊了。

"我已经看到了，把头缩进战壕去，不要理他。"严家训脸色铁青，他在努力使自己平静下来，"通讯员，立刻把鬼子发起进攻的消息上报旅部。"

严家训说完，一骨碌爬到了一处高坡上，手举着望远镜，对整个战场进行观察。

这一次，小鬼子不仅飞机轰炸批次增加了，炮火轰击密度加大了，地面步兵的数量也增加了不计其数。好手不敌双拳，双拳不如四手。日军这种以多打少，以众欺寡，以人力和物力巨大的消耗来夺取进攻胜利的打法，确确实实让严家训有点防不胜防。

春天的阳光，穿透战场上的硝烟，暖和地洒在伤痕累累的大地上，严家训深吸一口饱含着血腥味和硝烟味的空气，抬头看了看天空之中穿来穿去的战机，问：

"副团长，今天几号了？"

副团长诧异地瞅着严家训，说："团长，你忘了啊？昨天是 27 号，那今天就是 28 号了啊。"

"是啊，28 号。小鬼子已经向我们进攻了 6 天，我觉得他们也该弹尽粮绝了吧？"

“是的团长，小鬼子也就是秋后的蚂蚱，蹦跶不了几天了。”

“但愿他们寿终正寝就在今天！”

“轰轰轰！”几发大口径榴弹，在严家训不远处爆炸，炸起冲天的烟尘，冲击波一下子把严家训和副团长掀翻在地。

“团长！副团长！”几名卫兵慌忙跑过来，扶起两位长官。

副团长还好，没有受伤。严家训却没有这么幸运了，他的头上被弹片钻了一个硕大的窟窿，正一股一股地向外冒着鲜血……

“团长！团长！团长——”战士们声嘶力竭地叫道。

严家训想努力睁开眼睛，可最终还是慢慢地闭上了。

将军一去音容远，春风重到人不见。

严家训牺牲后，由于战功卓著，报经最高统帅部特许，发回原籍安葬。

灵柩由内侍副官赵映明、罗仲先及胞弟严家诰护送回故里。

严家训灵柩途经武汉、重庆等地时，受到沿途各界人士的公祭和悼念。

1938 年 8 月 13 日，严家训的遗体经水路运抵昆明。

为了迎接英雄灵柩，云南省政府下令，将昆明城南门拆除。

春城人民在古幢公园举行了盛大的迎灵仪式，云南省主席龙云在会上发表讲话。龙云说：“严团长的死，是为国家民族争生存，为滇人争光荣……”

8 月 14 日，《云南日报》发表悼念文章提道：“安息吧！英勇的民族战士！三迤健儿会为你复仇！”

第九章　骨肉相连的战友

五圣堂战斗打响时，第183师1084团二营一连连长赵继昌正在阵地上一刻不停地往来穿梭着，像个老婆婆似的一遍又一遍絮絮叨叨、不厌其烦地叮嘱士兵们壕沟该怎么挖，工事该怎么建。就在嘴皮快磨破的时候，三营阵地那边“轰——”地连着几声巨响，接着，便是“噼噼啪啪”的铁片碰撞、炸裂等各种声响混成一片的乱哄哄的声音。

赵继昌想看个究竟，还没有转过脸看过去，他这边也“轰——”地响了。巨大的铁块崩裂开来，纷纷跌下。阵地上，像暴雨即将来临时那样，漆黑一片。

“小鬼子开炮了，快卧倒！”赵继昌声嘶力竭地振臂狂呼着。

在炮弹投射出的青灰色的光芒中，赵继昌看见田野像大海一样，在咆哮、在翻滚、在摇晃、在抖动、在下沉。

赵继昌感觉到自己的心也一下沉到了谷底——

虽然赵继昌此时还不知道，在小鬼子金鼓齐鸣的炮火攻击中，二连遭受了伤筋动骨般的重创：有将近两个班的弟兄被炸死和受到重伤，最让弟兄们不能接受的是四挺捷克式重机枪也化为一堆废铁。但赵继昌依然为二连的危若朝露般的处境忧心如焚失魂落魄。因为，在八方受敌四面楚歌的二连阵地上，面对日军烽烟遍地炮火连天的轰击，显得有些脚忙手乱无所适从的滇军队伍里，有他的“影子兄弟”赵师韩。

赵师韩又名赵克，和赵继昌是堂兄弟。堂兄弟指共祖不共父的平辈兄弟，譬如伯父、叔父的儿子。过去，一大家人没有分家之前共一个堂屋，都住在一起，孙子辈的兄弟为了区别称呼，便把亲兄弟、亲姐妹之外的称为堂兄弟、堂姐妹，此称呼一直沿用至今。

赵继昌与赵师韩两人从小情同手足，一同上学、一同读书、一同割草、一同玩耍……亲密无间、形影不离。滇军在云南境内大举招兵买马，两人又裹粮策马投笔从戎。军营里，甭管是训练还是行军，吃饭还是睡觉，从来都是影形相随，人送绰号“影子兄弟”。

这次，“龙家军”出滇抗战，打破了这个惯例。两人虽然还在一个团，但因为都当了连长，理所当然地被分在了两个连。这样一来，兄弟俩就只能是隔“连”相望了。想想也对，一个连不可能有两个连长。想当连长，就得服从部队的规矩。

“娘生儿，连心肉，儿行千里母担忧。”

昆明出征时，母亲和婶母恋恋不舍地拉着他们兄弟二人的手，涕泗滂沱，说：“我们为娘的虽然不识字，不通晓国家大事，但眼睛不瞎，看得见人家已经把战火烧到咱家门口了，国家的前景一天不如一天。这个时候，要是还不出头，人家打咱、吃咱、压迫咱，还要骂咱们是缩头乌龟。所以，你们兄弟俩并肩作战出征打鬼子，为娘的绝不拖你们的后退。可是你们也要答应娘，一定都要活着回来啊！”

特别是娘，拉着自己的手，翻来覆去地叮嘱道：“继昌啊，你给娘记住，你是哥哥，可得要照顾好弟弟啊！”

赵继昌望望娘，这才短短两天时间，娘的头发就全白了，全不像四十岁上下的人。婶母也是瘦削不堪，脸上黄中带黑，尽是悲哀的神色。

赵继昌不敢直视母亲和婶母满含期待的泪光，低下头，却是斩钉截铁地道：“娘，婶母，你们二老放心，我一定把一个活蹦乱跳的弟弟给你们带回来！”

昆明出发后，一路上，赵继昌有点儿时间就跑到堂弟的连队去观望。其实，赵继昌心里也明白，虽是在赴汤蹈火的路上，但离“汤”离“火”还隔着千山隔着万水呢，远没到白刃相接生死肉搏的时候。堂弟不可能有啥不虞之患。可他就是控制不了自己的腿，不亲眼去看一看，心里就不安稳。

哪知，千想万想还是想错了。

战争不是华山论剑，日本人更不是东邪、西毒、南帝、北丐、中神通，说好了去华山，绝不去九华山，更不会在寒冬岁尽，华山绝顶，大雪封山之际，跟你“谈剑作酒，说拳当菜”。他们不是来做客的，他们肩上的枪炮就是他们横冲直撞的通行证。于日本人来讲，中国的每一寸土地，前一分钟还是风光秀丽的山水田园，后一分钟就变成了他们残害百姓荼毒生灵的杀人场。而对中国军队来说，则只能随机应变兵来将挡水来土掩，哪里有枪声、有炮声、有哭声……哪里就是他们浴血抗敌的战场。

战争瞬息万变，战场就在眼前。

眼前的事实已经在残酷地告诉赵继昌：战斗确确实实打起来了，战火已经纷飞，烽烟依然遍地，堂弟随时随地都有葬身火海的危险。

你说，赵继昌怎能不心急如焚！

这边阵地上，堂兄赵继昌急得如热锅上的蚂蚁——火烧火燎，而另一阵地上，堂弟赵师韩却像没事人似的，置身事外浑然不觉。

一条干涸的河床里，二连连长赵师韩正从容不迫镇定自若地跟连里几位副连长和班、排长布置任务。头上的炮阵、硝烟、光焰一阵阵、一团团，赵师韩置若罔闻，似乎与他毫不相干。

"常子华团长说了，我们对面的这群鬼子，是日军新近才调过来的一支曾经在南京大屠杀中'功勋卓著'的号称王牌军的部队，大队长叫本田。南京大屠杀中，本田和他的一群狼心狗肺的爪牙烧、杀、淫、掠，所有罪恶都有他们的一份。这一次，他们又是雄心万丈野心勃勃，要一举把我们消灭在这里。"赵师韩本来是蹲在地上的，说到这里，有些激愤地挺起身，将单膝跪在地上，攥紧拳头，说，"弟兄们，打淞沪咱们迟了一步，救南京咱们又慢了一拍，实在是太憋屈了。今天，这伙罪大恶极的兔崽子们自己送上门来了，关起门来打狗，堵住笼子抓鸡，咱们绝不能放过这个机会，一定要让小鬼子死无葬身之地！大家伙有没有这个信心？"

大家伙齐声响亮地答道："有！"

"好，既然大家伙全都是信心满满，我也就不多说了，各位请回吧，做好战斗准备，估计小鬼子放完这通炮就该进攻了。"

赵师韩指挥作战一贯干净利落，从不拖泥带水。会议也开得短小精悍。

大家伙散尽后，赵师韩拿起望远镜朝远方看了一会儿，歪过头望着副连长，说："副连长，我们这次面对的可是本田啊，这家伙可是茅坑的石头——又臭又硬啊。在南京，他们干尽了坏事，全队上下人均一枚勋章，飞扬跋扈不可一世。我们要是把这个家伙给打垮了，别的小鬼子想神气也不敢神气了。”

“放心吧连长，战士们的劲儿早就憋足了，就等着你下命令了！”

说话间，小鬼子的炮火突然停了，赵师韩望了望满天的烟雾和遍地的烟火，说：“别憋了，小鬼子就要上来了。通知各排做好战斗准备。”

赵师韩话没落音，一队鬼子便如期出现在阵地对面。

本田手举望远镜小心翼翼地察看了一通，见四处静悄悄的，便指挥刀一举：“进攻！”于是，黑压压的一大队鬼子端着枪，趾高气扬、耀武扬威地拥了上来。

连里好多新兵都是第一次上战场，眼见小鬼子长驱直入如蝗虫般压了过来，不免紧张。有的脸色变白了，有的心跳加快了，有的端着枪的手也有些哆嗦。

赵师韩见状小声叮嘱道：“不要怕，就当是在荒郊野岭碰上了一群穷凶极恶的疯狗。你怕，你就输了；你不怕，他就熊了。”

本田指挥着队伍摸石头过河般地前进了几十米，没受到任何阻拦，胆子一下子壮了起来。一丝笑意掠过本田的脸颊：“快速前进，五分钟时间给我抢占五圣堂。”本田得意忘形地吼道。

看到本田狂妄自大不知天高地厚的样子，副连长真的生气了。他的胸脯剧烈地起伏着，脸也涨得通红，从脖子一直红到耳朵后，特别是他的那双小眼睛瞪得圆圆的，往外喷着火，仿佛在时刻准备着烧死面前的这伙敌人。

“连长，打吧！”副连长急吼吼地道。

赵师韩却不急不躁地瞪了他一眼，“急什么，本田不是狂妄吗？那就索性就让他再狂妄会儿。”

“嗨！”副连长恨恨地将拳头砸在地上。

“等小鬼子靠近了，听我命令一起打。”

说话间，小鬼子已经毫无顾忌地逼到了眼前，眉毛、眼睛、鼻子、嘴巴、胡子都已经能够看得一清二楚了。赵师韩一声令下：“给——我——打！”

霎时间，各种火器一齐响了起来，小鬼子顿时鬼哭狼嚎。

本田这才恍然大悟：遭到埋伏了！

“撤退！撤退！”本田搓手顿足急赤白脸地吼道。

小鬼子反应过来，已在阵地上留下了几十具尸体。

吃了一个大亏的本田，很快就重整旗鼓开始了第二轮的攻击。

如果说，小鬼子第一轮的炮轰纯属不着边际打哪是哪瞎猫碰死老鼠的话，那么，这一轮则完完全全是见兔放鹰了。因为，刚刚虽然是仓促应战、仓皇逃跑，但是，作为一名训练有素的职业军人，仅就那一瞬间工夫，本田已对滇军的地形、兵力、火力的配置等了然于胸。还在亡命途中，就又下达了炮击的命令。

幸好赵师韩早有准备，小鬼子刚一撤退就迅速对阵地兵力配置进行了重新调整，待小鬼子的炮弹暴雨般地倾泻而下时，士兵们已经全都安全地撤离了阵地，疏散到了堑壕、断墙、屋宇等易于藏身处。

这样一来，损失反倒是比第一轮还小。

本田还在日本时，就雄心勃勃扬言要对中国人“作决定性地”一击。来中国后，他指挥着部队，逢战必打，见人就杀，百战百胜，所向披靡。南京大屠杀中更是杀人如麻血债累累。在他眼里，只有日本军队才是当今世界独一无二的军队，中国军队根本就如病夫般不堪一击。而且，来中国后的战果已经毫无悬念地证明这一点。

没曾想，今天一上来就吃了这么大一个亏，而且对手竟然还只是一支名不见经传的弱旅，连国军的“旁系”部队都算不上。本田岂能善罢甘休？炮火一停，他就挥舞着战刀气急败坏地指挥着士兵又逼了过来。

表面看，本田是来者不善气势汹汹，其实是虚张声势。毕竟这是在中国，对手在暗处，自己却是在明处，不知深浅，不知虚实，就贸然出击轻举妄动肯定要偷鸡不成蚀把米。特别是刚刚遭受的损失惨重的迎头一击，已经让他颜面扫地威望尽失。这一次，如果再蹈袭覆辙，那么，自己的军人生涯真的就到头了。所以，他决定这一次给中国军队来一个反客为主，光敲梆不卖油。就是把气势造得大大的，把速度降得低低的，甚至是进一步则退两步。他的目的很明确，就是跟中国军队拼耐力，然后四处合围，给中国军队来个“一锅端”。

赵师韩早就看透了本田的雕虫小技，“本田啊本田，还跑到中国的土地上玩起三十六计了？你也不看看你的老祖宗是谁！我不管你怎么变着法子花样翻新，就一条：按兵不动，不见兔子不撒鹰。看你怎么演！”

本田没有想明白的是，对手是守，自己是攻。守可以不求进取，攻却要长驱直入；守可以故步自封，攻却要直捣黄龙。最主要的是，守不受时间限制，攻则要分秒必争，万一延误了军机，那可是要军法处置的。

果然，不一会儿上面的催命电话就打来了：“本田君，我不明白你带着部队在那儿干什么，让我们的帝国军人陪着你看傀儡戏吗？”

“报告，卑职的想法是——”

对方根本就不给本田解释的机会：“我不管你什么想法不想法，你只要记住我的想法就行了！我要告诉你的是，如果20分钟之内还拿不下五圣堂，明天上午有一列开往帝国的军车，你就乘那班军列回国吧。”

本田恼羞成怒地将电话狠狠地摔在了地上，举起军刀，杀气腾腾地吼道：“前进——”

小鬼子像一群刚刚冲出牢笼的野兽，气焰熏天地杀了过来。

小鬼子很快便进入到了滇军的射程区域。突然，前方响起了两声微弱的枪声。不知是哪位士兵沉不住气，没按命令提前开了枪，两名鬼子一头栽倒在地，其中一名没有被击中要害，疼得在地上直打滚。其他鬼子见状，立刻分散卧倒，朝着枪声传来的大概方向进行压制性射击。赵师韩见状，急令士兵还击。毕竟小鬼子人多势众，而且又是有备而来，很快就把滇军的火力给压制住了。

赵师韩见势不妙，大声吼道：“手榴弹！”

霎时，手榴弹从屋顶上、断墙边、枝桠间飞了出去，“轰——轰——轰……”数百颗手榴弹在鬼子们的头上凌空爆炸，眨眼之间，小鬼子就躺倒了一片。

本田古怪而狰狞地望着壁垒森严的村庄，说：“你们不是深藏不露吗？我就给你们来一个火烧连营，你要是还遮遮掩掩藏形匿影的话，那你就只能葬身火海喽。这你可就怪不得我了，道路是你们自己选择的！”

本田命令部队把村庄周围的干柴、木棒、秸秆、庄稼什么的，凡是能烧着的全都点燃。

顿时，村里村外浓烟滚滚，一片火海。

本田也是拼了。走投无路也得走啊，总不能束手就擒坐以待毙吧？

赵师韩看见村里村外到处是火，生怕敌人乘机玩花样，立即命令各排把队伍全都拉上房顶，居高临下，牢牢地盯着敌人。

本田果然开始走绝路了。他把残余的鬼子收拢起来，让他们列队面对着东方向他们的天皇宣誓“为大日本帝国效忠，不成功便成仁”，齐声高唱《君之代》：“我皇御统传千代，一直传到八千代，直到小石变巨岩，直到巨岩长青苔…… ”

本田将重机枪集中起来，利用西南方的高坡建起了重机枪阵地，在西北角的一幢民居的屋顶上构筑了掷弹筒阵地，这两处阵地的火力利用起来，交叉生效。在重机枪和掷弹筒的掩护下，士兵们排成战斗队形，举起枪，齐步向滇军阵地做猛烈地殊死攻击。

本田的目的已经很明确，就是攻其一点不及其余，绝处逢生。

赵师韩早已识破了本田的意图，他怎么可能放虎遗患？但交相辉映的机枪阵地和掷弹筒阵地对滇军的威胁太大了，压得滇军士兵抬不起头来。行进着的日军在火力掩护下，眼看就要冲到鼻子底下，再不还击就要被打破缺口了！

赵师韩气急败坏地朝着身边的一排长大声喊道：“派一个班去把小日本狗日的机枪撸掉，一个班去把小日本的掷弹筒阵地给我端掉！”

“是。”一排长转过脸来把命令落实下去。

赵师韩从望远镜里看到，一班长带着几名战士悄悄地摸到了日军的掷弹筒火力点旁边，连续扔出了十几枚手榴弹，日军的掷弹筒立刻趴窝了。

赵师韩兴奋地一拍大腿，高声地喊道：“太好了！”

一名日军重机枪手闻声本能地转向赵师韩，赵师韩只觉身子一震，一股热浪在胸口鼓涌，他伸手摸了摸，发现自己小腹前软软的一摊，原来是肠子被打出来了！赵师韩想都没想，扯下绑腿，在小腹上胡乱缠了几下。这时，另外几名机枪手也同时将枪口对准了赵师韩并扣动了扳机，赵师韩一头栽倒在阵地上。

战争是无情的。不论在哪个地方，都会让人惊心动魄。鲜血像泉涌一样，从赵师韩的伤口汩汩往外流，赵师韩已经变成了一个血人。

赵师韩强忍着睁开眼，气烟声丝地跟副连长说："告诉我堂哥，我……已尽力，请他转告我父母，我想……他们。"

二连的阵地上尸横遍野，骨肉横飞，血流成渠。

——这一天，1084团各营、各连的战斗从早上一直打到了晚上，兰艾同焚玉石同烬，天昏地暗日月无光。部队的建制都被打乱了，官找不到兵，兵也找不到官。

赵继昌在尸横遍野的土地上，一遍又一遍地扯着嗓子声嘶力竭地呼喊着赵师韩的名字：

"师韩——赵师韩——你在哪里？"

赵继昌一边发疯般地奔跑，一边撕心裂肺地呼喊：

"二连还有活的没有？"

没有人回应，只有风在哀鸣。

喊是喊不应了，只能从故人堆里去找寻了。

赵继昌挨个儿地翻动尸体，翻一个不是，再翻一个还不是，也不知是翻到第几十个人了，赵继昌突然摸到了一个有呼吸的人。赵继昌喜出望外地清理着那人身上的土灰和碎石，拿出吃奶的劲儿把人从炸塌了的战壕里拉了出来。赵继昌用衣襟擦干净那人脸上的浮灰，瞪着眼睛仔细地辨认着，最终大失所望地摇了摇头。不认识。

但他仍抱着一线希望地将那人搀扶着坐起身子，急如星火地问道：

"兄弟，看见你们赵连长了吗，赵师韩？"

那名战士显然也受了重伤，摇摇晃晃地用手慢慢地指了一个方向，还没张开口，就又仰面软到了地上。赵继昌顺着战士手指的方向看去，一幢被炸得摇摇欲倒一触即溃的屋宇前后，躺满了日本人和滇军兄弟的尸体。

赵继昌顾不得这位战士了，撒腿奔跑过去，锲而不舍地东一头西一头地扒拉来扒拉去。腰累弯了，手划破了，脸也被划得一道一道的血口子。当他终于在死人堆里扒出了赵师韩的尸体时，赵继昌一下子就呆住了，赵师韩浑身上下被子弹钻了上百个窟窿，活脱脱被日本人打成了烂筛子。

好半天，赵继昌才缓过劲儿来。他觉得，每一秒钟，都犹如整个春夏秋冬那样漫长，大大的、圆圆的、一颗颗闪闪发亮的泪珠成串儿地顺着他的脸颊滚下来，滴在嘴角上、胸膛上、土地上，赵继昌也不去擦，任凭眼泪不停地往下流。

第1084团常子华团长常说一句话：“小时候，流血比流泪疼；长大后，流泪比流血疼。”这话一点儿不假。赵继昌觉得好像有一把尖刀利刃直刺进了他的心里，悲痛如泰山压顶般袭来。他的血液快凝固了，心脏要窒息了，五脏六腑也都要破裂了！

月亮升起来了，惨白、浑圆、苍凉，带着诡异的气息在云雾中穿行。

遍野残尸的阵地上，静得出奇。

赵继昌已经欲哭无泪——

临行前，自己信誓旦旦地答应母亲和婶母，一定把一个活蹦乱跳的堂弟给带回来。可这一仗都还没有打完，堂弟就这么不声不响地走了，自己该怎么去跟母亲还有婶母交代啊？此时此刻，赵继昌真的非常非常希望躺在这里的不是自己的堂弟，而是自己。而那根本就是不可能的。

赵继昌拼命地哭喊着：“兄弟啊，你咋就这么走了啊？让俺回家怎么向家里的人交代呀……弟弟啊，你说哥该怎么办呢？弟弟啊，你说话啊！”

赵继昌将堂弟已经变得发凉的尸体紧紧地揽在怀里，从上到下，颤抖着手摩挲着他的头发、眉毛、脸颊……当他摸索到堂弟的上衣口袋时，发现口袋里有东西，仔细摸摸，像是一张叠得方方正正的纸。

莫不是堂弟记的作战笔记？

想到此，赵继昌赶紧把手伸进堂弟的上衣口袋，掏出来，哆哆嗦嗦地展开，就见上面密密麻麻写满了字。赵继昌拿着信，走到一堆还没燃尽的篝火旁，借着火光一看，禁不住猛一个激灵，差点儿没把信丢进火堆里。

让赵继昌大吃一惊的这张纸竟是堂弟赵师韩写给父母的一封没有来得及寄出的遗书：

亲爱的双亲，现在我们已经加入台儿庄战场了，儿已抱定不成功便成仁的决心，去和敌人肉搏。此后战场上的消息，请您老人家别担心。飞机不停地抛炸弹，大炮不住地咚咚响。不写了。

敬祝福安。

不肖儿师韩跪禀

赵继昌惊奇得如五雷轰顶。他的大脑已经失去了指挥自己行动的能力，木头一般站在那里不动，愣着两只眼睛发痴地看着手中的遗书。良久，良久才反应过来，对着赵师韩的遗体卑陬失色。说："弟弟啊，哥一直把你当小孩子，可让哥没有想到的是，你竟然有如此家国情怀！跟你相比，哥措颜无地啊！"这一刻，赵继昌突然想起了自己对弟弟起的誓：带他回家。自己一定会践行自己的诺言。"弟弟你放心，不论怎样千里遥远千难万险，哥都一定要把你背回家，把你交到叔叔和婶母的手里，让你们全家见上一面！"

承诺很简单，但真正做起来，并不那么简单。

战争远没有终结，作为一个军人，自己不可能为一己之私，舍弃国家民族大义，做战场的逃兵。那样的话，堂弟地下有知，也会埋怨和唾弃自己的。可不做逃兵，那就要每天每日每时每刻都要与堂弟的尸体朝夕相伴。可这样做又现实吗？成天背着一个大死人，能否在枪林弹雨中与敌人短兵相接刺刀见红并克敌制胜都先姑且不论，战争何时结束？万一打个一年半载，堂弟的尸体能够撑到那个时候吗？腐了、烂了，又怎么办？

赵继昌踌躇起来。

对，母亲不是经常交代自己说"就是变成了灰也要飞回来"吗？

把弟弟的遗体火化了，把他的骨灰带回去！

月色下的黄土地早已经一片焦黑，光秃秃的土地上四处冒着青烟。

赵继昌从废墟中把那些被大火燃烧过但还没有烧尽的木头抽出来放在一起，又找来许多没有燃烧过的树木架在上面，让赵师韩平平整整地躺在上面。

火趁风威，风助火势，火堆很快就熊熊燃烧起来。

忿火中烧，烟炎张天，火光把天都照亮了。

"弟弟啊，是哥不好，哥没照顾好你，害你还是小子后生就离哥而去。弟弟啊，你理解哥不能现在就带你回家，哥还要继续打鬼子。咱是军人，出滇就是为了保护苏鲁大地不被小鬼子侵占，保护咱们父母兄弟姐妹一样的老百姓不受祸害！咱要对得起送咱上战场的云南父老乡亲，咱不能丢滇军的脸！你放心弟弟，仗一打完哥就带你回家……"

火光冲起的那一瞬间，赵继昌嚎啕大哭起来。痛哭流涕痛不欲生，哀号声借着夜风传了两三里远，连正趁着夜色蠢蠢欲动磨刀霍霍的小鬼子们都听到了。

大火燃尽，赵继昌从身上解下干粮袋，将袋中的米倾倒一空，将堂弟的骨灰小心翼翼地捧进米袋，结结实实地捆在了自己的身上，然后，百感交集地回望了依然烟雾缭绕的火堆一眼，一回头，大步流星地赶往自己的阵地。

天刚一放亮，小鬼子就开始炮击了。铺天盖地的炮弹倾泻到大地上，让人觉得天似乎要塌下来了。

这场战斗和昨天一样，从白昼开始，一直延续到深夜。

赵继昌不记得昨晚是什么时候睡着的了。他只知道，他是在日本人的炮火中醒来的。醒来的时候，他的怀里还紧紧地抱着堂弟的骨灰。

赵继昌一睁开眼就发现眼前七零八落一片狼藉。昨天幸免于难的房屋今天再遭劫难：房顶被吹飞了，屋脊被掀翻了，就连房前屋后的大树都被连根拔起了，歪歪斜斜的，在烟雾中风雨飘摇。

赵继昌一骨碌爬起身，这时，一排长已经跑到了他的跟前："连长，狗娘养的小鬼子又向咱们打炮了！"

赵继昌处之泰然地道："好，不要急。命令所有人先掩蔽好，等小鬼子上来再跟他们决一死战。"

这时，赵继昌突然发现阵地上出现了许多素未谋面的新面孔，他奇怪地拉一人过来，和气地问道："喂，这位小战士，我怎么没有见过你呢，你是哪个连队的？"

小战士叹了口气，无奈地道："报告连长，我们几个是第1085团八连的，那几个人是五连的。昨天小鬼子的攻击简直太疯狂了，各个阵地都打得天昏地暗，好多部队的建制已经不存在了，10个士兵能来自七八个连队。所以，你不认识我。但我认识你。我们不走了，反正是打鬼子，在哪儿都是打。"

赵继昌倚在一垛历经连天炮火还依然坚挺着的墙壁上啃着一块不知从哪儿摸来的生白薯，点点头，说："你说得对，别走了。在哪儿都是打鬼子，就留在我们连吧。"

这时，一排长来报告说，小鬼子开始进攻了。

赵继昌赶紧拿着望远镜看去,6辆坦克威视赫赫地在前面大开其道，坦克的身后，跟满了鬼子，黑压压的一大片。赵继昌不禁倒吸了一口气。赵继昌早就想到了小鬼子今天肯定不会善罢甘休，肯定要变本加厉，但他没有想到，鬼子居然动用了这么多部队。

赵继昌脸色铁青，咬着牙，说："全连注意了，继续隐蔽，不要去理会坦克，放它过去，集中优势兵力对付后面的鬼子。都听明白了没？"

大家伙齐声答道："听明白了！"

"好！"赵继昌瞅了眼身后的战士，一个个蓬头垢面脏污不堪，浑身上下破破烂烂血迹斑斑，当机立断道，"通讯员，去把我存的那两瓶高粱酒拿过来，给大家伙壮壮英雄虎胆！"

也就是眨眼间的工夫，酒就拿来了。

"葡萄美酒夜光杯，欲饮琵琶马上催。醉卧沙场君莫笑，古来征战几人回？"赵继昌接过酒打开瓶盖，大口地痛饮了一口，抹抹嘴，"得劲！弟兄们，都饮两口。"

酒瓶在战士中手手相传，战士们豪迈地开怀畅饮着。醇馥幽郁余味悠长的老酒，把战争带给战士们的思念、疲惫、怯懦等一切刹那间一扫而光，同时，又点燃了战士们的豪情和激情、志气和勇气……

两瓶酒没有传完，无所阻挡的坦克便越障跨壕从滇军士兵们的头上驶过。赵继昌怒发冲冠，两只眼睛瞪得大大的，五官挤成了一团，看起来很狰狞，他的脸庞涨成紫红色。

赵继昌站起身来，又急又气地疯狂地挥舞着手臂，样子可怕得像要吃人！"一排长，这些王八壳子就交给你们一排了，这边没你们的什么事了。其他人挺起胸脯来，给我狠狠地打这些狗日的！"

赵继昌一声令下，滇军兄弟呼啦啦全都站立起来，咣——轰——哒哒哒……重机枪、掷弹筒、手榴弹万箭齐发，铺天盖地般在敌群中连续爆炸，直炸得白骨露野血肉横飞。小鬼子东奔西突抱头鼠窜。

小鬼子出师不利死伤累累，让号称"常胜将军"的本田大队长十分恼怒。昨日一日他的部队没攻下一块阵地，颜面尽失。今日，卷土再来，又是出师未捷，刚一出手，就败下阵来，毫无招架之力。

所以，这一回他要亲自上阵督战。

本田高举战刀，恶狠狠地嚎叫道："出击——"

本田刚一露头，赵继昌就瞅见了他。

仇人相见，分外眼红。

"大家伙看见那个手举军刀的家伙了吗？他就是杀死我弟弟的罪魁祸首，你们所有的枪口都给我一起瞄准他，谁打中了他，给我弟弟报了仇，抗战胜利，在昆明大宴三天。我赵继昌说到做到！"

这还有啥说的？那一刻，全连几十支枪齐刷刷地对准了本田，本田想不死都不行了。

"哒哒哒……"几十发子弹雨点般地射在了本田的头上、身上。本田颓然倒地。

这一天，小鬼子发动了多少次冲锋，滇军兄弟们打退了多少次进攻，谁也记不住了。战士们知道的是，五圣堂还在滇军手里。

五圣堂安如磐石，固若金汤。

鬼子也明白了，自己遇到了真正的对手了！想通过人海战术以及什么小计谋、小伎俩来战胜中国军队，无异于白日做梦，只能仰仗于洋枪洋炮了！

傍晚，飞机来了。

小鬼子先是对五圣堂进行了地毯式轰炸，飞机刚走，炮兵部队又来了个万炮齐发，一个小小的五圣堂阵地，就倾泻了上百吨的炸药。

在一阵狂轰滥炸后，小鬼子一跃而起，嚎叫着扑向滇军阵地。敌我混在一起了，滇军兄弟们义无反顾地拉响了身上的手榴弹，与小鬼子同归于尽。滇军兄弟们临危不惧视死如归的英雄气概，连那些嘴里疯狂地高喊着武士道精神的鬼子们都禁不住望而生畏胆战心寒。

夜幕降临时，日军占领了五圣堂大部分地方，滇军开始后撤。

然赵继昌却没有接到命令，他带着不到 10 名残兵败将仍然精神抖擞地坚守在阵地上。

小鬼子开始打扫战场，探照灯在阵地上扫来扫去。

"有支那人！"小鬼子嚎叫着，赵继昌被发现了。

赵继昌果断地开枪击灭了探照灯，小声疾呼道："弟兄们，快跟我走！"

黑夜中辨不明方向，赵继昌带着一众人相互搀扶着、照应着，漫无目的地奔跑着。不知道跑了多远。突然有名战士冷不丁喊道："连长，你听——"

赵继昌莫名其妙地看着他："听什么？"

"你听，咱们家乡话！"

赵继昌直起耳朵仔仔细细地谛听着，说的果然是云南方言。

不用问，肯定是遇到了自己的部队。

赵继昌惊喜地跑了过去，就看见说话的正是第 184 师师长张冲。

赵继昌认识张冲，张冲却不认识赵继昌。

张冲猛地看见一群衣衫褴褛血头血脸的士兵一下子冲到了自己的面前，不禁一愣，当他看清来人身上穿着的是滇军的军服时，满腹狐疑地问道："你们是哪个部队的，怎么跑到这儿了？"

"我们……"赵继昌一屁股坐到了地上，怎么也起不来了。

"不要起，就坐在地上说吧。"张冲止住挣扎着想站起来的赵继昌说。

"长官，我们是第 542 旅 1084 团一连的，我们的陈钟书旅长牺牲了，团长、营长也不见了，弟兄们都被打散了，不知道到哪里去找部队。听见你们讲的都是云南话，我就带着他们找过来了。"

听见赵继昌的话，张冲不由得悲从心来，痛心切骨地道："陈旅长忠勇壮烈，滇军官兵无不感伤。陈旅长用血肉之躯，以顽强的斗志，挡住了矶谷师团的疯狂进攻，守住了我军阵地，必留为中日战争史上最光荣之一页也！我等谨当继续奋斗，扫荡寇氛，以争国家民族生存，以符乡邦父老期望。"顿了顿，又道："陈旅长的职务现在已经由马继武接任了，你们先休息下，我一会儿安排人送你们过去。"

在张冲的帮助下，赵继昌顺利地找到自己的部队。

"我正愁帐中无人呢，你就来了。来得及时啊！"新任旅长马继武毫不掩饰自己对赵继昌青眼有加，说，"很不幸，你们营长也光荣牺牲了，你就代理营长吧。"

赵继昌"因祸得福"。

赵继昌心里明白，战祸不消，日寇不除，中国人根本就不可能有福可享！

事实也确实如此，赵继昌担任营长后的第一场战斗，就遭遇了一场恶战，一个营只剩下了28个人。其中一个连在攻占一个高地经过一片树林时，中了日军埋伏全军覆没。

赵继昌也身负重伤。赵继昌先被送进野战医院，继而又被送进汉口医院。

昏迷中，手枪、挎包、衣帽全都丢了，但赵师韩的骨灰始终背在身上。

汉口一家报纸的记者专门采写了一篇报道发在报上：

> 60军有兄弟两人分任两个连连长，在邳县战役中，一死一伤，哥哥背着弟弟的骨灰作战，誉为难兄难弟……

抗战胜利后，赵继昌辗转回到家乡，见到了日思慕想的爹娘和叔叔婶母。赵继昌眼含热泪，轮番地抱着爹娘和叔叔婶母的双腿长跪不起：

“爹、娘，我和弟弟回来了！婶娘啊，弟弟战死在沙场了……他没给您老人家丢脸，他给咱们赵家光宗耀祖了！”

第十章 如泣如诉的战笺

商幼兰在第60军1082团的军营里找到上尉连长黄人钦时，黄人钦正“优哉游哉，辗转反侧”地躺在伙房的柴火垛上面呼呼大睡。

商幼兰的火“腾”的一下子就起来了，她使劲儿地扭着黄人钦的耳朵，大声地吼叫道：“黄人钦，你给我起来。这都啥时候了，你还躲这儿一味道遥不管天，日高丈五尚闲眠？”

黄人钦，字仰予，云南姚安县仁和区蜻蛉乡（现更名为栋川镇蜻蛉村）黄家屯人，姚安县立高小毕业后，即考入省立中学。省立一中是云南省一等的高级中学。学校创建于1905年，废经正书院改办学堂，名为省会中学堂。1909年省学务处征调省会中学堂堂舍办云南图书馆，将省会中学堂与师范传习所合并成为两级师范学堂附属中学堂。1911年“重九”起义后，两级师范附属中学堂、高等学堂（前方言学堂）、第一模范中学堂（前云南府中学堂）三校合并，于1912年2月命名云南省立第一中学校。

黄人钦入学之时，日本帝国主义强占我国东北三省的消息，正一人传十，十人传百，使国人震惊。大好河山相继沦陷，同胞涂炭，炎黄子孙，热血男儿，无不同仇敌忾。黄人钦深感国家危亡，民族受辱，遂萌发了习武从军报效祖国之志。初中毕业后，黄人钦不顾家庭劝阻，考入云南军官候补生队及98师军士队学习，毕业后部队编入滇军，先后任排长、连长职务。

“哎哎哎，干吗啊？”黄人钦疼得嗷嗷叫，龇牙咧嘴地睁开眼睛，一看是商幼兰，也跟着大声地吼道，“怎么躲到哪儿都逃不出你的手掌心呢！你有什么火急火燎的事？丢手，丢手，我还得再睡一会儿。”说着，伸胳膊蹬腿地打了一个哈欠，“啊——困死了！”

“怎么把你困成这个样子啊？少跟我装。”商幼兰脸都气红了。

“好，不睡了。生前何必久睡，死后自会长眠。”

“呸呸呸，叫你满嘴放炮！”商幼兰闻听，不仅拧着黄人钦耳朵的那只手没有松开，还暗暗地加了把劲儿。黄人钦疼得脸都变形了。“在你眼里，什么才是火急火燎的事？我要你娶我。你说，这算不算火急火燎的事？”

黄人钦用力掰开商幼兰的手，“扑哧”笑了，油腔滑调地说：“这算什么火急火燎的事，哪天娶不行，又不是明天就山呼海啸、天崩地裂了。”

“你……你分明就是在胡搅蛮缠！”说着，又要上来扭黄人钦的耳朵。

黄人钦躲过商幼兰的手，反诘道：“难道我说的不是实情吗？你说，明天会山呼海啸、天崩地裂吗？”

商幼兰见黄人钦“强词夺理，均非正论”，不由得怒火中烧。她的脸白得不成样子，双眼已满含泪水，瑟瑟抖动的长睫毛像在水里浸泡了一样，紧紧咬着的嘴唇也已渗出一缕血痕。

“你告诉我，一年之前，甚至可以说就在一月之前，是哪个浑小子天天跟在我身后，死乞白赖地追我、求我，让我嫁给他，跟我说什么‘沧海桑田不移情，海枯石烂不变心’‘曾经沧海难为水，除却巫山不是云’？我也是傻，被这个浑小子说动了心，脑子一昏，答应了他。哪知这浑小子反倒不急了，给我玩起了失踪，让我天涯海角钻窟窿打洞地找。你个浑小子，说，为什么要躲着我？”

黄人钦醉死不认那壶酒钱，“我什么时候躲着你了？没有啊。”

商幼兰可怜兮兮地问道：“那为什么我几次三番到部队找你，你都避而不见？”

“分明是你没找到我，怎能说是我避而不见呢？”

“我给你留言让你来找我，你为何不来？”

“怎么没来，我这不是正想着睡醒就找你去吗，结果你先来了。”

“黄人钦，你怎么就不能说句真话呢，说，你到底要瞒着我到什么时候？”

“我瞒你什么了？我有什么好瞒你的？”

商幼兰从来没有受过这样的对待，委屈的泪水在眼眶里直转，她蹲下身，伏在灶台上，两手捂着耳朵，双肩一抖一抖地哭个不停。

黄人钦爬起身，像热锅上的蚂蚁一样，在商幼兰身后急得团团转。他想去安慰她，又不知从何说起。他转了一圈，又转了一圈。最终，停住脚步，下定决心似的，说："既然这样，我也就不瞒你了，我娘找一位算命先生测了我们俩的生辰八字，说咱俩五行不合，相冲相克。我想……咱们还是分手吧，趁着都还年轻——"

商幼兰猛地抬起头，泪眼婆娑地喊道："黄人钦，不会编瞎话就别编，你以为这套骗人的鬼话我会信吗？"

"信不信由你。"黄人钦也显得有些粗暴和急躁，"事实就是这样，反正。"

商幼兰扭过头，看着他，那眼神，好像从来都不曾认识过这个朝夕相处的男人。

"黄人钦，你究竟要瞒我到什么时候，我就这么不值得你信任吗？"

黄人钦咬紧牙关，"我瞒你什么了？我有什么值得瞒你的？"

商幼兰咬紧嘴唇，飞快地看了黄人钦一眼，忽然发出一声冷笑，说："你以为我不知道吗？马路上，大到步履蹒跚的耄耋老人，小到蹒跚学步的黄口小儿，哪个不知，第60军就要奔赴抗日前线了，你以为我会闭目塞听、充耳不闻吗？欺凌一个民族，势必会唤醒一个民族，这是所有侵略者不能不遭遇的历史铁律。中华民族酷爱和平，但绝不会默默忍受外来的压迫和欺凌。危亡之际，必然要勇敢地挺起自己的脊梁，爆发出一种以民族精神空前觉醒、爱国激情空前高涨、民族凝聚力空前增强为突出特征的抗日民族精神，发出耀眼的光芒。这是一场争取民族解放的神圣战争，它是中国历史上惊天动地的伟业！是军人就要冲锋陷阵，是男人就要赴汤蹈火。这连三岁孩童都知道的道理，我会不懂得吗？我是那种不明事理的人吗？我会拖你的后腿吗？你说，你为什么单单要瞒着我呢？"

商幼兰越说越激动，终于"哇"一声痛哭了起来。她的心里像熬过一服中药，翻滚着一股不可名状的苦味。豆大的泪珠如流水一般在她的眼角滑过。

商幼兰失声痛哭了很久很久。

黄人钦就像根木头一样站在窗前，他看了眼投在院墙上的那抹残阳，像叹息一样，说："你让我说什么呢？其实，我就是什么都不说，你也明白，战争对于我们来说，意味着什么。就拿举世震惊的第一次世界大战来说吧，那场旷日持久的大战，就被许多人称为‘生命的搅肉机’，其残酷程度非一般人所能承受。4 年战争中，有 900 万名士兵死亡。更悲剧的是，还有 700 万名无辜平民也死于其中。可我们谁都没有办法避免流血。领土问题没有谈判，只有战争。”

商幼兰似乎平静了些，“这些道理，老师在课堂上都给我们讲过：要建立一个国家，仅靠梦想是远远不够的，最终还是要诉诸血和铁。”

黄人钦赶紧顺水推舟：“所以，我不能践行我的诺言跟你成亲了，这也是我躲着你，避而不见你最根本的原因。”

商幼兰反唇相讥：“战争和你娶我联系得上吗？”

“怎么没有联系？我这一走，不知道什么时候能回来，甚至不知道自己能不能活着回——”

话没说完，就被商幼兰给拦腰截住了，“你必须活着回来！”

“这话，你说了不算。枪炮不长眼睛，死亡随时降临。所以，这婚说啥都不能结。万一我回不来了，你也好找一门好人家。”

“你说得不对！”商幼兰一扭身，伸出手捂住了黄人钦的嘴，“成了亲，你就有了家；有了家，就有了念想；有了念想，你就不会死。这个新娘，我一定要做。谁也别想拦着我！”

黄人钦静静地看着院子里开得正艳的九月菊，轻轻叹了口气，说：“你犯得着吗？”

商幼兰笑了。但是，这笑容转瞬即逝。

她紧紧地搂着黄人钦，搂了很久，很久，说：“这件事，我是非做不可！”

黄人钦也反过来紧紧地搂着商幼兰，缠绵，却有种说不出来的忧伤。

告别军营，商幼兰一刻也不敢耽搁，仿佛脚底生风似的，大步流星、疾走如飞地往家赶。进了家院，连门都忘了敲，直接破门而入。

父亲商文炳正聚精会神地躺在卧榻上“咕噜噜咕噜噜”地抽水烟，商幼兰猛不丁地闯了进来，将正处半梦半醒之间的他吓了一跳。

“干吗啊你，疯疯癫癫的，不会喊一声啊？你已经是个大姑娘了，怎么还没有个女儿家的样子呢？”商文炳呵斥道。

商幼兰一屁股崴在爹爹对面的“龙纹宝座”上，心里焦急得如一团火在燃烧。

“什么女儿家的样子？我什么样子都不要。”商幼兰满脸通红，双眉拧成疙瘩，就连胳膊上的青筋都看得清清楚楚：“我只要结婚！”

商文炳心里咯噔一下，眼睛瞪得大大的：“什么什么什么？你说什么？你、你、你、你……要跟哪个结婚？”

“黄人钦。木行街的黄人钦。”

商文炳用纤细苍白的手掌捧着水烟筒，缓缓放到嘴边，浅浅吸一口，闷了好久才轻轻吐出来。说：“一个木艺人家的小子，有何德何能，竟让我的千金下嫁于他？”

“你知道什么？他是军人，60军的知道吗？他马上就要开赴抗日前线了。”商幼兰的眉毛往上挑着，嘴角也配合地微微翘起，连深深的酒窝里都盛满了骄傲。

要说黄人钦，商文炳肯定不知道。但要说起60军，别说商文炳了，就连那些个孤陋寡闻、大门不出二门不迈的看家婆子都能说出个子丑寅卯来——

南京国防会议上，龙云主动请缨抗战，国民政府当场授予“国民革命军陆军第60军”番号。龙云回滇后，即刻着手组建一支出征抗战部队，出滇卫国抗战。

每次说起，商文炳无不对龙云竖指称赞。但这事一下子与自己有关了，商文炳不由得大出意外。商文炳惊讶得像头顶上炸了个响雷，他简直不敢相信自己的耳朵。

“他、他、他……”商文炳接连不断地咽了好几口唾沫，似乎嗓子有点发干，“他是60军的？”

“60军1082团上尉连长。”

“马上就要兵出昆明？”

“无国何以成家，无家亦无以成国。男儿生于当世，理当为国而劳。生必死，荣必枯，命由天定，道由己出。无强者之心如何走强者之道，无担当之勇如何逞男儿之强？”

“婚姻不是儿戏，你不要意气用事。”

“我没有晕头转向。别说他还是一位青年才俊，即便他从前一无是处，仅仅凭他国难当头之时慨然担当，就值得我深爱不已。‘时穷节乃见，一一垂丹青。’一个人是否爱国，不在于和平时期喊过多少口号，表达过怎样的观点。而在于非常时期，做出过怎样的抉择。”

“你知道上战场意味着什么吗？”

“流血和牺牲。”

“那你还要嫁给他？”

“我为何不嫁给他？”

“万一……”商文炳欲言又止。

“你想说什么？”商幼兰觉得父亲像极了历经风霜后洞若观火的猥琐大叔，她倒吸了一口冷气，怒目而视，“你是不是想说，万一……他死在战场上了呢？我现在就来告诉你，万一他不幸献身了，我、我为他独守终身。我不怕‘更吹羌笛关山月，无那金闺万里愁’。”

商幼兰的心疼得像刀绞一样，眼泪像断了线的珍珠，扑簌簌地滚下面颊。她一口气说完，拂袖而去。临出门时，又止住脚，手扶门框，说：“随便你怎么想吧，反正，我主意已定。”

商文炳的脑袋往下耷拉着，双手自然地往下垂着，双脚微微地屈着。原来炯炯有神的双眼也失去了光彩，而且湿润润的，像是在他的眼里刚刚下过一场倾盆大雨。整张脸如被废弃的白纸一样，灰灰的，皱皱的，怎么熨都不会平整了。

这一夜，商文炳胡思乱想，一会儿梦见黄人钦浑身是血的尸体被人抬了来，女儿哭得死去活来；一会儿又梦见黄人钦胸带红花骑在马上胜利归来……辗转反侧，不能成寐。直到天快亮了，才昏昏沉沉地睡去。

好不容易迷迷瞪瞪地醒来时，太阳已经一动不动地高悬在头顶了。

商文炳懒洋洋地爬起身，有气无力地走到镜子前，他想看一看自己的落魄相。他惊异地发现，他的两鬓似乎凸起了几根银白色的发丝。

他清楚地知道，愁苦暂时摆脱不了，遂再把深邃的目光投向了远方。

谁知，还没看到窗外，佣人吴妈慌慌张张地跑了进来，“老爷——老爷，老爷不好了——”

商文炳本就心情不佳，闻听此言，禁不住火冒三丈，“老爷怎么不好了？站在你面前的是隔壁家的老爷吗？”

吴妈这才意识到自己把话儿说连了，忙改口道：“对不起，对不起老爷，我是说小姐绝食了，不好了。”

商文炳大吃一惊，也顾不得追究了，“你说什么？小姐怎么了？”

“小姐从昨儿晚上起就粒米未进，原以为小姐累了，就没有在意。早上，请小姐起床吃饭，小姐依旧不愿进食。你看，这都大中午了，还是不吃不喝。这样下去，会把小姐的身子骨饿坏的，太太请你过去看看。”

“心病还需心药治。我去看看能管个锤子用！”

商文炳垂头丧气地跟在吴妈屁股后面来到商幼兰的房间，夫人在女儿床前急得团团转。看见商文炳走进来，如同来了救星似的，两只眼一眨不眨，满怀期待地瞪着他。

商文炳还没进屋，一脚门里一脚门外，就虎着脸嚷嚷道：“行了，姑奶奶，你就别再跟着添乱了好吧。兵荒马乱的，这人心已经被折腾得够零七八碎的了。”

商幼兰置之不理。

“说吧，你到底想怎么着？”商文炳走到床前，歪着身子，说。

商幼兰还是钳口不言。

“我再问最后一遍，你不说话，我立马离开。”商文炳给女儿来了个最后通牒，“说吧，你到底想怎么着？”

“我要跟黄人钦结婚！”商幼兰终于开口了。

“家人有阻拦于你吗？”

“有！”

“谁？”

“你！”

“我反对了吗？”

“你……”商幼兰语塞了，“你没同意。”

“我怎么没同意？”

商幼兰眨巴眨巴眼：“你说……万一……”

“我说万一不对吗？难道你没有想过这个万一吗？如果没想过，你会十万火急、迫不及待地要举行婚礼吗？”

“黄人钦为了保家卫国命都不要了，我还怕做个寡妇吗！”

“说得好！是我商文炳的女儿。你看，做女儿的都想到了，做爹的为什么就不能想一下呢？”

商幼兰喜出望外，“这么说，你同意？”

商文炳被逼所迫，咬着牙，说：“我压根儿就没有反对过。”

商文炳没有说实话，商文炳其实是在来女儿闺房的路上才想通的。

俗话说：知女莫若父。女儿的脾气，他是知道的。她认准了的道，十头牛也拉不回来。而且，商文炳也不是老朽，保家卫国的道理他是朗若列眉的。“少年有志则国强，少年无志则国衰”“黄沙百战穿金甲，不破楼兰终不还”“壮志饥餐胡虏肉，笑谈渴饮匈奴血”。国难当头，好男儿理当为国为民挺身而出！在这救亡图存的非常时期，满街都是，母亲送儿打东洋，妻子送郎上战场，男女老少齐动员，万众一心，抗战到底。而自己家，女儿用自己的幸福向抗日战争致敬，做父亲的，不仅不予以支持，反而拖女儿的后腿，如此没有担当，何存于世？

捐躯赴国难，视死忽如归。

哪怕这个做父亲的心里有着无尽的不舍和隐忧。

所以，女儿刚一提起，商文炳马上就来了个顺水推舟。

太太刚想阻止，商文炳大手一挥：“都不要啰唆了，这事就这么定了！”

就这样，才有了3天后的这场婚礼。

1937年10月2日。

昆明木行街。

木行街，南起三义铺，向北转东至福源巷，全长205米，宽5米，原是旧城东南城外盘龙江边的一片荒地，清末逐渐形成街道，居民多聚于此，经营木材及木制品。1919年，新开小南门后，渐成木材市场，故名木行街。

古色古香的黄家老宅内，一场别开生面略显悲壮色彩的婚礼正在举行。

新郎是上尉连长黄人钦，新娘就是邻村陶朱之富商文炳之女、昆明女子中学学生商幼兰。

黄家大院的中间，用树枝搭起一座青棚，棚内棚外披红挂彩，正中摆放着彝家喜神牌位。彝家歌手不断地演唱着富有民族情调的青棚调。

青棚调，又称关龙调，因在用松枝搭的青棚内演唱而得名。

男：进入堂屋要拜堂。
女：拜堂先要拜哪个？
男：先拜天地与灶君。
女：灶君拜了拜什么？
男：灶君拜了拜家堂。
女：拜了家堂拜什么？
男：拜了家堂拜祖宗。
女：祖宗拜了拜什么？
男：拜了祖宗拜母舅。
女：拜了母舅拜什么？
男：拜了母舅拜父族。
女：拜好亲戚怎样做？
男：拜好亲戚倒宝瓶。
女：宝瓶先生怎样说？
男：倒与男，男会理财置田庄，
　　倒与女，女会治家保安康。
女：从此今日拜堂后，
　　今后日子怎么样？
男：从此今日拜堂后，
　　夫妻和睦偕百老。
女：拜堂以后做什么？
男：青棚里面跳芦笙。
女：谁人参加跳芦笙？
男：青棚底下无大小，
　　老老少少可参加……

与青棚调的喜庆气氛迥然不同，黄人钦、商幼兰的婚礼充满了豪壮、悲怆的气氛——

一身节日盛装的司仪侃然正色，新郎新娘也是浩气凛然。

“一拜天地，苍天助我阳刚气——”

黄人钦、商幼兰面对苍天拜手稽首。

“二拜高堂，跪别父母赶豺狼——”

黄人钦、商幼兰顿首再拜。

这时，黄人钦看见父亲眼里的光芒瞬间黯淡了下来，而母亲则早已经暗自垂泪了。

“夫妻对拜，妻子送郎上战场——”

商幼兰伏在地上，双肩颤抖着，怎么也站不起身，待大家七手八脚地将她搀扶起来时，商幼兰已经哭成了泪人儿。可能是怕自己喊出声来，商幼兰下意识地咬住了下嘴唇。

黄母见状，颤颤巍巍地走上前来，将商幼兰揽在怀里，边擦着她梨花带雨的脸庞，边道：“孩子，想哭就哭出来吧，哭出来吧。”

商幼兰盯着黄人钦，一直到把胸中的那口气全部呼出来，才缓缓说道：“黄人钦，你给我记住，从今儿起，你就再也不是一个人在单打独斗了，你是有家室有妻子的人了。你要答应我，你不能死，你要活着回来！我等你，等你，我要给你生一院子的孩子……”

商幼兰泣不成声地说着，初始，大家还都在努力地克制着。院子里，只有极低极低的啜泣声，不一会儿便哭声一片，连商幼兰的说话声都被湮没了……

傍晚，母亲将儿子叫到床前，“孩儿——”做母亲有满腹的话想对儿子说，可她实在不知如何开口。仅叫了一声“孩儿”，就泣不成声了。

“娘，有什么话，你就直说吧。”黄人钦理解母亲的心。

母亲点点头，“宁以义死，不苟幸生的道理，娘还是知晓的。儿杀敌卫国，娘绝不不阻拦。只是……苦了幼兰这姑娘了。”

黄人钦咬着牙，“娘放心，幼兰能掂量得出轻重。”

“娘的意思是，你新婚宴尔，如果请假，长官会批准的。”

“娘，这个假，我不能请。”

“娘不是让你请长假，是让你晚些个日子，过了婚期再去不迟。”

“娘，这假我不能请。‘一身报国有万死，双鬓向人无再青。’我是军人，必须紧跟部队。一旦战争打响，少一个人，战友们就多一分危险。”

“娘，别拦着人钦了，人钦说得对。”商幼兰一步跨进门来，“国兴则家昌，国破则家亡。难得人钦身上有这一份民族气节与家国精神，这一份不屈之志，我们应该支持他，鼓励他。”商幼兰久久地凝望着刚刚“喜披彩凤双飞翼，乐偕并蒂连理枝”，却马上又要“蕃汉断消息，死生长别离”的新婚丈夫，“人钦，你报效祖国的心情，我懂。你上前线打鬼子，我支持。只是，你这一走，不知何时才能再相见……”商幼兰的心里翻滚着一股不可名状的苦味。她的手颤抖着，掏出一块儿手帕放到黄人钦手中：“这是我亲手给你绣制的手帕，上面绣着你最喜欢的梅花，你带上吧，想我的时候就看看。你放心，我等着你。生，我是你的人；死，我是你的鬼！”

“结发为夫妻，恩爱两不疑。欢娱在今夕，嬿婉及良时。征夫怀远路，起视夜何其？参辰皆已没，去去从此辞。”黄人钦接过手帕，紧紧地攥在手里。此刻，他已经忘却了母亲还在眼前，右手一拉，直接把商幼兰拉入怀中。

商幼兰被这突然袭来的动作，惊讶得忍不住轻哼一声。

黄人钦泪流满面，呢喃道：“行役在战场，相见未有期。握手一长叹，泪为生别滋。努力爱春华，莫忘欢乐时。生当复来归，死当长相思。”

“不，我不要你生当复来归，死当长相思，”商幼兰一把推开黄人钦，歇斯底里地吼着，“我要你‘越王勾践破吴归，战士还家尽锦衣’。听见了吗？是战——士——还——家！”

“好，好，战士还家，战士还家！”

“弓背霞明剑照霜，秋风走马出咸阳。”

多日后，60军挥师北上。

黄人钦随军出滇抗战。

黄人钦白天翻山越岭，夜间笔写家书，反复重申其誓灭倭奴，为国雪耻之志——

在曲靖，黄人钦写道：

际此国家危亡之秋，正当男儿奋身报国之时。想父母教育子女，欲望效忠国家也。

于贵阳，致其妻函：

兵凶占危，古有明训，但绝不能减灭我杀敌壮志，因为国家亡了，我们的生命财产，一切的一切即随之灭亡了。苟活做亡国奴，有何意思？自昨天得知上海失利噩耗，心中更感无限悲愤。‘男儿有志出山关，不灭倭寇誓不还。’此即我的决心。

到上饶，黄人钦又云：

此次本军出征抗日，受命之时，吾即下最大决心，誓为国家全领土，为民族争生存。此志不遂，绝不生还。铁血救国，此其时也！

至信阳致其族兄函：

我们军人，只晓得和倭奴拼命，才是我们中国的出路。我们应拿我们的热血去保卫国家领土；拿我们的头颅去换取民族的生存。处在这最后关头，想到前线同胞，在冰天雪地中的浴血苦战，流离失所的难民，敌人铁蹄下被蹂躏着的亡国同胞，有人心者，恨不得即刻奔赴前线和鬼子见个高下，铲除这新仇旧恨。

“江水三千里，家书十五行。行行无别语，只道早还乡。”

铮铮铁言，耿耿丹心，令人感泣！

60军驻信阳时，一天，黄人钦正在带兵训练，突然，团部通讯员风风火火赶到，说团长要他火速到团部去。

黄人钦立马就往团部赶。

一进门，团长就拍着他的肩膀，满意地看着他，说："小伙子，干得不错啊！"

黄人钦规规矩矩道："谢团长夸赞，还需继续努力。"

"放松，放松。"团长笑了，将他按到椅子上，"小伙子，今天把你叫来，是有一件好消息要告诉你，为培养指挥人才，部队拟派你到重庆去受训，以资深造。"

黄人钦腾地站起身，毫不犹豫地道："团长，眼下祖国狼烟四起，战火遍地。此时此刻，人钦实在无心静坐课堂安然受训。大丈夫即使战死沙场，马革裹尸，亦在所不辞！请团长另选干才前往深造，让我报效祖国之志得以实现！"

"对你来说，这可是一个千载难逢的好机会。你要不要再慎重考虑考虑。"

"谢团长，不用了。人钦战意已决，绝不改变。"

"好！不愧为庙堂伟器，玉柱擎天！"

4 月 23 日，部队在凤凰桥、五窑路与敌军相遇。日军的炮弹如暴雨一般，向凤凰桥一带阵地覆盖而来，顿时，阵地成了一片火海。日军在 10 多辆坦克的掩护下开始轮番进攻，黄人钦率领战士们用集束手榴弹炸毁敌人坦克，轻重机枪密集开火射向敌人。

面对源源不断拥向阵地前的日军，黄人钦身先士卒，和战士们奋勇冲杀，与敌肉搏。敌人轮番进攻，阵地多次得而复失，黄人钦在枪林弹雨中，几番夺回阵地，不幸在冲锋时身中数弹，壮烈牺牲，为神圣的抗日战争献出了他年轻而又宝贵的生命，时年 29 岁。

倒地以后的黄人钦一直用手在胸前使劲儿地胡抓乱抓。战友们猜想，一定是那些深深地嵌在肉里弹片把他弄疼了，他想把它们给抓出来。

这是黄人钦咽气前，队友们看到的最后一幕。

——战斗打响前，士兵们疲惫不堪地躺在阵地上，望着满天的星斗胡吹海唠。黄人钦也在其中。他手里拿着临行前商幼兰送给他的那块手帕，一会儿放鼻尖闻闻，一会儿放嘴边亲亲。

一名战士见状，打趣道："连长，又想嫂子了？天天想，天天想，又想不到，不痛苦吗？"

"痛苦？"黄人钦笑了，说，"等你结了婚，你就知道了，痛苦其实和幸福一样，也存在着一种快感，也会让人上瘾的。就比方说思念吧，它就是一种幸福的忧伤，是一种甜蜜的惆怅，是一种温馨的痛苦。说得复杂点，思念是对昨日悠长的沉湎和对未来美好的向往。"

"不懂，太复杂。"战士摇摇头，突然口无遮拦地问道："那入洞房呢，痛苦不痛苦？"

"对，连长，跟我们好好说说。"战士们一听这话，赶紧地凑过来。

黄人钦咂咂嘴，说："这个……真没法说。等到你们结婚，洞房花烛夜自己去体会吧。"

"那不行！连长，你不能这么保守。跟俺说说吧。"战士们七嘴八舌道。

"真想听？"

"真想听！"

"好，那就说——"

这时，"轰隆——"一声巨响，日军的重炮又轰过来了。滇军倒下去一大片。

战斗又打响了！

战斗又结束了！

战斗结束后，战友们整理黄人钦遗物时，在他的贴身衣袋里发现了那块儿绣着梅花的手帕。洁白的手帕已经被鲜血浸透。手帕里面是一页被染红了的信纸。这是黄人钦写给新婚妻子却还未来得及寄出的遗书。

幼兰爱妻；倭寇深入国土，民族危在旦夕。身为军人，义当报国，万一不幸，希汝另嫁，切勿自误……

信只写到这里便中断了。原因是就在他写信的这个夜晚，向前神速推进的日本人攻占了他们的阵地。他牺牲了。

“休相问，怕相问，相问还添恨。春水满塘生，鸂鶒还相趁。昨夜雨霏霏，临明寒一阵。偏忆戍楼人，久绝边庭信。”可怜商幼兰与君一别，从此便把心拴在了黄人钦的身上。她获悉黄人钦平安的消息的唯一渠道，就是黄人钦的书笺。几日不见传书，就会寝食难安，心里慌慌的，乱乱的，胡思乱想。这天，商幼兰刚刚读完毛文锡的《醉花间·休相问》，邮差送来了黄人钦所在的部队寄回的他的血衣和遗书。商幼兰朝相盼，夕相盼，相盼能相见，最终盼来的却是一纸噩耗……

乡亲们在其祖坟地里，为黄人钦建了一座衣冠冢，以示悼念。

国民政府为褒黄人钦忠勇，追授其少校之衔。

第十一章　视死如归的战鹰

……现奉令守卫台儿庄东翼的湖山、窝山阵地，虽尚未接敌，但连日来，我军官兵已伤亡多人。国家兴亡，匹夫有责，我身为抗日军人，负有保卫我神圣领土重任，此为我与阵地共存亡，报效国家，竟素志之时也。我如为国牺牲，身无长物，家中所遗什物悉归茂莲，盼善抚子儿以继吾志，勿过分悲戚，善自珍摄，炮火连天，不暇详嘱……

烽火连三月，家书抵万金。

这封信，既是家书，也是遗书，是第182师1078团团长董文英写给妻子贺茂莲的。

从这段朴素的家书中，我们可以清晰地看出，董文英早已将生死置之度外，表现出誓与国家共存亡，誓死保卫祖国神圣领土的英勇献身精神。

董文英，字茂才，1901年出生于云南省临沧市云县爱华镇德胜干沟村。贫苦的家庭生活使他从小就养成了吃苦耐劳的精神，培养了他坚强的性格。董文英17岁时应募在滇军服役，因作战英勇，被晋升为排长。1922年，他回云县招募家乡子弟兵。后被保送到云南讲武堂四川分校，毕业后回滇军任近卫4团某营连长。1933年，再度回家乡募兵，在大理编入第10路军第1旅，任营长，1936年升任团长。卢汉奉命组建第60军时，董文英毫不犹豫地报名出滇抗日，被任命为第182师1078团团长。部队在湖北孝感花园整训时，董文英参加了珞珈山军官训练团。

董文英最信奉的是《孟子·告子上》一文中的一句话："生，亦我所欲也；义，亦我所欲也，二者不可得兼，舍生而取义者也。"他经常告诫自己的士兵："国难当头，唯真心抗日、勇于牺牲者，方能中流砥柱。'靡不有初，鲜克有终。’作为一名军人，就要秉持民族大义，肩负历史重任，不惧牺牲挑战，以自己的钢铁意志和坚决行动，战斗在抗日战争的最前列，直至流尽最后一滴血！”

部队在孝感花园整训期间，董文英接到家信，其父董福田不幸病逝。董文英悲痛万分，但忠孝不能两全，他只能趁着夜阑人静，一个人偷偷地在驻地的一处荒郊设灵哀悼。

董文英跪在灵前，痛哭流涕。说：“父亲啊，古人语：稻谷入仓才算粮，终时在场才是儿。可儿乃国之军人，守土有责，不敢因私恩而废大义。儿只能学山西阳城县令王雅量让儿媳代儿为您老送终了。请父亲放心，孩儿一定化悲痛为力量，英勇杀敌，以实际行动告慰父亲在天之灵！”

这晚的事情，董文英跟谁都没有言语一声。

董文英把悲伤和思念全都埋在了自己心间。

董文英自以为做得隐蔽，然却一点儿也没有瞒过爱兵如子又明察秋毫的第182师师长高恩溥的眼睛。

“怎么搞的，皮泡脸肿，面色土灰，跟个霜打的茄子似的。几宿没有睡觉了？”第二天早出操时，高恩溥一眼就从董文英的鸠形鹄面上看出了问题。

董文英强作笑颜，说：“没事师长，昨晚想了个问题，睡晚了。”

“马上就要打仗了，把身子侍弄好。别还没上战场呢，自己先倒下了。”

“放心吧师长，不会的。”

高恩溥瞅了他一眼，说：“嗯，但愿我能放下心。”

董文英吁了一口气，总算是把这事给瞒过去了。

让董文英出乎意料的是，傍晚，董文英和通讯员一道去吃晚饭。一进饭厅，一下子被厅内那种庄重肃穆的气氛给镇住了：全团士兵没有一人在大吃二喝狼吞虎咽，全都正容亢色地凛然而立。每个人的手里都捧着一只盛满了烧酒的黑碗。

额蹙心痛的高恩溥就站在第一排。

看见董文英进来，高恩溥上前一步，说：“董团长，老人家的事情，大家都知道了。”说着，转过身，招呼众将士道：“来，弟兄们，我们一起敬老爷子一碗酒！”大家伙儿齐刷刷地躬下身，将酒泼洒到地上。

高恩溥吼道：“国难当头，日寇狰狞，滇军将士，同生共死！”

众将士跟着齐声怒吼：“国难当头，日寇狰狞，滇军将士，同生共死！”

董文英看见晶莹的泪水在将士们的眼中闪闪发光。

这一刻，董文英思念蔓延，心被掏空，眼泪挣扎着涌出了眼眶，像断了线的珠子一样，潮湿地划过他的脸颊，一滴一滴地流了下来，在土灰干燥的皮肤上留下了一道道曲折的线。

自那以后，董文英变得老是皱着眉头，笑纹也仿佛在他的脸上绝了迹。

整个人比先前更黑更瘦了。

部队抵达台儿庄附近后，董文英部奉命守卫在台儿庄东侧湖山、窝山一带。

“副团长，通知各营，先别忙着休息，赶紧查看地形，占据有利条件修筑工事。”部队刚一停止前进，董文英就斩钉截铁地命令道。

“团长，是不是让大家伙喘口气再干？”副团长见有个别士兵脸现不满之色，低声地建议道。

“小鬼子会等你吃饱喝足再来打你吗？”董文英歪过头，瞅了瞅副团长，反诘道，“陆军打仗，成也地形，败也地形。陆军的战争，可以说，除了知己知彼外，最重要的就是要会利用地形。以少胜多靠地形，以弱胜强靠地形，以逸待劳靠地形，长驱直入靠地形，剑走偏锋还是靠地形。只有对地形熟悉、掌握和运用到出神入化的地步了，才有可能稳操胜券。俗话说，初来乍到摸不清锅灶。小鬼子的长枪短炮咱就不说了，天上下雨了，你知道该去哪儿躲避吗？”

副团长跟董文英在当兵前就是形影不离的好兄弟，他最佩服的就是董文英的料事如神、神机妙算。这么多年，他跟着董文英身经百战，攻关夺隘，可以说是屡试不爽。对董文英从来都是俯首帖耳、言听计从。

“团长，我错了。”

“那还站在这儿？”

副团长伸了个舌头，“知道了”，一溜烟跑去落实了。

事实也果如董文英担忧的那样，连日来，日军恃其重炮、空军和机械化部队协同的威力，大肆向董团阵地发动疯狂的进攻。阵地上，硝烟弥漫，弹片乱飞，山坡被炸得千疮百孔，一遍狼藉。董团根本没有喘息之机，战斗打得相当艰苦。董文英沉着指挥，一边加强火力坚守阵地，一边伺机反击，竟然打得日军丢盔弃甲、狼狈不堪。连续血战10余日，日军阴谋始终未能得逞，不但没前进半步，反而损兵折将，伤亡惨重。

当然，董文英部也受到了日军的重创。

昨日一战中，有一个排全军覆没。带兵冲锋陷阵的排长，头天傍晚前还是连里的司务长。因该排长阵亡，他临危受命到这个排代理排长。接到任命，司务长二话没说，带着连长给他补充的新兵就冲上了阵地。

夜晚，鬼子倒是没有闹什么动静。然天一亮，司务长可就遭了殃了。小鬼子们几乎就没闲着，攻上来，被打下去；打下去，再攻上来。鬼子敌不过滇军，滇军也打不垮鬼子。双方在不到1公里的阵地上，打起了拉锯战。

傍晚，小鬼子又发起了猛攻。

一阵炮火过后，成百上千的鬼子蝗虫似的，势不可挡地蔓延过来。

刚愎自用的鬼子以为在如此猛烈的轰炸和炮击下，中国守军早已一命归西。小鬼子们打着“膏药旗”，骄横地排成四路纵队大摇大摆地走来，就连重机枪之类的火器都捆在了马背上。

司务长见状，立刻命令战士们利用被炮火摧毁后变成的废墟为依托，迅速构筑好掩体和工事，配置成有效的火力网，严密埋伏，严阵以待。没有命令，不准开枪，不得过早暴露。

日军走到距离滇军阵地500米时不见动静，便继续向前行进。300米、200米、100米，滇军仍然隐而不发。等日军完全进入有效射程内时，司务长一声令下，伏兵四起，轻、重机枪，步枪同时开火，敌人被打得措手不及，还没反应过来，就已人仰马翻，倒下了一大片。

“兄弟们，把刺刀上上，准备跟小鬼子肉搏！”司务长吼着，跃出战壕，带头向敌群杀去。

虽说司务长平素负责的都是后勤工作，极少极少真刀实枪地上战场跟鬼子刺刀见红。但打仗的基本谋略还是知晓的。在巫家坝集训期间，他就听董文英团长说过无数次，拼刺刀是战争的基本手段，永远不会过时。日军大兵压境，审时度势，与小鬼子奋力一搏，兴许还能夺得一线生机。错过时机，恐怕你就是想搏都没有机会了。一旦鬼子冲进战壕，全排士兵必遭灭顶之灾！

一名士兵被几个鬼子围住，小腿被刺刀挑中，血流如注。几把刺刀依然毫不犹豫地刺向他。司务长见状，一步上前替士兵挡住了刺刀，而他的前胸却被刺了一个窟窿，鲜血喷溅。

司务长看了士兵一眼，硬生生地倒了下去……

司务长这个排长，仅仅代理了一夜，就成了日本人的刀下鬼。

听说司务长壮烈牺牲的消息时，连长捶胸顿足。

在那间临时充当连部的老乡家的破草房子里，连长来来回回地走着，嘴里也跟着不停地念叨着："这可怎么好？这可怎么好？"

副连长以为连长是担心帐中无人，赶忙主动请缨，说："连长不必担忧，战斗再打响，我到这个排去代理排长。"

连长瞪了副连长一眼，说："你知道啥，我们连的伙食费有500多，都在他口袋里装着呢。这钱找不到，我们全连都得束起嗓子眼过紧日子。"连长的目光在大家伙儿的脸上巡睃："说说，你们哪个敢去？哪个找到司务长尸体把钱拿回来，我做主，这钱分给哪个一半。"

大家伙儿你看看我，我看看你，全都默不作声。不知在思考啥。

"我去吧连长。"这时，一名满脸稚气的士兵主动站了出来，说，"但我有言在先，我不是为了那一半钱去的。拿回来了，我也不要。我只是不想让弟兄们空着肚子上战场，死了还是个饿死鬼。"

"好样的，兄弟！"连长认识这位士兵，叫计稻华，是部队出发前招兵买马时，他亲自招来的。

计稻华参军的时候，父亲从怀里摸出一条毛巾送给他，说："记住了，毛巾是给你揩血的，不是用来揩泪的。好好打鬼子，是男儿，就要不怕牺牲，勇往直前。"

“男儿欲报国恩重，死到沙场是善终。”计稻华面色凝重，拳头紧握，说，“请全家人放心，我以我血发誓：宁为战死鬼，不作亡国奴！”

目睹着一切，连长当时就认定，这小伙一定会有出息。

事实证明，连长果然没看走眼。

“再带个人去吧，也好有个照应。你们谁愿同前往？”连长说。

“我去！我去！”大家伙儿争先恐后道。

有计稻华舍死在先，没谁心甘落后。

“计稻华，大家伙儿都要去，你自己挑吧。”连长说。

“不挑了。”计稻华捅了捅站在自己身旁的一位与之年龄相仿的彝族士兵，说，“山鹰，你敢不敢去？”

“啥叫敢不敢去，咱出来是干啥的？”山鹰是个小个子，也是满脸少年的稚气，闻听此言，将胸脯一挺，“走！”

计稻华和山鹰每人带了一把手枪、一支电筒，别上几颗手榴弹，冲进夜色摸进尸首堆去了。半夜12点左右，计稻华和山鹰扛着一床日本军毯风尘仆仆地回来了，一头一脸全是灰渍和血渍。

“怎么样，找到了吗？”连长迫不及待地问。

计稻华摇摇头，说：“我和山鹰用手电筒总共照了200多张脸，都不是。正要继续向前推进，结果被敌人发现了。我们不敢恋战，就回来了。”

连长点点头，又问：“这床毯子是怎么回事？”

计稻华说：“怕连长不信，我们专门从阵地上的鬼子尸体上解下来，带回来作证的。”

“怎么会不相信呢？”连长哭笑不得。思忖了下，说，“这样吧，你到这个排去做排长吧。”

计稻华一愣，忐忑不安地说：“连长，我怕干不好。”

连长则信心满满，说：“能干好，你一定能干好。我不会看错你的。”

计稻华不忍心拂了连长的一番好意，说：“那我就试试看。”

“不是试试看，是一定要干好。”

计稻华果然没让连长看错，第二天就爆了个大冷门——

第二天晚上，计稻华带着一排战士悄悄地直接就摸到了日军的驻地。

他将排里的士兵兵分5路，四方埋伏村外，他亲带一组直插中心。进村不远，就发现大约有30多名鬼子正在开怀畅饮，其中一名鬼子边举杯高唱，边手舞足蹈："抬头仰望，星空闪烁；风儿萧萧，独唱悲歌。朝着未知的前方启程，唯在梦中才可见遥远故乡。永别了，我美丽的故乡！"

计稻华悄悄示意大家做好准备，然后一声令下，手榴弹一起向小鬼子投去，炸得小鬼子鬼哭狼嚎。待小鬼子反应过来时，30多名鬼子兵已被消灭殆尽。最值得称道的是，所有士兵全身而退，没有一人伤亡。

返回路上，大家伙儿开心地哼起了董文英经常带领大家高歌的《云南陆军讲武堂军歌》：

风潮滚滚，感觉那黄狮一梦醒。
同胞千万万，互相奋起做长城。
神州大地奇男子，携手去从军，
但凭团结力，旋转新乾坤。
哪怕它欧风美雨，来势颇凶狠。
练成铁臂担重任。
壮哉中国民！

后来的战斗中，这个排在计稻华的带领下，主动出击、灵活作战、分段穿插、侧翼奇袭，把防御变成了进攻，把死守变成了活守，让日本侵略军的猖獗、傲慢、恣肆、狂妄和嚣张遭到了沉重的打击。

4月27日，日军主力再次深入第60军正面阵地。

早8时许，第二集团军总司令孙连仲转述第5战区命令：敌主力已深入第60军正面，进入我军袋形阵地。决于本日10时（后又改为12时），各军开始全面出击，歼敌于禹王山以北地区。各师攻击目标：第182师为蒲汪、后堡；第183师为李庄、五圣堂；第184师为陶沟桥。而此时，第182师在安恩溥的指挥下，已经鏖战六天六夜了，在固守蒲汪、辛庄、后堡、火石埠一、二线阵地时付出了重大代价，歼灭了日寇大量的有生力量，已逐次转移到了以塘坊为中心的三线阵地。

接到命令后，安恩溥澄心涤虑，殚精极思。

182 师三线阵地中的禹王山是固守运河的屏障，也是 60 军夺取整个台儿庄战役胜利的立足点，必须站稳禹王山这个脚跟，才能保证战斗的胜利。为了固守禹王山阵地，安恩溥布置 539 旅严防死守这一带，以伤亡还不大的 1078 团防守糖坊以右，1077 团（其中三营火石埠战斗后只剩 50 余人）防守糖坊以左。

540 旅两个团仅剩下了 700 多人，已按命令退驻后方整编待命。

安恩溥认为，182 师三线阵地不能轻动。如照孙总部的指示全线出击，或派出一个团出击，都有可能使整个阵地动摇。为顾全大局，他一再向军部、孙总部申述情况，请以确保现阵地为主，派必要的部队支援友军出击。均遭到驳斥。

“他娘的，这简直就是不让人说话啊！”安恩溥骂骂咧咧地在师部里来回转磨，像条饥饿的龇着牙的老狼，“不行，我得找军长去。”

第 60 军军部。安恩溥风风火火闯来，卫兵刚想阻拦，安恩溥一把将其推到了一边，冒冒失失地一头撞进来。

“卢军长呢？我要找军长！”火急火燎的安恩溥已经顾不上寒暄了。

军长卢汉不在，参谋长赵锦雯正面对地图苦思冥想，猛见安恩溥莽莽撞撞跑来，故作惊讶地道：“什么风把我们的大师长给吹来了？”

“我的参谋长哎，你就别跟我开玩笑了，我这心里啊，都要往外冒火了！参谋长，我安恩溥人微言轻，孙总部不搭理我，您总可以向孙总部晓以利害吧？一意孤行，失张冒势，一旦出师不利，不仅我们 182 师现在所占的三线阵地不保，禹王山也会失守，整个战局都将受到影响啊！”

安恩溥没想到，赵锦雯竟也是牢骚满腹。

“你以为我会比你高哪点儿吗？”赵锦雯说，“军长把嘴皮子都磨破了，人家就是油盐不进。你说怎么办？孙总部说：这一次，是全体行动，口袋里拿耗子，确有把握的事，绝不能一师独异。”安恩溥还想说什么，赵锦雯摆摆手，说：“别在我这儿废话了，回去准备吧。去吧去吧，听我一句劝，把你的劲儿啊用在战场上，不要浪费到军事法庭上。”

安恩溥垂头丧气地铩羽而归。

安恩溥刚进师部，董文英的电话就打进来了。

“师长，听说要打大仗了？有硬骨头没，有就交给我们 1078 团啃吧。”

“你小子的耳朵够长的啊！”安恩溥没好气地说。

“师长，你也知道，自来到这地儿，就一直是守守守，就没正儿八经地甩开膀子任着性子地进攻过。给憋坏了。”

安恩溥没工夫听他在这儿夸夸其谈，“能把阵地给我守好了就不错。”董文英刚想说话，安恩溥又补充道：“师部的决定是，以保全现有阵地为主，适当抽调部分力量出击。”

董文英哪知道其中深浅，仍在眉飞色舞地絮絮叨叨：“可我听说孙总部的命令是全线出击啊！”

“怎么命令是孙总部的事，怎么打是我 182 师的事。我这个师长还没撤，用不着你来指手画脚。”

董文英这才听出安恩溥话中的火药味。

“坚决听从师部命令。不过，若是有硬仗，请师长一定要多多考虑我们。”

“你们 1078 团现驻守的西黄石山、戴庄、杨庄对于今后作战关系十分重大。西黄石山是我们 182 师的阵地枢纽，一个兵也不能动，站稳阵地为主。”安恩溥吁了一口气，说，“不过，看在你能临危不乱主动请缨的分儿上，我就给你一个机会，从你们一、二两营中抽两个连或三个连出来，派一个营长率领，到时间按总部要求跟随大部队一起进攻。”

董文英一听又来了劲，“师长放心，防守西黄石山的第三营保证不动一兵一卒。但我要亲自率一、二两营的主力及机枪连、拍击炮排出击。”

“这一仗意味着什么，你知道吗？”

“师长，困难和危险，我都知道。可是，国家到了如此地步，除我等为其死，还有其他办法吗？我相信，只要我等能本此决心，我们的国家及我几千年历史之民族，绝不致亡于区区倭奴之手！”

安恩溥在心里为董文英竖起了大拇指，可嘴上仍是严厉有加。“好吧，我同意了，前提是西黄石山必须保证固若金汤。出了问题，拿你是问。”

12 时，部队发起攻击，董文英率队进攻蒲汪。

滇军进攻，小鬼子也在进攻。而且是非常有范地进攻。先是常规的狂轰滥炸，接着，步兵们趁硝烟未散之际，迅速列队前进。在即将进入滇军步枪射程时，突然迅速散开，成散兵队形合围过来。

董文英见状，大声吼道："手榴弹！"

战士们迅速拿起手榴弹，投向日军。

"轰——轰——轰——"

手榴弹在鬼子们的头上凌空爆炸，霎时，小鬼子躺倒一片。

滇军士兵们正打得酣畅淋漓，然日军的第二轮轰炸又开始了。

董文英恍然大悟，小鬼子刚刚那套把戏，原是在投石问路，引诱滇军暴露火力点的。

这一次，鬼子炮兵就不是无的放矢了。每一发炮弹，都准确无误地打到了火力点上。阵地上尘土飞扬，许多士兵的头颅都被飞溅起来的尘土给掩埋了。最要命的是，小鬼子弹无虚发，紧随而起的就是一阵阵撕心裂肺的呼喊声、呻吟声、哀号声……

仅这一阵炮火下来，部队就死伤了百余人。

安恩溥打来电话询问战情，董文英还沉浸在悲愤之中。他振奋起精神，说："请师长放心，文英已抱誓与敌皆亡之旨，一息尚存，奋斗到底！"

放下电话，董文英转过脸，盯着副团长命令道："抓紧挑几名神枪手，放到周围的制高点上去，告诉他们，这边打响以后要立即开火。记住，擒贼先擒王，专拣那些日军指挥官打。群龙无首，小鬼子自然就成了无头的苍蝇。这样一来，战场就由咱们说了算了，到时候也让小鬼子尝尝咱们的厉害！"

"好嘞团长。"副团长转身去了。

说话间，小鬼子已经借着滚滚浓烟逼了上来。

董文英瞅准时机，跃起身来，对准日军"砰"的一枪，一名小鬼子应声倒地。董文英在跃起身来的同时，嘴里也跟着大喊道："给兄弟们报仇的时候到了，给我打——"

团长身先士卒，战士岂有按兵不动之说？早已红了眼的战友们也步其后尘跟着一跃而起，手枪、步枪、机关枪、手榴弹，万箭齐发。

"轰——砰——砰——轰——"顿时，鬼子群里炸开了花。

四个鬼子军官模样的军人倒地一半。

日军前沿指挥官一下子就愣了。他原以为，刚刚那一阵铺天盖地的炮火，早已让滇军官兵葬身于火海之中。即便有人侥幸生还，也已是残兵败将、伤痕累累。根本就不堪一击。哪曾想，对方不仅没有全军覆灭，反而越战越勇。一时间，不知道是该进还是该退。正迷茫间，又数十名鬼子兵倒在了滇军的枪口之下。

指挥官不敢再犹豫了，赶忙大呼大叫："立即收兵！"

正在硬着头皮负隅顽抗的鬼子兵，一听收兵，掉头就往回跑。

董文英牙齿咬得咯咯响，"弟兄们，有仇不报非君子，冲上去，给弟兄们报仇！"

战士们此刻也杀红了眼，一个个"咄嗟叱咤奋其暴怒"，一边高喊着"报仇！报仇"，一边从战壕里跃出来，奋不顾身地杀向敌人。

那阵势，恰如大浪翻卷，滚滚向前，无可阻挡。

然安恩溥最为担忧的事情也不可避免地发生了——

就在董文英率部乘胜追击之时，忽然接到第539旅旅长高振鸿的命令：

"敌人有向我湖山、富山袭击的迹象，命令你团火速撤回原阵地固守。"

董文英将部队撤回到湖山，已经是4月28日的凌晨3时了。

黑沉沉的夜，仿佛浸透了黑色的墨，连星星的微光都没有。村庄像一条风平浪静的河流，蜿蜒在浓密的树影里。只有沙沙作响的树叶，似在回忆着白天的枪林弹雨。

董文英疲惫不堪地停在距团指挥所百米外的一条村路边，沙哑着嗓子安排同样也是精疲力倦的三连长抓紧清点人数。说：

"这个时候了，就别管什么军官和士兵、前勤和后勤了，只要还能喘口气，就派到战场上去。对了，把指挥所里的人也都喊来，一个也别落下。队伍都要打没了，还要什么指挥所？好好看看我们到底还有多少有生力量。"

副团长指了指勤务兵，“团长的话可都听到了？”

勤务兵答道：“听到了。”

“那就去吧。”

“是。”勤务兵一溜烟儿跑走了。

此时，无论是董文英，还是三连长，谁都没有想到，勤务兵这一走，竟再也没有回来。

——狡猾的日军见强攻不行，万般无奈之际想出一条诡计，令土匪出身，交过张宗昌、耍过韩复榘、投过阎锡山、靠过张学良，还掘了韩复榘祖坟、干过“皇协军”司令、当过国民革命军师长，最终成了铁杆汉奸的“混世魔王”刘桂棠率所部伪军，穿上滇军牺牲士兵的军服，悄悄尾随董团，趁朦胧夜色，混入了滇军军中。

日伪混合部队不费吹灰之力就拿下了董团的团指挥所，并以此为据点，张网已待。所以，勤务兵刚一进门就被一刀毙命。

然这一切，董文英——不，是整个董团，都还蒙在鼓里。

三连长一等不来，二等不来，急了，破口大骂道：“他奶奶的，人说马老腿慢，人老嘴慢。你他娘的哪点儿老，半天不回？再去一个人。”

又一名士兵听令而去。没想，这位士兵也是“黄鹤一去不复返”。

三连长就奇了怪了，发怒地命令道：“一排长，你去。我就不信这个邪了，他娘的指挥所是地狱之眼啊！”

一排长刚要动身，三连长又叮嘱道：“别闷着头往里钻，警醒着点儿啊。”

一排长刚走一会儿，指挥所内响起了枪声。

一排长大声喊道：“连长，有敌——”

“人”字还没来得及喊出，一排长突然觉得眼前闪过一道白光，颓然倒下。

趁着指挥所内的灯光，董文英将眼前的这一幕看得真真切切。心里一惊，不好，指挥所被日军占领了！遂大吼道：“有情况，全体卧倒、卧倒！”

晚了。

鬼子的冲锋枪已经狂风暴雨般地扫射过来，像被砍倒的高粱般，滇军士兵哗啦啦倒下一片。一发子弹贴着董文英的脖子划了过去，将他的脖子划出一道血槽，鲜血热乎乎地顺着脖子流进衣领里。

董文英的冷汗顺着脑门就流了下来。

董文英不敢冒进了。

董团的指挥所构筑在山坡平台的棱线部。当初，董文英之所以选中这里，就是因为这里不仅可以对进攻一方的动态一览无余，还便于居高临下加强火力。然这些得天独厚的优势，全都被偷营劫寨的日伪军鹊巢鸠占了。

部队完完全全被压制住了，只要一露头，马上就被日军的狙击手打倒。坡下已经躺了几十具滇军士兵的尸体。

董文英摆了摆手，三连长爬了过来，“团长。”

“咱们现在满打满算还能集中起来多少枚手榴弹？”董文英问。

三连长愁眉苦脸，说：“都打了一天了，哪还能有多少？”

董文英眉头一皱，“我问的是还能集中起来多少。”

“最多有 300 枚。”

“那就够了。”董文英脸上露出了一丝欣喜，“命令你在最短的时间内，挑选出 30 名胳膊长、臂力大、投弹准的士兵，每人发 10 颗手榴弹，爬到半坡下待命。听口令一起将手榴弹往团指处扔。能扔上去就行。两分钟之内必须把手榴弹给老子扔光。他娘的，300 颗手榴弹，应该够这些龟孙子喝一壶的了。”

不一会儿，三连长又回到了董文英的身边，“团长，都准备好了，就等你一声令下了。”

“这命令就你下了。”董文英头一甩，说。

“兄弟们，投弹啊！”三连长振臂高呼。

霎时间，密密麻麻的手榴弹呼啸而起，天空像飞过一群麻雀。手榴弹在半坡上面凌空爆炸，火光闪闪、硝烟弥漫，横斜飞舞的弹片带着死亡的气息凌空而下。惊慌失措的日军士兵根本就无法找到安全死角，很多士兵同时被几颗手榴弹直接击中，身首异处。

常言说，山雨欲来风满楼。其实，几分钟之前日军一名小队长就已经感觉出了不对劲，这四周也太寂静了吧，静得他内心里一阵阵发麻。这可不符合滇军的一贯打法啊。凭直觉，小队长意识到，滇军一定正在酝酿一次更猛烈的反扑。没想到，他的遏制计划还没有孕育出来，滇军的手榴弹已经落到他的头上了。

就在手榴弹爆响的同时，董文英"嚯"地就站了起来，目光炯炯地环视了一下所有的人员，随即下了死命令："从我以下都有了，一个不留，上刺刀，全都给我上。准备跟小鬼子玩白刃战！"说完，带头向前跑去。

士兵见状，也跟着高喊着"冲啊！冲啊"，奋不顾身地向半坡冲去。几名机枪手抬着机枪，冲在最前面。

此刻，在滇军士兵们的心里只有一个意念，那就是：生命不息，冲锋不止。然而，这样的信念，也同样在激发着负隅顽抗的侵略者们。在爆炸中残存的日军士兵很快就恢复了强悍的本色，他们同样也在嚎叫着、暴怒着、谩骂着，奋起还击，毫无惧色。

"哒哒哒哒……"

滇军士兵不断有人倒下，然而后面的人依然是义无反顾地往前冲。日军士兵杀得兴起，竟毫不畏惧地从工事里跳出来迎着弹雨进行反击。

滇军又被压制住了。

董文英急得抓耳挠腮。

"啪！"一颗流弹打了过来，将董文英的左手小指击穿，血流不止。

三连长看见了，说："团长，你负伤了，下去包扎下吧。"

董文英毫不在乎，说："这种关键时刻，我怎能离开阵地，军心会动摇的！摆在我面前的只有两个可能：要么胜利，要么捐躯。阵地要是拿不回来，我就与阵地共存亡了！"

三连长想想也对，便没再坚持。他从衣襟上扯下一块布条，说："来，先给你裹一下。"

三连长还没挺起身，突然，一发子弹准确地从他心脏穿过。

"三连长……"董文英狂吼一声，眼泪夺眶而出，一把将三连长抱在了怀里，"三连长、三连长！"

三连长缓缓睁开眼睛，有气无力地道："团长，我……怕不行——"

话没说完，就被董文英狠着心给打断，"什么不行了，尽说泄气话。咱们不是说好了吗？等把小鬼子赶走了，我们还要一起去獐子河（澜沧江）

游泳呢。”

三连长摇了摇头，“怕是不能了…… ”三连长累了，把眼睛闭上了。

“好兄弟你放心，我董文英拿脑袋担保，我只要有口气，就一定带你回家游泳。”董文英的眼泪流下了来，他哽咽了，“来人，来两个人将三连长送军部医院。他娘的小鬼子，你给老子玩真的了，信不信老子踩也要给你踩死！兄弟们，跟我冲！”

“哒哒哒！”滇军弟兄们无所畏惧地紧跟在董文英身后，冲锋枪喷吐着火舌，吼叫着冲进日军的火力圈。日军见状，赶紧组织压制，子弹像泼水般打来，如飞沙走石。

“哒哒哒”，机关枪乱叫，“嗖嗖嗖”，手榴弹乱飞。

两支部队绞缠在了一起，而且越缠越紧，越打越猛。

橘红色的火花，在黑暗中闪亮，又在黑暗中消失。短兵相接的拼刺声，呼天抢地的惨叫声，响成一片……

双方都在毫无遮挡地对射，双方都在毫不含糊地倒下。日军死掉了半边，同样，滇军也躺倒了一片。

董文英依然毫不犹豫地指挥着部队舍生忘死地继续往前冲，“哒哒哒”，一梭子子弹射过来，董文英像突然之间挨了一铁锤一般，仰面栽倒，他的胸前绽开了两朵红花……

董文英壮烈牺牲在了湖山阵地前沿，他用生命，完成了他“常思奋不顾身，以殉国家之急”的夙愿。

战后，在清理战场时，阵地上，横七竖八地躺满了血淋淋的尸体，犹如来到了一个露天的屠宰场。在这里，无论是日本兵的尸体，还是滇军士兵的尸体，无一例外地都还保持着生前战斗的姿势。

就像一具具惨烈的雕塑。

在整理董文英遗物时，战友游万选在其口袋里发现了本文开头提到的董文英写给妻子贺茂莲的那封家书。

游万选将家书揣在怀里，待部队退到车辐山第60军留守处时，交给了另一临沧籍战友董福海，请他转交给贺茂莲。

值得一提的是，当这封信辗转交到贺茂莲手里时，这位孤苦伶仃未老先衰的女人还不知道其夫已经命丧黄泉。

——董文英北上抗日，贺茂莲每天都不知要走几遍村口，望着那条进村必经的小路发呆。有时一待就是半天。

遗憾的是，每一次她都失望而归。

董文英牺牲后，营长陈浩如接任团长。

4 月 29 日，陈浩如指挥部队向占领锅山之敌进攻，湖山敌军自后面蜂拥而至，陈浩如率部奋勇冲击，不幸被日军从侧后用重机枪击中，殉职于禹王山南坡。士兵们见陈浩如刚刚就职就一命呜呼，异常悲愤，发了疯似的，冒着枪林弹雨，将陈浩如尸体抢回。抬至团部时，团指挥所所有官佐、士兵，不约而同地脱下军帽，默哀致意。

60 军的团级长官又走了一位！

1939 年，云南省政府在昆明举行隆重追悼大会。庄严肃穆的灵堂正中悬挂着董文英烈士的遗像，两旁挂着省、市机关团体、社会名流敬献的挽联。

60 军军长卢汉致送挽联："英灵足千古，义勇冠三军"。

同年，云南省政府于昆明圆通山烈士墓为董文英建衣冠冢，云县抗日动员委员会率军、警、学各界在忠烈祠隆重设灵致祭。

第十二章　青史传名的战勋

正午的阳光很和煦，从窗口射进来，落在第182师1077团团长余建勋瘦削的脸上。余建勋嘴唇紧闭，眼皮悸动，像是睡着了。

其实，余建勋一点儿也不迷糊。

他在盘算，以1077团现有的兵力，还能坚守多长时间。

——余建勋，字铭新，1905年出生于云南省保山县由旺镇大南村。保山地处云南西南边陲，“襟沧江而带怒水”，是中国版图上开发极早、历史文化积淀极厚的边疆地区。余建勋6岁时入施甸银川街段家村山耳寺小学读书。就在这一年10月，辛亥革命成功，孙中山推翻了统治中国200余年的清王朝后建立了中华民国，新学之风渐开。在学校里，余建勋勤奋学习，从教师们对新文化、新知识的讲述中，余建勋知道了甲午之战，知道了鸦片战争，懂得了辛亥革命……

新思想的启蒙教育，在余建勋幼小的心灵里根植了这样一个道理，唯有当兵打仗，才能救国救民于水深火热之中。并由此生出长成以后裹粮策马、投身王师、报效祖国的远大志向。在云南省立第5师范学校读书时，面对神州萧条、哀鸿遍野、老百姓生灵涂炭的悲惨现状，悲愤难抑，他在日记中写道：“家家瓜菜度春秋，南北干戈几时休；书生无谋空长叹，投笔从戎兴华胄。”幸运的是，余建勋不久即如愿以偿，顺利地以优异的成绩考入云南陆军讲武堂，编在第18期步兵科。

云南陆军讲武堂创办于1909年，是近代中国一所有着光荣传统的、“当时中国最进步、最新式”的军事学校，名将辈出。日后成为共和国元帅的朱德、叶剑英，成为越南国防部长兼人民军总司令的武元甲，成为朝鲜人民委员会委员、人民军总司令的崔庸健均身出此门，被朱德委员长称之“中国革命的熔炉”。

入校第一天起，余建勋就下定决心，一定要刻苦努力，为实现自己"投笔从戎兴华胄"的救国理想而发奋学习。

讲武堂毕业后，余建勋在滇军基层任见习军官。

1930年，已任"讨逆军"第十路98师2旅4团三营少校营副的余建勋，在对黔军大坡顶战役中，亲率敢死队冲锋在前，为滇军攻占贵阳打开了重要关口，但不幸胸部中弹，身负重伤。因战功卓著受云南省主席龙云通令嘉奖，并获赏金200大洋。

第60军出滇北上抗日时，余建勋被任命为第1077团上校团长。誓师大会上，滇军总司令龙云亲向全军12名团长授旗，激昂军心士气。当现场指挥官高喊余建勋接旗时，一身戎装的余建勋跑步出列，气贯长虹地向龙云呈报：

"报告龙总司令，第182师1077团上校团长余建勋奉命接旗。"

龙云一脸肃穆地同余建勋执手相别："余团长，保重！"

余建勋英姿飒爽、意气风发。

征途上，任何艰难险阻，一切的一切，都不放在眼里。他的心里只有一个信念：所向披靡的60军就是去打胜仗的。然经历过长途跋涉，真正踏上鲁南这片土地时，余建勋才豁然明白：一切都不似想象的那样——

寂静的大平原上枪炮声大作，先是183师集结地陈瓦房、邢家楼、五圣堂，后是182师集结地蒲汪、辛庄、戴庄。板垣、矶谷两师团乘虚而入，洪水般猛扑进来。毫无防范的滇军在与敌遭遇后，用血肉之躯抗击敌人的凶猛进攻，前面的打光了，后面的又勇敢地填上去。与敌人浴血奋战，与敌人同归于尽。

"敌军死伤累累，我阵亡官兵大都死事甚烈。"

余建勋团一过运河就陷入了烽火连天的刀光剑影之中。四面八方都是惊天动地的枪炮声、拼杀声、哭喊声，日军随时随地不知从哪个地方就冒出来了。一时间，士兵们辨不出哪是前方，哪是后方。

余建勋眼睛一瞪，说："你管他娘的前方后方，小鬼子跟你讲这些吗？哪里有枪响，哪里有鬼子，哪里就是前方！"

"哒哒哒哒……"余建勋话刚落音，突然一阵枪声大作。

"呼啦啦啦"，滇军士兵倒下了一大片。

余建勋明白了：日本人埋伏了重兵。

前进是不可能的了。那么，撤退？余建勋决不。那样做把他的脸，把1077团的脸往哪儿搁？

“全体都有了，准备强攻！”余建勋心底一横。

“团长，这可是一步险棋，”一位营长提出了异议，“走不好要全军覆没的。”

“险棋？没有险棋要我们滇军干什么？我今天就是要走一走这步险棋！”

余建勋的心里燃烧着熊熊怒火。火石埠位于禹王山东北麓，这个阵地是一个由东北斜向西南长约2公里，顶宽不到300米的狭长形的小高地。山的东北、东南麓有三个村庄。对村民们来说，火石埠就是一座名不见经传的村庄，然对这场战争来说，却是一个举足轻重的战略要地——禹王山的重要屏障。

日军拿下火石埠，下一步就会直捣禹王山；攻下禹王山，就会由此长驱直入，占领徐州。进而实现“三个月拿下中国”的黄粱美梦。

余建勋必须阻止住日军前进的步伐。

纵是险棋，也非走不可！

余建勋牙一咬发狠道：“小日本，有本事你就从斗志昂扬的三迤健儿身上踏过去。全体都有了，杀尽小鬼子，保卫全中国，给我冲——”

士兵们闻令不顾一切地向村口扑去。

然鬼子也不顾一切地向村外冲来。

鬼子端着枪，成群结队，疯狗一样哇哇叫喊着，火力非常凶猛，射击的精确度也高。炮弹、掷榴弹不断炸响，炸起的泥土、石块像雨点一般往下落，重机枪打过来的子弹呼啸着从余建勋头顶飞过，像刮风一样。

士兵们像被刈割的芦苇一样，纷纷倒下。

余建勋扭过脸，眼瞪着一营长，大吼道：“你留着手雷当包子吃？”

一营长赶紧摸出一枚手雷，抛向鬼子的机枪手，其他人见状，也纷纷摸出手雷抛向鬼子。阵地之上，突然之间传出了密集的枪声和爆炸声，不时有人倒地而亡。鬼子阵营大乱。

“上刺刀，跟小鬼子拼了！”

余建勋一声令下，一排排雪亮的刺刀出现了。部队潮水般冲向日军，顷刻间，滇军、日军绞作一团。有的日军士兵手脚慢了些，转眼之间就被滇军士兵们的刺刀捅了个透心凉。双方杀红了眼，刺刀相交的铿锵声，枪托撞击的闷响声，濒死者的惨叫声，杀得兴起的吼叫声响成一片……一个鬼子已经被捅倒在地上了，还垂死挣扎，边往前爬边狂叫，还顺势往滇军这边扔手雷。余建勋眼疾手快，一枪要了这个鬼子的命。但是，余建勋身边也有多名战士倒下去了。

经过苦战，滇军在付出了沉重的代价之后，终于将小鬼子赶了出去。

望着落荒而逃的日寇，余建勋若有所思。

一营长走过来，说："团长，小鬼子不是让咱们给赶下去了吗，还想什么呢？"

"是啊，这一次是赶下去了，可他们贼心不死啊，不定啥时候又上来了。"

一营长哪里知道，从踏入火石埠开始，余建勋像魔影一样，翻来覆去地将整个村庄都步量几遍了。对每一条通道、每一处房屋都做了细致观察。他在为未来的战争准备第一手材料。

余建勋转过头，看着一营长，说："我在想，小鬼子仗着自己人多势众、兵强马壮，说冲过来就冲过来了，咱们前面连点挡头都没有，伸着脑袋让人家打。这哪儿行啊？咱得想想办法，在掩体上做做文章啊。"

"团长，你说的这些，我早都想过了。可你看看这地儿，石头没有石头，麻包没有麻包，尽是些烂土基，一炮就轰没了。垒起来也不顶个用啊！"一营长一筹莫展。

"我和你想得不一样。"余建勋努努嘴，望着横七竖八、东歪西倒地横陈在阵地上的敌我双方的尸体，说，"你动脑子想一想，把这些小鬼子的尸体摞起来，其防枪防炮的效果是不是要比麻包、土基墙的效果好？"

一营长眼睛一亮，笑了，说："这倒是，我咋就没想到呢？"

"小鬼子屠我同胞掠我土地时，鼓吻奋爪、狼突鸱张，杀人不眨眼。死了，想安安生生走，没那么容易。我必以其走肉行尸为我滇军兄弟遮风挡雨！"

余建勋一锤定音。

说干就干。一令下去，各营迅速行动起来。

“有件事你要给我盯着，”余建勋仰起头，眯起眼，望着骄阳似火的天空，说，“老百姓有句话：天上瓦块云，地下晒煞人。这个天，也就是两三天时间，尸体就要腐烂了。发现了，就要尽快处理掉。千万不能让士兵们染上病。”

一切安排停当，余建勋筋疲力尽地回到指挥所，突然感到一阵晕眩。他扶着柱子坐下，斜靠在椅子上。

“报告！”朦胧中，一个娃声娃气的声音传到耳边。

余建勋的眼皮动了一下，微微睁开，看见面前站着一名精瘦精瘦、风尘仆仆的士兵。

余建勋刚要说话，参谋长从士兵身后钻了出来，说：“团长，二营前方吃紧，二营长派人前来请求增援。”

“请求增援，一个电话就解决的问题，要舍近求远派人跑这么远的路来报告吗？你们营长是打仗打糊涂了，还是让小鬼子给吓破胆了？”余建勋翻翻眼皮瞅了瞅士兵，脸色阴沉。

士兵不敢跟余建勋争辩，可不说又怕团长误会了营长。思忖了一会儿，说：“团长真是冤枉了我们营长了。二营的那部电话机都快被营长给摇烂了，不是摇不通嘛。不然，真不会派人来，阵地上也缺人啊！”

士兵眼中闪烁着难以言说的委屈。

这时，余建勋也想起来了，是有点不对劲——

这一天，指挥所的电话线和虚设似的，通不了几句话就断了。派人去接，通讯员没回来呢，又断了。再派人去，还是如此。最让人不能忍受的是，有些时候，不仅仅是电话线修不好的问题了，连修电话线的人都不回来了。

一天下来，仅为抢修电话线就伤亡了十几名通讯兵。

“电话为什么又不通了，通讯排是干什么吃的，啊？你们就能忍下心来看着我们的战士冒着生命危险来搬救兵？”余建勋雷霆震怒，“你们知道不知道，关键时刻，一个战士就能救一个阵地，而少一个战士，就有可能丢失一个阵地。”

通讯员嗫嚅道："……是不是又被日本人的炮弹炸断了？"

"你还能不能找点别的理由？"余建勋震怒了，说，"这一阵日本人并没有开炮，怎么能是炸断的呢？通讯排、侦察排都给我放出去，好好看看，到底咋回事。一会儿断，一会儿断，整句的话都说不了。"

通讯员闻令而去，可来搬救兵的士兵还笔挺笔挺地站在对面，眼巴眼望地看着自己。余建勋和士兵对视一眼，有苦难言。

士兵哪里知道，他也正苦于无米之炊呢！

"回去告诉你们营长，我没有人支援他。我也不富裕。就说我说的，仗怎么打，他当家我不当家。要是把阵地丢了，他的命能否保住，可就是我当家他不当家了！"余建勋挥挥手说。

士兵瞠目结舌地看着余建勋，眼珠子瞪得老大：哪有这么不讲理的团长啊！

"那……我该怎样跟营长报告？"士兵面有难色。

"这还用问吗？'不用僧人持咒，道士宣科'。"余建勋说完看士兵仍旧一脸茫然地站着没动，知道其没有听懂，遂改大白话道："我怎么说，就怎么传。"

"是，我这就去传话给营长。"

士兵一转身，余建勋就发现其整个后背不知何时全都被鲜血染红了。余建勋手一指着士兵，"你给我站住。"

士兵浑身一颤，转过身，心有余悸地望着余建勋。

"团长还有吩咐？"

"你负伤了？"

士兵的心放下了，故作轻松地答道："像是伤了。"

"伤了就是伤了，没伤就是没伤。什么叫像是？把上衣给我脱了。"

士兵东张西望，有些含糊。

余建勋喝道："脱了！"

士兵一咬牙把上衣脱了，伤口处有一块血迹已经凝结成干痂，粘在粗布褂子上，士兵使劲儿一扯，顿时，血流如注。

余建勋定睛一看，哪似这位士兵说得这么轻描淡写："像是伤了"，而是受了很重的伤：一颗子弹从他的左肋射入，穿透腹部，但子弹并没有从背部穿出，而是卡在了后背上了。

"卫生员！"严家训大声喊道。

"团长，别喊了，卫生员全都下到连里去了，团部一个都没留。"通讯员道。

"他妈的！"余建勋骂完，跟士兵道，"你身上的子弹头必须要取出来，否则，会要了你的命。你也看见了，团里没有卫生员，我好赖是学过几天卫生知识的，我来为你手术吧。没有麻药，你怕不怕？"

"团长！你快割吧，我不怕！这点伤算什么？"士兵宽慰余建勋道，"我是机枪手，我抬着我的轻机枪，撂下的鬼子足足有一个排。就是死掉了，我也赚了！如果不是营长派我送重要情报给团长，我绝对不会下火线的。这颗子弹卡在我身上都已经好几个时辰了！"

"好几个时辰你们营长都没发现？怎么带的兵？看我回来不好好尅他。"

余建勋不说话，拿过一把刺刀，在熊熊燃烧的焦木上烤了好一会儿，让通讯员拿过一瓶白酒，猛喝一大口，"噗"地一口，全喷在刀面之上。随后，割开士兵皮肉，一点一点地往外拔子弹。

整个过程，士兵自始至终面不改色、谈笑风生。

炮声隆隆，无情地震撼着原野、麦田、绿地。

余建勋的泪水最终还是没有忍住，滴落在士兵的后背上。

"团长，查清了。"士兵刚穿上衣服，侦察排长满头大汗地跑了进来，上气不接下气，"都查清了团长。原来是狗日的搞的鬼。"

余建勋不动声色地看着侦察排长，"不会一次把话说完？让我在这儿猜谜语。"

侦察排长笑了："是狗咬的。"

余建勋更不明就里了，"你今天是咋的了？一会儿是狗日的，一会儿又是狗咬的。到底怎么回事？"

"真、真、真是狗咬的。"侦察排长结巴了好半天才说清楚。

原来，小鬼子为了掐断滇军的指挥系统，训练了一种狗，专门噬咬滇军的电话线。

"咱们的电话线除有少数几个地方是被炮弹炸断的，其他大多数都是被日军军犬咬断的。"

“狗咬电话线？不拿耗子了？”余建勋似笑非笑地揶揄道。

“团长，真是狗咬的！我们还当场打死了一条，不信你去看，还挂在炊事班呢。”侦察排长看出了余建勋的怀疑，急了，“我们打听了，这种犬名叫‘哮天犬’，又叫‘天狗’，是中国神话中二郎神身边的神兽。传说咱们生活中的日食、月食，就是因为天狗偷吃月亮、太阳造成的，到现在，有些地方一遇到日食、月食时就敲打器具，以此来赶走天狗。”

“这么说，在《宝莲灯》中阻挠沉香劈山救母的就是这狗东西了？”

“对对对，就是它！”

余建勋咬牙切齿道：“不管它是什么神兽、天犬，总不能靠喝西北风活着，它只要吃东西，咱就有办法。明白我这话意思不？”

“明白了团长。”侦察排长一蹦一跳地走了。

“回来。”侦察排长刚走到指挥所门口，余建勋叫道。侦察排长站住，转回身，余建勋说，“迅速把这个发现上报旅部、师部、军部，让整个滇军都知道小鬼子的把戏。”

“是！”

当天，就有几十条哮天犬在噬咬滇军的电话线时，误食了地上的有毒食物而一命呜呼。

第 182 师师长安恩溥电话打来的时候，余建勋正在咬牙切齿地发落几名刚刚抓到的俘虏——

余建勋绝非刀枪不入，可他就是不惧怕与小鬼子真刀实枪地短兵相接。一命抵一命，拼就是了，大不了以身殉国。没什么可怕。保家卫国本就是热血男儿安身立命的事业。

几个回合下来，1077 团越战越勇。

日军却怕了，知道是碰到硬茬了。不然，为啥天上地下能用的招数全都用上了，可还是止步不前呢？正的不行就玩邪的，阳的不行就来阴的。小鬼子变换招数，跟余建勋也跟全战场的滇军玩起了“移花接木术”：不定啥时候，就有一些日伪军穿着 60 军军服神出鬼没，见缝插针，混入滇军，来个中央突破、中心开花什么的，乘机夺取阵地。兄弟团已经发生了多起此类事件，开战以来，已经有百余名官兵在自己的防区里莫名其妙死亡。

第1078团团长董文英之死就是典型事例。

余建勋懂，战争肯定就是这样，明来明往比拼实力时，多是不惜亮出底牌的。但当进入到相持阶段，也就是双方都需要冷静地坐下来盘整的时候，就需要暗潮涌动权谋斗智了。

余建勋冷冷地笑了，脸上浮出一种讥讽的神情，嚼穿龈血地命令道："从现在起，但凡见到不认得的官兵，一定要追问他的部队番号，长官是谁，只要是支支吾吾，回答不上的或答得驴唇不对马嘴的，特别是不是我们云南地道口音的，立杀不赦。就算真是友邻部队打散的也不准收容。"

余建勋要求，这道战地命令要传达到每一个士兵。

命令下达没两天，该团就抓获七八起二三十名敌特人员。

侦察连长押着小鬼子来问余建勋怎么处理。

余建勋饶有兴致地上下打量着几名身着60军军服的小鬼子，说："呦呵，别说还挺像样子的嘛。穿着我的士兵的军服，杀你我还真有点下不去手。可不杀你，我就对不起那些死在蒙蔽之中的兄弟们了。"余建勋脸色一变，斩钉截铁地说："没啥说的，扒下他们身上的军服，拉出去杀了。满营中三军齐挂孝，风摆动白旗雪花飘。白人白马白旗号，银弓玉箭白翎毛。今天，我要用魔鬼们的血，为我们死去的董团长和战友们祭灵！"

"你干什么呢，里面鬼哭狼嚎的？"安恩溥听见电话里面乱糟糟的。

"师长，我要用鬼子和伪军的血祭旗，狗日的正低声下气地求饶呢。"

"活该，犯我中华者，虽远必诛！"安恩溥顿了下，又说，"建勋，后堡、火石埠这两处阵地十分重要，必须死守。你派一个营负此重任，恐致误事。你考虑另派一个得力的营上去。稍有闪失，即成千古罪人啊！那时，就对不起民族对不起祖国啰！我不怕死，只怕罪！"

余建勋明白安恩溥的苦衷，否则，师长绝不会命令他临阵换将。

"请师长放心，我马上派张泽第三营支援，保证完成任务！"余建勋说。

安恩溥的电话刚刚挂上，539旅旅长高振鸿也火急火燎地将电话打了进来。"余团长，考验我们的时候到了。令你立刻兵分两路，支援第二营！"

余建勋坚定地说："旅长放心，我现在就派张泽第三营去打援。"

余建勋接电话时，第三营营长张泽就站在他身后。余建勋放下电话，转过身，说："我还有必要将师长、旅长的话再重复一遍吗？"

张泽将胸脯一挺，说：“团长放心，保证阵地固若金汤。除非我张泽不在了！”

“丧气话！”余建勋横眉立目，“别跟我说什么胜败乃兵家常事，我只要胜。记住：阵地我要，你，我也要！”

对余建勋来说，每时每刻都在期望胜利。虽然他更知道，面对强敌，胜利于他其实就是海市蜃楼，而失败才是可以触摸得着的东西。可奇怪的是，他始终都坚信滇军一定能够胜利。

因为，滇军是正义的一方！

张泽伸出手指朝天一指，然后迅速在空中握成拳头。

“是！”张泽在用这样的举动向余建勋显示他的决心：此行志在必得，只能成功，不能失败。

张泽立刻带领他的部队，冒着日军的枪林弹雨和炮雨弹流向火石埠出发了。即将赴死的年轻的士兵们心里明白，这一走，极有可能就回不来了。他们把口袋里能吃的能用的，全都掏得一干二净。然后，齐整整地向余建勋敬礼。

没有人说话，深深的凝视代替了欢呼。有人低声吟唱起了彝族的“太平花灯”：“亲朋好友欢聚一堂，清香的米酒斟满酒杯，我们的友谊地久天长。来吧，朋友，举起酒杯，共祝愿大家幸福平安……”

歌声悲怆，催人下泪。

让余建勋没有想到的是，张泽率队刚一出发就遭到了日军有组织有预谋有准备的炮轰，每一个落点都准确无误。应该说是追着和堵着张泽在打。

“小鬼子是怎么知道张泽的行动时间和路线的呢？在哪里转弯，在哪里匍匐，都算计得一清二楚。真他娘的出了鬼了！”

余建勋目光沉沉地从望远镜里望着眼前发生的一切。他愤怒了，真实地愤怒了。他一面用近似吼叫的声音说着，一面拍着工事。仿佛整个阵地都被这种混合的声音震动了。

“一定是哪个地方出了问题了，小鬼子绝不可能先知先觉！”

余建勋不相信小鬼子能神机妙算，那么，就是有人向鬼子告了密？这应该也不会。抛开滇军兄弟对小鬼子个个义愤填膺同仇敌忾不说，安排张泽去打援二营也是他在接师长、旅长电话时突发奇想随机应变作出的决定，然后，仅仅向师长、旅长作了汇报，一转脸就部署出去了。整个过程，也就是眨巴一下眼的工夫。就算是有人别有用心想去给鬼子告密，他也得有那个时间啊！

莫非小鬼子窃听了我们的电话？

想到此，余建勋突然灵机一动：是，一定是小鬼子窃听了我们的电话！

怀疑小鬼子窃听一点儿都不奇怪——

自有线电话被发明以来，利用电路信号制造窃听就已经成为可能，与之相匹配的初级窃听装置也在一战时应运而生，并成为间谍们获取情报的常备工具。眼下，关键的关键是如何阻止日军的窃听。

余建勋想起了在云南陆军讲武堂学习时教官讲过的一个案例——

1918 年的秋天，美军部队在西线遭遇默兹—阿尔贡战役。这是一战中美军遭遇的较大的战役之一，但战场上的信息传播却不够畅通。德军不仅破坏了美军的电话线路，破译了美军士兵的秘密代码，还屡屡抓获美军派出的情报传递人员。

美军为此叫苦不迭。

就在美军上上下下为此焦头烂额之时，两个居住在今密西西比州东南部乔克托的士兵却正聊得热火朝天。一名上尉径直朝他俩走来，问他们说的是哪种语言。其时，上尉偷听他们俩谈话已经有好一阵了。上尉之所以留意，就因为听两人说话就像听天书。上尉连一句都听不懂。正因为不明所以，上尉才意识到了这种语言在信息传递中的巨大潜力。士兵告诉上尉，乔克托语是一种穆斯科吉语族的语言，是一门非常鲜为人知的语言，仅通行于美国东南部的乔克托人之间。上尉又问，部队中是否还有其他士兵在使用这一语言。士兵说，讲他俩这种语言的乔克托士兵，部队大约还有几十人。上尉闻听欣喜若狂，像发现了新大陆似的，立刻向上司报告了这一重大发现，并建议所有作战部队的话务员全部由乔克托士兵担任。上司果断地采纳了这一建议，并在极短的时间内就将部队中的所有乔克托士兵集中起来，简单培训后迅速派往各个战略位置。

这群士兵在一战战场上帮助美军部队赢得了数场关键性的重要战役。

在经过一番深思熟虑后，余建勋毫不犹豫地要通了师长安恩溥的电话："报告师长，鉴于我军电话屡屡被窃听，我建议师部下令把通信营、连、排的电话员，全部换成白族士兵，各部队下达命令、上传报告，统统说白语。"白语是一种有声调的语言，分剑川、大理、碧江三个方言，方言差别较大，彼此通话有一定困难。"白语别说小鬼子了，我们听起来都有一定困难。这样一来，我们就再也不怕小鬼子窃听了。"

"这个主意太好了！"安恩溥也正为这事儿愁眉不展，闻听高兴地拍案而起，说，"各个师都发现了这个问题，正在集思广益琢磨办法呢。没想到，这个难题叫你给破解了。我要上报军长给你奖励。"

余建勋也笑了，"奖励不奖励都不重要，等打赢这一仗，师长请俺喝场酒就行。"

安恩溥拍着胸脯道："一场酒算什么？把小鬼子赶出中国去，我天天请你喝酒。"

"师长，一言既出，驷马难追啊！"

"不用你追，我在昆明最好的酒庄按兵不动，管保让你天天都三杯村酒醉如泥。"

"有师长这句话，那我也就银台金盏正当胸，为伊一醉酒颜红了。"

当天，第 60 军上上下下所有话务员全都换成了白族士兵。

这样一来，日军的窃听人员就没了用武之地。情报人员在白语面前一筹莫展，无计可施。刚刚还是"顺风耳"，眨眼间就成了"聋子的耳朵"。

窃听计划宣告破产。

滇军出击，势如破竹。

值得一提的是，战后，卢汉接受了余建勋的建议，对所有白族话务员予以嘉奖。而那些二战时期在太平洋战场上与日本人斗智斗勇的印第安纳瓦霍人就没这么幸运了。作为美国海军的秘密武器，每个纳瓦霍人都肩负着美军的至高机密，因此，他们也受到了特别的"照顾"——每个纳瓦霍译电员都由一名海军士兵贴身保护，一方面确保其人身安全，另一方面，如果译电员即将被日军俘获，保护者必须杀死他以保证密码不外泄。二战以后，很多掌握纳瓦霍密码的人还参加了越战以及朝鲜战争，但纳瓦霍密码却没被使用在上述战争中。风语者们退伍之后，很长的一段时间内，美国军方严格要求他们必须严守秘密，当被问及二战期间所从事的兵种，他们只能简单地回答：我是一名话务员。

20世纪90年代，时任美国总统的乔治·布什为健在的6名曾经历二战的纳瓦霍密码通讯员颁发勋章，高度赞扬他们在二战期间为战争的胜利所作的杰出贡献。

乔治·布什表示这是“迟到的光荣”。

在经历了九九八十一难后，张泽营终于到达了火石埠这个吃人不眨眼的魔鬼阵地。

张泽一到防，立刻组织构筑人墙，整个阵地光秃秃的，没有任何掩护。那打起来伤亡会增加很大。但是，他的打算很快就被日军识破了。

日军从“千里眼”高空探测气球探测到援军正在构筑工事。而且还是用的他们“大和民族勇士”的尸体，那还行？日军联队长野佑大佐暴跳如雷：“命令坦克、飞机和炮兵给我万炮齐轰！”

弹指之间，炮弹轰鸣，震耳欲聋。

火石埠被日军炮火所覆盖，一片火海，眼看着要被夷为平地！

炮声刚停，鬼子们就杀气腾腾地冲了上来。这次的进攻似乎更加猛烈，数百余鬼子分由西面和西北面夹击而来。张泽从掩体后面爬出来，透过弥漫的硝烟，暗暗地数了一下小鬼子的人数，有些担忧，又有些兴奋。

“他娘的，来吧。来多少都是给老子送死的！”张泽从容不迫地部署道，“九连长，率你连到西面占领阵地阻击敌人。七连八连随我迎战西北来犯之敌。”

九连长率队离去。

说话间，小鬼子的进攻部队距离前沿阵地已经不足300米了！

“小鬼子上来了，”张泽大声喊道，“给我打！”

霎时，几名抱着捷克式轻机枪的战士急忙探出掩体，对着小鬼子就是一通扫射。士兵们的情绪非常高昂，一枪一个，弹无虚发。

正在急速前进的小鬼子，顿时被机枪的交叉火力扫到一大片，后面的小鬼子纷纷卧倒开始还击！

“弟兄们，给我狠狠地打！让这群乌龟王八蛋，知道知道我们 1077 团的厉害！”张泽一边拉动枪栓，一边大声喊道。

“掷弹筒！掷弹筒！快用掷弹筒给我压制住。无论如何都要拿下支那人的阵地！”鬼子的一名中队长，手里举着指挥刀，大声叫喊道。

就在这时，“砰”的一声，一颗炙热的子弹，直接打透了钢盔，然后打爆了他的头。中队长嘴巴大大地张着，带着无尽的不甘，缓缓地倒了下去。

张泽不无得意地说：“狗日的！老子最看不惯狂妄的人！”

虽然小鬼子的人数在不断减少，但滇军战士也在不断倒下。阵地上的火力逐渐弱了下来，小鬼子已经逼到了阵地前 50 米的距离了。

一名滇军士兵见状，索性将打空的一支步枪扔在了地上，从腰间拔出一颗手榴弹，对着小鬼子最密集的地方就扔了过去！“轰”的一声，几名小鬼子被炸翻在地。

手榴弹的爆炸声让张泽瞬间清醒过来：“手榴弹！用手榴弹招呼小鬼子！”顷刻之间阵地上便先后飞出了几十枚手榴弹。

余建勋从望远镜里看到这一切，禁不住摇响了电话机：

“第三营张泽听令，全力迎战西北面来犯之敌，西面就由我来负责了。吹冲锋号！”

“好嘞团长，你就看好吧。”

嘹亮的冲锋号中，三营战士除去预备队不动声色地潜伏于阵地，余者纷纷跃出战壕，冲入敌群。关键时刻，第 182 师师长安恩溥率特务连连长卢俊、参谋刘汉鼎等火速赶到。

瞬间，日军落花流水。

余建勋见状哈哈大笑，枪指天空，说：“兄弟们，该看我们的了。拿出滇军的勇气，冲上去，宰了日军，活捉板垣这个狗日的。跟我冲！”

摩拳擦掌的士兵们早就急红了眼，仿佛打了鸡血似的，高喊着“宰了日军，活捉板垣”跃出战壕，向着鬼子冲去。他们的手里全都抱着炸药包或者是集束手榴弹，他们就是要用这些最简陋的武器，既炸毁坦克，也炸死鬼子。

“哒哒哒……”小鬼子们立刻发现了滇军的意图，调转枪口，开始扫射这些悍不畏死的“猴子兵”。

“给我狠狠地打！”余建勋扯着嗓子大声喊道，随后抱起了一挺捷克式轻机枪狂扫一气。其他士兵也纷纷举枪，对着鬼子拼命地射击起来。然小鬼子一串串炽热的子弹，也无情地扫向了奋勇出击的滇军战士。接连不断有滇军士兵倒在了日军的密集火力之下。

看着空中腾起的一片片血雾，余建勋的双眼变得通红通红，他扯着嗓子再次大声喊道：“再上！继续掩护！”

于是，又有十几名滇军战士，怀里抱着炸药包或者是集束手榴弹冲出了战壕，义无反顾地向着鬼子的坦克冲了过去。但是，很快又倒在了冲锋的道路上。没等余建勋下命令，立刻又有十几名战士冲了出去，紧接着一个又一个的战士冲出了战壕，向着鬼子的坦克冲了过去。

“轰——”一辆坦克被炸毁了。

“轰——”又一辆坦克被炸毁了。

困兽犹斗的日本兵眼见灰蒙蒙数不清楚的滇军嚎叫着冲了过来，抵挡一阵后，情知不是对手，开始往后撤退。

远远地通过望远镜察看战局的一名日军军官，看见眼前发生的一切，脸色一下子变得惨白，他的心中充满愤怒和胆寒。

滇军乘胜追击，日军大败而归。

一时之间，军心大振。

但是，也就是转瞬之间，余建勋的好心情就被张泽的报告给击碎了。

张泽说：“正面敌人全被击溃，遗尸累累。而我九连连长也阵亡了，排长亡一伤二，士兵伤亡过半。七、八两连的官兵伤亡亦重。”

天亮了。

雾气浓重地笼罩着大地，灰褐色的山峦像条受伤的鲸鱼惴惴不安地趴卧着。乱石之间，血流成河。

张泽在阵地上焦躁不安地来来回回地走动着。

他在调整部署。他将阵地全线分为10段，每段配备一挺轻机枪，配备步枪4至5支，以轻机枪为主构成全线火网。将配备以外的步兵编成10个小队，布在阵地反斜面的隐蔽部内。

日军的炮火不断轰击，飞机也时来盘旋扫射，但步兵始终按兵不动。

10 时 30 分起，敌以猛烈炮火对火石埠全面轰击，间以数架飞机参加轰炸扫射。炮轰一停，三四百余日本兵蜂拥而至，滇军猛烈射击。敌死命进攻，眨眼之间，已有少数敌兵冲到了滇军阵地，并一度冲至滇军工事前 10 米左右，双方鼻子、眉毛、眼睛、嘴都看得一清二楚。滇军猛烈还击，击退日军。10 挺轻机枪打坏了 6 挺。

紧要关头，一直守候在麦田之中的第二营杨崇善先锋连发现日军正在合围张泽营，一旦包围圈形成，这个营就完了。

“眼前的情势大家都看见了，我们再不出手，张营长和弟兄们就完了。大家说，我们能眼看着自己的弟兄危在旦夕而无动于衷吗？”杨崇善循循善诱。

“不能，我们绝不能为保全自己置兄弟于不顾，拼了自己的性命，也要把战友们救出来！”

士兵们争先恐后表态，一致决定牺牲自己救助战友。

“连长，我们愿意冲锋，你就发话吧。”

杨崇善摇摇头，“冲锋已经来不及了，我们只能采取引火烧身的办法了。兄弟们，站起身来，大声跟我唱——”

“……中华民族到了最危险的时刻，每个人被迫着发出最后的吼声。起来！起来！！起来！！！我们万众一心，冒着敌人的炮火，前进……”

寂静的麦田之中乍然响起了响彻云霄的《义勇军进行曲》，日军指挥官一愣，旋即指挥刀一挥：“滇军的主力原来在那里，给我消灭他！”

日军立即放弃了对张泽营的重围，掉头向麦田冲去，连包抄滇军后路的日军也赶忙回头夹击。

战士们喜形于色。只有张泽听到了远处的歌声。

张泽知道，这是杨崇善在帮他们呢！

一场激战后，杨崇善连全部阵亡。但张泽营以及 1077 团却保全了下来。

夜幕降临以后，第 1083 团团长莫肇衡率部经赵家渡口来到火石埠，由张泽引导到阵地各要点视察情况，调队接防。

当夜，张泽率残余的 50 余名士兵经师指挥所回到 1077 团。

第十三章　壮志未酬的战魂

火石埠，一个蕴藏着火药和爆炸意味的地名，位于邳州市戴庄镇西北部。

火石埠还有座山，名字就叫火石埠山。说是一座山，充其量也就是个小山岗，海拔仅 43.5 米。因山石可蹭出火花而得名。由此，可以看出这个仅百十户人家的火石埠村是依山得的名。

可是，火石埠村的人并不认同这个说法。

对这桩到底是山依村而得名还是村傍山而得名的悬案，第 60 军 183 师 1083 团团长莫肇衡毫不关心。他只知道，火石埠是 60 军御敌的第二道防线，固守台儿庄的重要门户，战略位置十分重要。

第 60 军军长卢汉给 182 师师长安恩溥下过死命令："不惜一切代价死守这一阵地！"

在莫肇衡接管火石埠阵地之前，第 60 军将士已经在此与日军浴血奋战了两天两夜。特别是前一日，日军集中优势兵力，狂扑火石埠阵地，1 小时时间，倾泻了 5000 多发炮弹。雨点般的炮弹在天空拖着红色尾巴，把天都照红了。

危难之际，莫肇衡奉命率团披挂上阵，经赵家渡口来到火石埠。

莫肇衡（号仲贤），汉族，云南禄丰人。莫肇衡自幼天资聪敏，诚挚好学，初读于乡小学，后考入省立第一师范。毕业后，旋入陆军讲武堂，毕业后分到滇军 8 团，历任排长、连长、营长。卢沟桥事变后，莫肇衡被调任 60 军 183 师 1083 团团长。

莫肇衡系行伍出身，辛亥革命以来，久经沙场，屡建奇功，是从一名普通士兵逐级晋升为团长的。在长期的军队生活中，莫肇衡积累了丰富的带兵及作战经验。莫肇衡看到自己团里新兵较多，下属军官也缺乏实战经验，亲自带领士兵们上山练冲锋，下山练反击，雪天练伏击，夜间练奇袭，既搞野外练兵，又搞沙盘作业，研究阵地防御中能够机动灵活地消灭敌人的办法。

士兵们听得信心满满，说："放心吧团长，只要敌人敢于来犯，我们定叫它有来无回，彻底完蛋！"

莫肇衡笑了："对头，就得这样。只有平时多流汗，才能战时少流血。"

莫肇衡平均每两天就有一次紧急集合，特别是天气变化，气候恶劣时，他更要搞紧急集合及临时作战演习，以此实现练思想、练作风、练体能、练技术和练战术的有机结合，将军人的体能、技能和智能等不同类型的素质融为一体，做到"招之即来，来之能战"。

火石埠的炮火轰响的时候，莫肇衡正自得其乐地哼着一首云南民歌：

"咿哪——山对山来崖对崖，蜜蜂采花深山里来；蜜蜂本为采花死，梁山伯为祝英台。咿哪——梁山伯为祝英台……"

莫肇衡本来就五音不全，连日的行军，又让他的嗓子变得嘶哑。因此，从破喉咙哑嗓子里吼出来的声音，听上去，就有了点儿鬼哭狼嚎的味道。偏偏莫肇衡又像爱自己的老婆一样爱唱歌，时不时地就地动山摇般地吼他几嗓子。

这就没办法了。

武汉出发前，莫肇衡听说终于有仗要打了，也不管有人没人，立马吼了起来，"咿哪——山对山来崖对崖，蜜蜂采花深山里来……"

1084团团长常子华正在给士兵们训话，凭空来这么一阵子噪音，让他有点儿承受不来。

"老莫，老莫，咱能安生会儿不？你这声一出，千山鸟飞绝，万径人踪灭。"常子华皱着眉头，捂着耳朵喊道。

莫肇衡冷冷地笑着，"是吗？你说得很形象啊！"

莫肇衡当面倒是没表现出什么，可从那以后再不跟常子华搭腔。擦肩而过，眼睛都不兴瞥一下的。常子华就知道了，是自己无意间引用的柳宗元的五言绝句把莫肇衡给得罪了。

一路上，常子华有空就往莫肇衡身边凑，好话说了几坛子，还搭了两瓶酒、两包烟，莫肇衡才算跟他有了点儿好颜色。

莫肇衡说："本团长唱歌难听也不是一天两天的事了，你不想听，躲得远远的去，没人硬拉着你听。"

常子华满脸堆笑，"那是，那是，我是想说你的歌唱得是'此曲只应天上有，人间能得几回闻'的，谁知一激动，怎的就把'千山鸟飞绝，万径人踪灭'给溜达出来了。对不起，对不起了啊！"

有了常子华这么一个前车之鉴，你说谁还敢不识时务地说三道四乱嚼口舌？团长、营长们不敢，士兵们就更噤若寒蝉了。因而，没了反对派的莫肇衡的吼声，在旷野里、深山里、黑夜里尤显得粗粝、野性、豪放，不同凡响。

常子华买莫肇衡的账，小日本却不理他这一套，招呼都不打就把飞机开到了莫肇衡阵地的上空。轰隆轰隆的爆炸声，直接对莫肇衡的歌声给予了彻彻底底的否定——

10多架日军飞机穿云破雾，飞临到火石埠上空，像一群黑乌鸦在空中盘旋。在连绵不断的猿啼鹤唳般的怪叫声中，炮弹像麻雀般黑压压地落下来，滇军的头顶上，许许多多巨大的铁块崩裂开来，纷纷跌下。碎石、树木被狂风席卷，在天空中飘散。天空中，全是铁片、碎石、树木触碰、冲撞、交锋的乱哄哄的声音。莫肇衡看到的，是熊熊燃烧的冲天火光；听到的，是充满耳鼓的剧烈爆炸。天地之间，像暴风雨即来时那样漆黑一片。

日军非常清楚自己的对手没有防空武器，俯冲轰炸时几乎是贴着山坡掠过，机身上的"膏药旗"都清晰可见。

孤立无援的火石埠就这样万般无奈地被飞扬跋扈的硝烟吞没了。

爆炸声打断了莫肇衡的歌唱，也坏了他的雅致，让他有点儿心生沮丧。他觉得这个偏僻荒芜的苏北小山村的早晨太过热闹了，这天才刚刚透亮，小鬼子的飞机就迫不及待地跑来问安了。

——关于这次战役，在部队开赴鲁南前线的路上，542旅旅长陈钟书在专列上与他有过一次促膝长谈。

那晚，莫肇衡与陈钟书在缓缓爬行的闷罐子车上并肩而卧。陈钟书翻来覆去，辗转不寐，而莫肇衡背对着陈钟书躺着，鼾声如雷。后来，不知怎的听见了陈钟书发出的深长的呼吸声，莫肇衡翻过身来，说："旅长，怎么了？有心事？”

陈钟书坐起身，仰起脸，透过车厢半腰处的透气孔望着窗外瑟瑟发抖的残星，说：“是啊，大战在即，千头万绪，哪里能睡得着啊！”

莫肇衡却不以为然，“旅长，你真是多虑了，要知道，这可是在咱们的地盘上啊。咱们有多少人？四万万中国人民。而小日本呢，一个弹丸之国，满打满算不过六千万人，其中能征善战的能有多少？总不至于都派到咱们中国来吧？”

“你是只知其一不知其二啊。”陈钟书摇摇头，说，“为了说明我们60军与日军第5师团作战的残酷性，我以为，有必要把日军的兵力配属情况向你作点儿简单介绍。据我方从日本防卫厅摸来的情报说，日本陆军共有5大精锐主力师团，分别是近卫师团、第1师团、第2师团、第5师团和第6师团。近卫师团长期驻守皇宫。第1师团是关东军的核心主力。第2师团日俄战争时期因夜袭弓长岭而闻名全军。‘九·一八事变’时，仅以一个师团之力就全部占领我国东三省，号称常胜之军。第6师团因制造南京大屠杀而让中国人恨之入骨。该师团战斗力在日本陆军中与第5师团一起排名第一。第5师团——就是我们这次的主要对手，为广岛师团，建立于日俄战争时期，师团官兵均来自广岛。师团长板垣征四郎，为日军中少壮派军人，他带领该师团1937年初从天津登陆，相继攻占了天津、北平，‘七·七事变’以后，与其他日军配合，向中国大举进犯。在山西娘子关与八路军和阎锡山部进行过多次战斗，先后占领了太原等重要城市。该师团所属国崎支队，在淞沪战役中从华北战场调往上海，在柳川平助指挥下，从杭州湾登陆，一路杀往南京，血债累累。国崎支队依仗其机械化优势，归属第5师团建制以后，与师团主力一起于2月接受从青岛登陆的来自日本本土的兵源、物资补充后，底气十足地杀奔中原战场。第5师团，到中国一年以来，屠杀中国人民无数、毁灭中国村庄无数、欠下中国人的血债无数。台儿庄一战，第5师团与第10师团遭到了张自忠部及孙连仲部的毁灭性打击，分别在青岛和济南接受物资和兵员补充后，这次汇合其他日军再次扑来，要报台儿庄的一箭之仇。”

“天要下雨，娘要嫁人。他们硬不愿意接受教训，我们有什么办法，打就是了！”莫肇衡嗤之以鼻道，“请旅长放心，养兵千日，用兵一时。眼下正是国家民族危亡之际，作为一个军人，现在是报效国家民族的时刻了。我已下定决心，宁愿马革裹尸，为国捐躯，也绝不能看着日军践踏国土而苟且偷生！”

陈钟书点头称是，“你能抱有必胜的信心，相信最终的胜利一定会属于自己，我很欣慰。但我要说的是，我们既不能妄自菲薄，也绝不能妄自尊大。不论到什么时候，都要敬终如始地去对待每一场战斗，谨小慎微地去分析每一股敌人，任何一点闪失都有可能直接导致战争失败！”

“仲贤谨记旅长教诲。”

“教诲不教诲的并不重要，重要的是认认真真地打赢每一仗，早日将小鬼子赶出中国！”

“轰——轰——轰——”

日机的轰炸刚过，地面的轰击又接上了火。尘土腾空，不见天日。

莫肇衡发现，日军炮击绝不是无的放矢乱打乱来，射过来的炮弹的落点都非常准确。阵地上的据点、工事、战壕转瞬之间捣毁殆尽。阵地上也开始有了伤亡，开始有了伤员的哭喊声。

莫肇衡恨恨地站起身，一动不动地伫立在掩体前，他的双眉紧蹙，两眼发直，模样吓人。有风吹了过来，这时，莫肇衡就听见了轰轰隆隆的坦克声。

九辆有着“陆战之王”之誉的钢铁猛兽，呈“品”字形排列，越障跨壕，威风凛凛地引导着步兵向中国阵地压迫而来。

“一营长呢？把一营长给我叫过来。”莫肇衡目视前方，撑着嗓子大声疾呼道。

一营长应声答道：“报告团长，我在这了。”

莫肇衡手一指坦克，“打坦克的方法就不用我再教你了吧？兄弟团都用了几天了，屡试不爽。现在，就看你的了。”

“放心吧团长，保证完成任务！”一营长拍着胸脯道。

莫肇衡虎着脸道：“你不要别跟我拍胸脯，你把小鬼子的王八壳子消灭了，老子给你拍手掌！”

“放心团长，完不成任务，我提头来见。”

“出发吧。”

一营长带着队伍快步流星地离去。

“二营长、三营长。”

“到。”

“把手榴弹都分发下去，两人一箱。告诉兄弟们，一旦一营长那边得手，听命令马上把手里的手榴弹全都喂给鬼子。别舍不得。”

“是！”

但是，一营长那边并不像想象的那么顺手——

几天来，你进我退，我们在研究小鬼子，同样，小鬼子也在解读我们。彼此都在互相了解、熟悉、掌控和防御对方。一连长派出的几路小队，全都遭到了小鬼子的阻击，要么半途而退，要么舍身成仁。

坦克没受到半点儿损伤，战士们的性命却白白损失了十几条。

“二连长，带着你的人上。让一连的弟兄们喘口气儿。”

随着一营长一声令下，立刻有十几名怀抱着炸药包或者集束手榴弹的滇军士兵跃出了掩体，向着鬼子的坦克冲了出去。

“哒哒哒……”小鬼子们再次识破了这些滇军兄弟的意图，纷纷调转枪口，毫不留情地用机枪编织起一道道密不透风的弹幕来压制这些毫不畏惧的战士。

跃跃欲试的滇军士兵们空怀一腔壮志，就是前进不了半步。

“火力掩护！给我狠狠地打！”一营长一边吼着，一边抱起一挺机枪，对准鬼子的坦克猛烈地扫射起来。其他战士也纷纷效仿他的样子，举枪对着鬼子的坦克拼命射击。

其实大家心里都清楚，子弹根本就不可能射穿鬼子的战车，对它们造成任何实质性的伤害。这么做，无非就是吸引下鬼子坦克的注意力，为那些冲锋不止的战友创造些机会。

然小鬼子也不是那么容易就上当的。对于滇军士兵们推送来的枪林弹雨，他们根本就不害怕，一串串无情的子弹，直接射向那些生龙活虎般的士兵。一个、两个、三个、四个……刚刚还虎虎生威的士兵，眨眼之间就变成了小鬼子枪口下的鬼魂。

看着腾空而起的阵阵血雨，一营长的双眼也变得一片血红，扯着嗓子再次大声喊道："再上！"

一营长话刚落音，又有十几名士兵义无反顾地向着鬼子的坦克冲了出去。

一名满脸稚气的士兵刚刚手忙脚乱地将6枚手榴弹绑在了一起，正猫着身子想往前冲，被一营长瞄见了，一营长毫不犹豫地转过身，趁其不备，一把从那个战士怀里将集束手榴弹抢了过来。

士兵一愣，抬头一看是营长，伸手就去夺，同时大声喊道："营长、营长，不行……"

三位连长见状，也赶紧上前阻拦。

但是，已经晚了，一营长已经像脱了缰的野马似的跃出了战壕，如猎豹般健步如飞地向着离得最近的一辆鬼子坦克冲了过去。

子弹像雨点一样擦身而过，一营长没有丝毫的畏惧。此时此刻，他眼中只有那辆坦克，那辆鬼子的坦克，炸毁它，是他眼下唯一的心愿。近了，近了，越来越近了，一营长终于靠近了那辆鬼子的坦克。眼看距离那辆坦克也就几米远了，一营长眼中忍不住散发出一股兴奋的光芒。

突然，一名鬼子从坦克后面闪了出来，看到一营长之后，小鬼子愣了一下，随即反应了过来，举起手中的三八大盖，瞄准了一营长。

"砰！"一声清脆的枪声响起，一营长眼前一黑，仰面倒了下去。

"营长！营长！营长！"看见营长中枪倒地，阵地上的战士们立刻炸了营，歇斯底里地吼叫着。

"兄弟们，跟小鬼子拼了，跟我冲——"一连长怒目切齿地大声吼着，并第一个冲了出去。

"为营长报仇，冲呀！"全营士兵咆哮着紧随其后，义无反顾地向着鬼子的坦克冲杀了过去。

"哒哒哒、哒哒哒……"小鬼子疯狂地扫射着那些临危不惧的战士，密集的弹雨之下，那些早已将生命置之度外的滇军士兵一个接一个地倒了下去，但很快又有更多的人冲了上来……

就在这时，昏迷不醒的一营长忽然睁开了眼睛。他的脑袋晕乎乎的，他的眼睛雾蒙蒙的，一时间，甚至想不起来自己身在何处。但也仅仅就是倏忽之间，那不绝于耳的枪声提示了他，警醒了他，他不是在走马观花，也不是在闲庭信步，他还有重任在肩！

“坦克！我要炸掉鬼子的坦克！”一营长咬着牙恶狠狠地说道，挣扎着想要从地上站起来。但是，他却没有一丝力气，甚至连动一下都是那么困难。一营长知道自己被击中了要害，恐怕活不了多久了。但即便是死，也要与小鬼子的坦克同归于尽。

从他冲出战壕的那一刻起——不，从他走出云南的那一刻起，他就没打算活着回去。

感觉到地面在震动，一营长扭过头，就在距他三米的地方，一辆坦克正晃动着笨重的身躯，向他开来。一营长摸了摸，手榴弹还抱在自己的怀里。一营长哈哈大笑起来，忍不住高呼道：“天助我也，天助我也！”

这是上天给他的一次机会，他必须毫不犹豫地紧紧抓住。

一营长贪婪地抱着手榴弹，就像抱着一个十代单传的婴儿。

眨眼间，小鬼子的坦克驶了过来，眼看就要从他的身上碾压过去，“嗤——”一营长一把拽开引线，一股青烟顿时冲天而上，一营长在扑向坦克的一瞬间，咬着牙怒吼道：“小鬼子，跟你爷爷一起上路吧！”

“咣——”一团巨大的火光瞬间将那辆坦克包裹了起来。

火光过后，地面上已经没有了一营长的身影，只有那弥漫在空中的血气和硝烟，证明一营长曾经在那里战斗过。

“咣——咣——咣——”趁着硝烟弥漫的当儿，那些怀抱炸药的战士，也纷纷学着一营长的样子，就地打滚，瞅准时机，将集束手榴弹投进正在转动的履带里，当下，又有四辆坦克燃起了熊熊烈火，狗急跳墙般地垂死挣扎了几下，便一动不动了。

剩下四辆坦克见势不妙，赶紧掉头。

失去了坦克做掩护的日本兵就这样顷刻之间不知所措地暴露在了滇军士兵们泛着血光的双眼里，像一群失去了主人管顾的狗，惊慌失措，乱作一团。

莫肇衡大喝一声：“打！”

顿时，火光四起，枪声大作。

一颗颗手榴弹冒着白烟在敌群中爆炸，步枪、机枪也喷射出了愤怒的火焰，复仇的子弹像长了眼睛似的直射敌人，火石埠转瞬之间变成了屠宰场！

毫无防备的鬼子们被弹雨扫翻在地。日军被这突如其来的炮击打蒙了，好多日本兵将头埋在地上，双手将步枪往上举着，也不瞄准，只是扣扳机盲目射击。

"乒乒乓乓"，打得倒是很热闹，可并不具有杀伤力。

刚刚还洋洋自得、不可一世的鬼子兵，没了坦克作支撑，又遭受了滇军步机枪的重创，那一刻，被如同天兵天将一样的滇军吓破了胆，再也不敢恋战，撂下几十具尸体，不顾一切地落荒而逃。

"打住打住打住！"莫肇衡摆摆手，止住那些捋臂张拳要乘胜追击的战士，笃定泰山地道，"都给我听着，小鬼子一上来就吃了一个大亏，这些狗日的是绝不会就这么善罢甘休的，肯定还要卷土重来。趁这工夫，赶紧利用有利地形修筑掩体、工事。我一会儿要一个一个检查。"说完，转身向山顶走去，边走边吼道："咿哪——山对山来崖对崖，蜜蜂采花深山里来……"

莫肇衡预计得不错，他还没有走到山顶，那一句"咿哪——梁山伯为祝英台"还没有唱出口，小鬼子的炮阵就已经唱响了前奏。

落弹如雨，石破天惊。

火石埠，再度成为火海。

小鬼子是铁了心要报刚刚那一箭之仇了！

望着源源不断滚滚而下的落弹，莫肇衡想，战斗已经进入白热化了，肯定是要越来越惨烈了！但是会惨烈到何种地步，莫肇衡不知道，或说，他压根儿就没有想过。

莫肇衡没有感觉到畏缩和恐惧，相反，倒生出一种豪迈和悲壮来。

这天的战斗从打响就再也没有停下——

在炮火的掩护下，日军向火石埠发起了一轮又一轮的攻击。莫肇衡团利用阵地层层阻击，与日军短兵相接，拉锯厮杀，展开了一场又一场肉搏战。从凌晨到傍晚，莫肇衡团先后击溃了日军的近20次进攻，毙敌数百人，而自己也付出了数倍于敌人的惨痛代价。

直至夕阳西下，残阳如血，双方还在死死地对峙着。但也仅仅是对峙着，既没有一方撤退，也没有一方冲杀。

谁都不肯先行撤离战场。

“虏塞兵气连云屯，战场白骨缠草根。”呛人的烟火气息还在风中被吹来吹去，焦灼的泥土烫得人脚底发疼。莫肇衡脸色苍白，他的脸上、身上到处都凝结着说不清是战友还是他自己的血。他的眼睛，一直在目不转睛地盯着远处那片染红了天空的火光。

阵地上，随处可见累累尸体和丢弃的战车辎重。

莫肇衡想起了旅长陈钟书常说的一句话：战争是死神的盛宴！

莫肇衡瞅了一会儿，回过头来，望了望仰在地上筋疲力尽、身心交瘁的残兵败将。一个个血头血脸，遍体鳞伤，缺胳膊少腿的。这些人，别说让他们去跟日军浴血奋战、短兵相接了，就是让他们在前无堵截、后无追兵的情况下，自食其力、顺顺当当地撤离都是一个难题。

莫肇衡不敢去数还剩下多少人，但他可以断定，不会超过20人。才一天下来，一个团的兵力就打得只剩不到20人，这未免也太惨了。

莫肇衡情不自禁地摇了摇头。

这时，他还不知道，还有一个比人少更大的难题，正在背后等着他呢——

“团长，我已经一颗子弹都没了。”一名虎头虎脑的士兵从莫肇衡那回头一望中，读懂了他的意思，忧心忡忡道。

莫肇衡认得这名士兵，生得虎头虎脑，却有个跟长相很不相符的名字：孔雀。

“团长，我也没了。”

“我也没了。”

士兵们异口同声七嘴八舌地附和道。

“你们是要告诉我，我们已经弹尽粮绝了，是吗？”

还是那名虎头虎脑的孔雀：“是的团长，我们确确实实已经山穷水尽了。”

莫肇衡抬起头，望着黑魆魆的天空，用衣袖抹抹额头的汗水，犹豫了一下，“给我接师部。”

“……接不了了，团长，电话线下午就被小鬼子的炮弹给炸断了。”孔雀嗫嚅道。

“下午就断了？”莫肇衡咆哮了，“那为什么不去抢修？”

孔雀哽咽了，“通信兵全都被炸死了，活下的有谁干得了这活？”

莫肇衡语塞了。

“团长，我们怎么办？”

莫肇衡扭过头，认真地看了一眼孔雀。

孔雀受了重伤，伤口血喷不止，把整个衣襟都染红了。

就在这时，团部的一名参谋一瘸一拐地回到阵地，他百感交集、惊愕失色地扫了眼那些个不堪一击的战友们，强忍住满眼的泪水，将嘴巴贴在莫肇衡的耳边小声地嘀咕起来。刚说几句，就见莫肇衡怒目圆睁，怒形于色地吼道：“真是这么说的？”

参谋满头是汗，“千真万确。”

莫肇衡沉默了。

过了好一会儿，莫肇衡将牙关一咬，背对着士兵，说：“所有人都有了，听我口令，准备——撤！”

莫肇衡的腮帮子上又鼓起了一道道的肉棱子。

“啊？撤？”有几名士兵们刚刚已经站了起来，闻听此言，又蹲下身去，双手抱着自己的脑袋。

其实，所有人都已经预计到了就是这个结果，这也是没有办法的办法。但是，当他们从莫肇衡嘴里听到“撤”的命令时，还是无法接受。

“团长，这……阵地就这么丢了？这可是咱几百号子弟兄的性命换来的啊！”孔雀的声音一下子变得尖利起来，带着哭腔喊道。

“咱们不是把阵地丢给他们，咱只是让小鬼子帮着咱们看管一会儿。”莫肇衡哆嗦了一下，他心如刀绞地说，“留得青山在，不愁没柴烧。我向你们、向死去的滇军弟兄承诺，等找到了部队，讨来了援兵，我一定披坚执锐，亲自出马从小鬼子手里把阵地夺回来！”还是没有人说话。“另外，小鬼子对地形不熟悉，又不善于夜战，估计天亮之前是不会发起进攻的。也许，那时我们已经搬回援兵了呢！看命吧，但愿我们这出‘空城计’能唱得出神入化！”

莫肇衡在说这番话的时候，始终没有回头，始终背对着孔雀和一众弟兄。

因为，莫肇衡已经泪流满面。

他怕自己潸然而下的泪水，润湿了士兵们那颗伤痕累累的心。

莫肇衡就这样带着他的散兵游勇跌跌撞撞地撤出了阵地。

当这群残兵败将翻山越岭转弯抹角地辗转找到第60军军部时，夜色已经很浓了。无尽的黑暗之中，没有光明，没有温暖，只有恐惧和迷惘在耳畔呻吟，荒寂的青草在清冷的稀稀疏疏的星光的照耀下，生出无数诡秘暗影，远远望去，如同幽森的亡灵火焰。

第60军军长卢汉正眉头紧蹙、焦躁不安地在指挥所里来回踱步。

卢汉的眼里布满了血丝，桌上，一个用罐头盒制作的烟灰缸里，烟头堆得像小山一样。连日与敌激战，60军损兵折将、伤亡惨重，旅长陈钟书伤重殉国，团长董文英阵亡、严家训阵亡、龙云阶阵亡，莫肇衡生死未卜……卢汉不由得心如刀割又心焦如火。

这时，就听得通讯兵火急火燎地走进屋里，向他报告道："第1083团团长莫肇衡前来谒见。"

卢汉一怔："仲贤来了？快请进，快请进！"

"军长，军长，我回来了。"话没落音，莫肇衡已跌跌撞撞地从外面冲了进来，"扑通"一声跪到了卢汉的面前，嚎啕大哭，"军长，我一个团打得就只剩下十几名弟兄了，我把他们都给带出来了，我不想让这个团顷刻之间就这么灰飞烟灭了啊！军长，我把火石埠丢了，你枪毙了我吧！"

"仲贤，起来说，起来说。"卢汉闻听也是椎心泣血。卢汉强忍住泪水，躬身将莫肇衡搀扶起来。"快把战场上是怎样一个情况说来我听听。"

莫肇衡就将一天来的情况原原本本、仔仔细细地向卢汉做了一个非常详尽的汇报。说："军长，赤壁之战前，曹操败走华容险道，身边只剩下18骑。我今天重蹈曹孟德覆辙，只剩下了18个战士。军长，人家曹孟德那18人是将，而我这18人却都是兵啊！"

"兵贵其勇，将贵其谋，功用不同。不要再说了，仲贤，我把军部收容的108名士兵配给你，带上你原来的18个人，连夜直奔火石埠阵地。天亮之前，夺回失地！有问题吗？"

莫肇衡将身体站得笔直，“放心军长，夺不回阵地就一结局，我莫肇衡战死沙场、马革裹尸，绝无二话。”

卢汉看着莫肇衡，嘴唇翕动了几下，想说些什么，想想又作罢了，歪着头向着外面喊道：“通讯员，叫炊事班抓紧搞点个吃的来，让弟兄们美美地吃一顿。”

莫肇衡感觉到了卢汉心里的沉重，油嘴滑舌道：“军长，你这是怕我和弟兄们做饿死鬼吧？”这本是一句玩笑话，可是，话已出口，自己先流了泪。

趁着卢汉不注意，莫肇衡赶紧用衣袖偷偷地擦了。

这一切，卢汉其实全都看在眼里。他故意转过脸，假装视而不见。

卢汉狠狠地吸了口气，说：“你这张嘴啊，啥时候才能不胡说八道呢！我哪儿是怕你们做饿死鬼，我是为了让你们吃饱肚子好有劲儿打鬼子啊。算算，你们今天吃饭了没？”

卢汉一说，莫肇衡想起来了，“是啊，今儿个一天我还就是早上喝了一碗粥。军长这么一说，肚子还真就咕咕叫起来了。”

“这不就完了？”卢汉也破涕为笑，“我也看了，啥好吃的都堵不住你这张破嘴。”

当莫肇衡率着百十来人步履匆匆地赶到火石埠时，天还没有亮，硝烟弥漫的阵地静静地等待着滇军兄弟们来光复。

望着失而复得的火石埠，莫肇衡不由得哑然失笑：

“哎，你们说我老莫是不是比诸葛亮还诸葛亮啊？瞧这一夜，没有抚琴，空城计我也唱下了；没有神坛，东风我也借来了。”

“哈哈哈哈……”士兵们也禁不住跟着笑了起来，一夜的疲惫一扫而光。

“行了，别一个个地傻站着了，歇歇脚，赶紧修复工事吧，还有更艰巨的战斗在等着我们呢！”

“轰——”

果然，天刚透亮，日军就发起了炮击。

在这东方欲晓光影斑驳的清晨里，日军的炮声响彻云霄。

密集的炮弹轰然作响，如冰雹一般砸向滇军阵地，掀起一片片的炮火。

炮火一停，穷凶极恶的敌人立刻发动了全线进攻。

莫肇衡手持着望远镜，瞪大眼睛，一眨不眨地盯着漫山遍野狗急跳墙、卷土重来的日军。

这一次，小鬼子倒是没有留后手，一上来就派出了大约一个联队的兵力，以大队为单位，兵分三路对火石埠防线展开了猛烈的进攻。

莫肇衡下令各前线部队，坚决打退日军的进攻。一时间，硝烟四起，枪炮齐鸣。呐喊声、惨叫声不绝于耳。

望着日军像蚂蚁一样密集地涌来，莫肇衡扔掉手中已经打完了子弹的步枪，狂吼道："机枪呢？机枪呢？给我机枪！"

浑身是血的孔雀仰面倒在地上，听到莫肇衡的吼声，他挣扎着摇摇晃晃地站起来，想把自己怀抱着的机枪交给莫肇衡。可是，枪还没递到莫肇衡手上，又一头扑倒在地。

"孔雀、孔雀……"莫肇衡连吼着。

——几分钟前，孔雀被敌人的子弹射进左肋，子弹头就露在皮肤外面，但他全然不顾。抱着一挺机枪在阵地上，生龙活虎般地上蹿下跳，从东打到西，又从西打到东，枪管都被他打红了。开始，他还在心里默默地数着倒在他枪口下的日军的数量，打着打着，就打红了眼，再也顾不上这些细枝末节了。在他心里，除去阻挡着小鬼子们前进的步伐，其他什么都无关紧要了。

包括那枚弹头。

"歇歇吧，孔雀兄弟，让我来！"

莫肇衡满含热泪、悲愤交加地从孔雀的怀里拽出机枪，往一道稍稍凸起的梁子上一架，扣响了扳机。莫肇衡看到，枪声响后，小鬼子像田间被闪亮的镰刀放倒的麦子一般，一个一个地倒了下去。

莫肇衡一边打一边喊："弟兄们，咱们的命不要了，给我狠狠地打。火石埠就是我们的葬身之地！活着的弟兄给我记住，明年今天别忘了给我们烧点儿纸钱！"

张牙舞爪的日军依旧如潮水般涌来。小鬼子的攻势异常迅猛，一个个如同疯狗，杀气腾腾地向着滇军阵地扑来。

子弹终于打完了，滇军士兵再次陷入到了弹尽粮绝的困境。而日军的子弹仍旧如雨点般滔滔不绝地射来，莫肇衡身边不时有人倒下。

莫肇衡眼睛几乎要冒血。

“火石埠，火石埠，男儿坟墓在此处；最后关头已来临，牺牲到底不屈服！”莫肇衡挺直身子，全然不顾往来如梭的子弹，仰天长啸，“弟兄们，我们彝族人有句谚语：不管你踩着什么样的高跷，没有自己的脚是不行的。现在，只有我们自己能够救自己了。上刺刀，跟狗日的小鬼子拼了。”

莫肇衡边吼边率先冲入敌阵，与日军展开了血腥的肉搏战。

莫肇衡毫无惧色，一人拼三敌。他刚捅倒一个，把刺刀捅进第二个敌人的小腹，第三个鬼子又向他扑来。他后退一步，避开刀锋，枪刺往上一挑，将鬼子拨翻在地，趁势把刺刀插进他的胸部。刚刚把血淋淋的刺刀拨出来，又见一个士兵被两个鬼子纠缠着，不得脱身。情危之中，莫肇衡大吼一声：“别急，我来了！”小鬼子一愣，那个战士猛一个突刺，小鬼子一命呜呼。另一个鬼子被吓呆了，还没回过神来，两把刺刀同时刺在了他的心窝。

滇军将士见敌人就砍、就杀、就射、就炸。早已筋疲力尽的日军怎么也没有想到中国守军还如此勇猛无敌，一时乱作一团。

一个鬼子看准时机，气急败坏地高喊着“八嘎呀路”将刺刀刺进了莫肇衡的后背。莫肇衡忍着剧痛，转过身，一枪将小鬼子击毙。手握刺刀指挥着部队继续向敌人冲杀。这时，“砰”的一声，一颗不知从何处飞来的子弹不偏不倚地射进了他的胸部，莫肇衡应声倒地。

“团长！”

众战士齐声呼唤。

莫肇衡，气烟声丝地道：“不要管我，守住阵地要紧！”

滇军群龙无首，阵脚大乱，小鬼子乘势群魔乱舞，10多名士兵还没来得及反应就倒在了小鬼子的风刀霜剑之下。

莫肇衡看在眼里，气急败坏地吼道：“把手榴弹全都用上，与小鬼子同归于——”话没说完，就昏迷过去。

“咣！咣！咣！”几名士兵闻听，立刻扎进并迅速地拉响了怀里的手榴弹。顿时，十几名鬼子兵命归黄泉。剩下的鬼子见状，赶紧夹着尾巴后撤。

有士兵要乘胜追击，一位年纪稍长、头上裹着血迹斑斑的绷带的士兵拦住了大家，恳切地道：

“弟兄们，团长的伤势大家也看见了，肯定是不能继续指挥我们战斗了。群龙无首不行。进军部收容队前，我是1082团的副排长，咱们这里如果没有军级比我高的，我希望大家都能够听从我指挥。”

大家伙你看看我，我看看你，没有人提出异议。

看样子是默许了这位副排长的毛遂自荐。

副排长看了看一众人，矬子里面拔将军地从中选了三位身体状况稍好些的士兵，开始发号施令：“我就把团长就交给你们了，你们仨要不惜一切代价及时快速地将团长送到战地医院，听明白了吗？”

三名士兵异口同声道：“保证完成任务。”

“行动吧。”副排长挥挥手，“其他人听好了，做好战斗准备，全力阻击鬼子进攻，掩护团长后撤。”

“是！”大家伙听话地手持武器严阵以待。

莫肇衡醒来时发现自己已躺在了担架上，正被抬着穿过一片山林。

“这是什么地方？你们要把我弄到哪儿去？”莫肇衡问。

一战士说：“团长，你负伤了，我们送你去战地医院。”

“胡闹！谁让你们送我去医院的？赶紧把我给送回阵地！”说着，挣扎着要起来。可还没等坐起身，胸口一阵剧痛，莫肇衡“哎哟”一声，又躺了下去。

战士们赶紧继续前进。当行进到一块巨石前时，莫肇衡突然睁开眼，说：“停，让我下去。”

战士想阻止他，“团长——”

莫肇衡目光坚定如铁，语气不容置疑，“让我下去！”

战士不敢违拗，将担架放到地上，将莫肇衡搀扶起来。

莫肇衡甩开士兵，颤颤巍巍走到巨石跟前，“龇——”地扯下浸满鲜血的征衣，蘸着伤口上的血，满怀悲愤地在巨石上写道：

壮志未酬身先死！

然手还没有落下，就觉得胸口一震，“噗”地吐出了一口鲜血，颓然倒下。

“莫团长！”三名士兵异口同声泣呼道。

莫擎衡已听不到了。

“团长，团长，你怎么……我们还想听你唱云南小曲呢……团长，你爱唱的那首小曲我也学会了，我唱给你听好吗？”一名士兵泪如泉涌痛哭流涕，沙哑着嗓子，泣不成声地唱道：“咿哪——山对山来崖对崖，蜜蜂采花深山里来；蜜蜂本为采花死，梁山伯为祝英台。咿哪——梁山伯为祝英台……”

第十四章　含苞吐蕊的战萼

炮弹一颗接着一颗，接连不断地在第60军军部的前后左右爆炸，声浪、气浪像海啸一样震荡着。炮弹爆炸处，火光升腾，飞溅的泥土刷刷地落下来。

第60军军长卢汉正在跟第182师师长安恩溥通电话。

第182师师指外同样也是爆炸声连绵不断。日军的炮火极为猛烈，除火炮外，还有十几架轰炸式战斗机来回轰炸扫射。所以第60军军长卢汉感到诧异。“你那里怎么回事啊，乱糟糟的，好像地震打雷一般。莫不是小鬼子又轰上了？”

安恩溥顺着瞭望孔看出去，轰天震地，血肉横飞。说：“是啊军长，这个时候哪还能有别的什么声音？全都是小鬼子在打炮。”

“你们可不要掉以轻心啊，小鬼子的炮火一过，人就要上来了。”

“来吧，兵来将挡，水来土掩。咱们彝族有句谚语：向上抛石头，当心自己头。他自己都不怕死，我还能怕埋？”安恩溥中气十足。

卢汉笑了，“有你这句话，我就放心了。”

挂上电话，卢汉就往外走，边走边拍打着满身的泥土，一出门，就发现军指外不知啥时候聚了一群青春焕发、风采动人的女娃娃，不由得大吃一惊。

“胡闹！你们是什么人？怎么跑到这里来了？”卢汉愤怒地看着她们，“来人，把这几个小姑娘给我送下去！”

卢汉不认得这些女娃娃，这些女娃娃可认得他：卢汉，第60军军长。一个家喻户晓的名字。就像血和肉密不可分一样，他的名字，也和抗战紧紧相连——

从武汉来到徐州，直至来到台儿庄战场，一路上，为见到卢汉后怎么转达同学们的钦佩之情，由谁代表转达，姑娘们嘀嘀咕咕叽叽喳喳，不知想出了多少点子，又推翻了多少回。谁也说服不了谁。争执不休之际，有位同学提了一个一点儿都不厚此薄彼的建议，就是见到卢汉的时候，每个人都说一句话。谁都不吃亏，谁也别占便宜。建议一经提出，嘈杂喧闹的姑娘们立刻安静了下来，各自想心事去了。队长宋志飞先前还在质疑是不是这个建议把大家伙儿吓住了，不一会儿，就发现自己想错了，姑娘们哪里是什么担惊受怕，原来是早跑去暗下神功，精心准备自己的“获奖感言”了。

姑娘们千思万虑，以为天衣无缝，没想到还是失了一招。那就是她们想象的场景都是在日丽风和下，明月清风里，柳暗花明处。哪里想得到竟是在炮火连天的环境中。

而且，卢汉还黑着脸。

姑娘们一下子乱了分寸，精意覃思准备了一路的演说辞一下子烂到了肚里。一个个手忙脚乱、惴惴不安地望着宋志飞，大气都不敢喘一下。

宋志飞队长的作用在这时显现出来了。

毕竟是面对一个威名赫赫的大人物，宋志飞也急张拘诸、面红耳赤。她嗫嚅道：“我们、我们、我们……”

卢汉不耐烦地挥挥手，止住宋志飞，“什么你们我们，没听见我在问什么吗？你们是怎么跑到这里来的？不知道这里危险吗？”看见卫兵跑步过来，卢汉一指宋志飞等，“把她们几个都给我送下去！”

“你不能送我们下去，我们是龙云主席派来的。”宋志飞急了，伸出手臂拦住了卢汉，“我还有龙云主席的亲笔信呢。”

“龙云主席派来的？我怎么没听说过？好吧，把龙云主席的亲笔信拿来我瞧瞧。”卢汉疑窦丛生地看着人小鬼大的宋志飞，不太相信她的鬼把戏。大敌当前，战事正紧，龙云主席绝不可能给他派一群既不能打，又不能战，还得要人管着的娃娃来。再说了，近段时间以来，他和龙云主席就当前战事不知通过多少电话，好多次涉及兵力问题。如有派女娃娃一事，龙云主席不会只字不提。卢汉冷冰冰的，说：“我可把丑话说到前头，有，咱们怎么都好说；没有的话，不客气，立刻给我下去！”

宋志飞被逼上绝路了，她装模作样地浑身上下摸了一遍，然后，故作紧张地说："坏了，掉了。"

"我不管你是真掉了，还是假掉了。拿不出来，我就视为你没有。给我送下去！"卢汉脸一绷，大喝一声，"简直是乱弹琴！"

"卢军长等一等！"宋志飞发疯般地拦住卢汉。

"送下去！战场岂是小孩子能来的地方！"

"我们不是小孩子，我们是云南妇女战地服务团的战士。"

卢汉将信将疑，说："云南妇女战地服务团？"

云南妇女战地服务团这个组织，卢汉倒真是不陌生。第60军昆明出征那日，云南省妇女联合会组织昆明妇女请愿游行，强烈要求组建云南妇女战地服务团随军抗日。在五华山省府所在地，龙云亲自接见了昆明女生代表，表示完全支持。龙云夫人、昆华女中教师顾映秋女士更是为组建云南妇女战地服务团奔走呼号。云南妇女战地服务团团员大都来自昆华女中，年龄最大不足30岁，最小的年仅15岁。

团员们自费集中于西山华亭寺，每日鸡鸣，风雨无阻地起床去爬山，然后习操练武，练习演讲，唱抗战歌曲，排练街头短剧，下午到陆军医院学习救护。为了达到队列中每步的距离是75厘米，她们不停地抬腿、挥臂，脚底都起了泡。她们还被要求吃饭的时间不能超过10分钟，开始时她们不习惯狼吞虎咽地吃饭，但是军纪如山，10分钟一到，必须放下碗筷。一些女生因为吃饭慢，开始时吃不饱肚子。没办法，要想不挨饿，就必须加快速度。团员中，好多人都是富裕人家的女儿，没有吃过苦，但她们知道这是一个做士兵必须要经过的磨炼，都坚持了下来。

这些，卢汉都是有所耳闻的。

宋志飞一看卢汉态度有所变化，也来了劲儿了。胸脯一挺，说："那是当然。卢军长难道没听过这首诗吗？古有花木兰，今有女南蛮；奋起为国家，解放又何难！这里所说的'女南蛮'，就是我们云南妇女战地服务团成员。"

"是你们又如何？在我眼里你们还是娃娃。你们还是要下去！"

"卢军长少安勿躁，且听我说。若是没有道理，再赶我们不迟。"

其他女生闻听也跟着一哄而上，将卢汉团团围住。

"就是，军长也得让人说话，不能以势压人啊！"

卢汉长叹了一口气，“好，说吧。看你们能说出什么道理。”

宋志飞也豁出去了！反正是就这么着了，她掸了掸衣袖，说：“卢军长请听好了——”

宋志飞从五华山抗日救亡游行请愿、云南妇女战地服务团成立讲起，讲西山华亭寺集中训练待命出发；讲 1937 年 12 月 13 日，也就是南京沦陷那日，云南妇女战地服务团员，怀着以身许国的壮志，唱着《义勇军进行曲》和《工农兵学商一起来救亡》等歌曲奔赴抗日战场；讲服务团过贵阳，经长沙，长途跋涉，于 1938 年农历春节到达第 60 军的驻地武汉，与家乡子弟相逢，把三迤亲人捐赠的慰问品分送给滇军将士，为官兵们表演文艺节目。特别讲到卢汉军长还亲自接见了战地服务团全体成员。

宋志飞这番话倒是不虚，卢汉至今都还记得，他见面会上说：“你们的抗日爱国思想是好的，但你们的技术和知识还不能适应战地的需要。”他深思一番，又说：“这样吧，咱们先把汉口心勉女子中学给借过来，我去委托汉口女青年救国会总干事陈纪彝先生，会同军部安排好训练计划，聘请武汉爱国知名人士给你们讲课。”

卢汉的话赢得一片掌声。

在卢汉的协调下，女兵们很快就被分配到汉川医院、白沙洲医院、鹦鹉洲医院实习。

“那时的卢军长是多么平易近人、和蔼可亲。哪像现在，冷冰冰的，拒人于千里之外。真不像我们仰之弥高、钻之弥坚的大军长啊！”

宋志飞一番冷嘲热讽，说得卢汉卑陬失色。

卢汉刚想张口，宋志飞哪肯给他机会，赶紧趁热打铁：“在武汉的时候，报纸上每天都刊载来自台儿庄的战况。当看到第60军将士与日军浴血奋战，在给日军重大杀伤的同时，自己也付出了惨重代价的消息时，姐妹们再也坐不住了。天天向留守处长官表示，要到前线慰问我军官兵。但始终得不到同意。姐妹们也急了，说：‘战地服务团不到战地，算什么服务团？！不等他们批准了，我们自己走！’迫不得已，我们实施了这个不是招数的招数：不告而别。”

“为防目标过大被发现，我们只从女兵中推选出了 12 名代表，其余的人留下来对新兵进行正常训练。我们乔装打扮，改头换面，悄悄到火车站，软缠硬磨，搭上了运送军需到台儿庄的第60军后勤部的军需列车。到达徐州后，姐妹们又一路辗转，终于找到了咱们第60军的指挥所，见到了我们心目中最大的英雄卢汉军长。”

宋志飞本想跟卢汉说，12位姑娘为了上前线，有的冲破了家长的阻拦，有的说服未婚夫推迟了婚期，有的上了火车才托人传话给父母。就说她本人吧，连话都没捎，父母到现在都不知道她参加了云南妇女战地服务团，而且还上了禹王山抗日前线。但又怕节外生枝。于是，话锋一转，说：

“卢军长能想象得到我们这一路是怎样走过来的吗？那么，就请看看我们这位战士穷困潦倒的样子吧。”说着，宋志飞从队伍里拉过一位骨瘦如柴、面现土色的女战士，一把推到了卢汉的面前。

卢汉一下子就惊呆了，战战兢兢地站在自己面前的这位女战士真可谓惨不忍睹：衣衫褴褛，蓬头垢面，脸上流着血，一条腿瘸了，右手拄着一根树桠，左手还端着一只破碗，碗底粘着一些饭菜。哪里还有一丁点儿女兵的风采，活脱脱一个小叫花。

现场一片肃静，大家伙儿全都在默默地看着卢汉和这个血孩子。

卢汉走近女战士，问：“你也是云南妇女战地服务团的战士？”

女战士的眼睛在血污中格外明亮，朝卢汉眨了一下，说：“是，军长。”

“你们怎么搞成这个样子了？”卢汉心疼地看看这位女战士，又看看其他人，十几个团员大同小异。整个一个丐帮。卢汉的眼泪刷的一下流了出来，说：“孩子们，你们受苦了！”

卢汉一落泪，所有的人都跟着哭了。特别是这些小姑娘们，更是痛哭失声。就连枪林弹雨在暮色里都变得模糊不清了。

宋志飞抹了一把眼泪，说：“卢军长，这点苦，我们受得起。为了抗战，为了早日把日本鬼子赶出中国，这点苦算什么？只要卢军长不赶我们走，再受点苦我们也心甘情愿！”

“可你们还都是娃娃，而且还是女娃娃啊！”正可谓怜子如何不丈夫，卢汉心中，一股怜惜之情油然而生。说，“战场比不得家里，是要死人的。

还是回到家人身边去吧！”

“军长说得不对！地无分东西南北，年不分男女老幼，皆有守土抗战之责，皆应抱定牺牲一切之决心！”一个同样也是脸黄肌瘦的小姑娘挺身而出，伶牙俐齿道，“谁放弃尺寸土地与主权，便是中华民族的千古罪人！卢军长硬赶着我们下去，这分明就是要我们小小年纪就做中华民族的千古罪人嘛！”

“还小小年纪就做中华民族的千古罪人？你小小年纪就知道给人家乱扣帽子啊？”小姑娘一番话，让卢汉不由得刮目相看。

其实，早在宋志飞痛说一路艰辛的时候，卢汉的心就已经被姑娘们不辞辛苦一心抗战的精神所感动了。有气是人，无气是尸。人活着，就是为了争一口气。姑娘们的气节让他仿佛看到了抗战胜利的曙光。等到再看见那位小叫花战士那副历尽艰辛的苦难模样时，卢汉就更加坚定了无论如何都要把这些个坚忍不拔的女兵们留下来，并力争最大可能将她们再平平安安地送回到父母身边。

“哈哈哈……你还真是把我吓着了！花径不曾缘客扫，蓬门今始为君开。既来了，就留下吧。”卢汉哈哈大笑，说，“参谋长，就把她们都安排到军医处吧，怎样？”

参谋长赵锦至本来也是想这样安排的，一听卢汉这么说，真可谓英雄所见略同，顺水推舟说：“听军长安排。”

60 军军医处设在陇海铁路车辐山站。

车辐山站位于今江苏省邳州市车辐山镇境内，是临赵铁路上的一个小站。

当年的台儿庄境内有两段铁路：一条是台枣铁路（台儿庄至枣庄），一条是台赵铁路（台儿庄至赵墩）。它们都属于临（临城，今山东薛城）赵（今江苏邳州赵墩）铁路的组成部分，连接当时津浦铁路（今京沪铁路）和陇海铁路，被人称之为“小陇海铁路”。台赵铁路 1933 年 12 月开工，1935 年 3 月 1 日通车，全长 30.542 公里，设有赵墩、宿羊山、车辐山、台儿庄南和台儿庄 5 个车站。

1938 年春，徐州会战爆发，台赵铁路成了部队物资给养、兵力运输及安全撤离、转移的主要通道。此间，中方大量爱国将士以及军需物资，从台赵铁路源源不断地运往前线。台儿庄战役前线总指挥孙连仲将军，一度把作战指挥部就设在台赵铁路车辐山站，后来前移到燕子埠的韩寺村。整个台儿庄战役，中国投入近30万兵力，除一部分是从北面津浦铁路赶赴山东临沂、滕县和台儿庄，绝大多数兵力是从南面台赵铁路赶赴台儿庄抗日前线的。

台赵铁路为台儿庄战役的胜利作出了杰出的贡献。

第60军来到台儿庄前线后，卢汉毫不犹豫地将战地医院又设在了车辐山站。在禹王山、邢家楼、陈瓦房等阵地受伤的军人，都是先被送到这儿，进行手术、包扎、服药、打针喂水、喂饭，处理好后，要么重返前线，要么在这里上火车转到后方医院。

姑娘们到来时，正是禹王山战役“倒海翻江卷巨澜，万马战犹酣”的关键时刻。映入姑娘们眼帘的是满站满街的瓦砾、沙土、破纸、烂衣、倒壁、塌墙……所见房屋，无不壁穿顶破，车站彻底被毁于日军密集的炮火中。在唯一完整的房屋中，姑娘们见到了滇军士兵费尽心机收集来的战利品：除了旗帜、符号、日记外，催泪毒瓦斯和窒息毒瓦斯给她们留下了深刻的印象。还有一本敌军日记也让姑娘们印象深刻。上面有一首打油诗：“四小时下天津，六小时占济南，小小台儿庄，谁知道竟至于这样困难！”

每天都有大批的伤员被运送到这里，几间简陋的站房很快就容纳不下了。但是，伤员还是源源不断地被送来。

露天的站台上，横七竖八地躺满了不断呻吟的伤员。

好多人禁不住风吹日晒，发起了高烧。

姑娘们束手无策。一个个急得干掉泪，没有办法。

宋志飞在站台上走了一遭，两手往腰间一掐，说：“我就说吧，活人还能叫尿憋死？！把打谷场、牛棚都打扫干净，多铺些稻草，铺厚点，松松软软的，让那些不是太重的伤病员先在稻草上过渡一下，然后再想方设法尽快把他们抬上火车送到后方去，不就妥了嘛。快干吧！”

天大的一个难题，就这样，倏忽之间在一个女娃娃手里迎刃而解。

"旗袍兵"姜笛芬第一次看到战士的伤口差点儿没昏死过去。

姜笛芬之所以被称为旗袍兵，这里面还有着一段故事呢：战地服务团在昆明出发时，姜笛芬恰巧刚刚从有着红河州"北大门"之誉的弥勒县来昆明求学，闻听战地服务团要北上抗日，拦着队伍说啥都要跟着。不同意就不让走。团长徐汉君听明来意，牙一咬，说："愿意去打鬼子是好事。60人都带了，不多这一个。带上吧。"姜笛芬就这样跟随部队出发了。

战地服务团的女兵，早在集训时，就已经脱下了小姐的服装，擦去了脸上的粉脂，穿上了灰色的童子军军衣，黑布袜子，灰布绑腿，腰系一条一寸多宽的皮带，一顶灰布军帽盖住了她们的满头秀发，一下就从翩翩少女变成了英姿飒爽的抗日女战士。社会上普遍认为："装束十分合体，精神十分饱满，动作十分认真。"而姜笛芬来昆明，就是奔着"颜如玉"，奔着"黄金屋"来的，何曾想过会投笔从戎，跟花木兰似的，"万里赴戎机，关山度若飞"？以至于都到了军中，身上还是一袭姹紫嫣红的旗袍。万丛灰中一点红，煞是耀眼。

"走出闺房跑出厨房，别了家庭奔向前方。"《云南日报》在《姐妹们：快拿出我们的力量，争取我们民族的解放》一文中专门报道："战地服务团在万人欢送中出发，临时加入一位未脱旗袍的战友。"

"旗袍兵"姜笛芬一下子成了名人。

姜笛芬在战地医院里接触到的第一位伤员，是一位满脸络腮胡子的战士。

"真是有缘，我是'旗袍兵'，他是'胡子兵'。"姜笛芬想。

胡子兵坐在稻草上，身子靠着墙打盹，腿上盖着一床破棉絮。

姜笛芬看了半天，愣是没瞅到伤处。

"这人倒是会找地方，送伤员反倒把自己当成伤员了。"姜笛芬边说边非常随意地用脚踢了踢胡子兵的腿，"你，换个地方去睡吧，我们该给伤员换药了。"

谁知，就这一踢，踢出毛病来了。刚刚还酣然入睡的胡子兵一下子没有人腔地嚎叫了起来："哎哟、哎哟——"把一个屋子里的目光都吸引过来了。

宋志飞正在给另一名伤员喂水喝，听见声音，忙不迭地跑了过来，"怎么了？出了什么事了？”

胡子兵还在哀嚎，只是声音不像刚才那么撕人心肺了。

“我也不知道啊。”姜笛芬一脸无辜，说，“我就用脚踢踢他，他就叫起来了。我也没使劲。”

宋志飞的脸当即就黑了：“说得倒轻松，踢踢他，踢哪儿了？”

姜笛芬仍还不以为然，用脚在胡子兵的腿上比画道：“就这个地方。”

“你还好意思说就这个地方，”宋志飞眼瞪得要吃人，“这个地方是好踢的吗？”说着，宋志飞一把掀起盖在胡子兵腿上的破棉絮，说：“你给我好好地看一看你多么会找地方！”

看到伤口的第一眼，姜笛芬想到的第一个词是皮开肉绽。

这哪还叫伤口，分明就是个血窟窿。肉早已经溃烂了，一块一块的，全都翻卷着，散发出一股股的恶臭。最要命的是，由于清洗消炎不及时，伤口已经生蛆了，蛆一条，一条，蠕动着，翻爬着。

姜笛芬的心脏仿佛被一块巨石重重地压着了，喘不过气来，眼前一阵阵发黑，脸上也不见了血色。

宋志飞一看姜笛芬这样，就知道她被伤口吓着了。

宋志飞就在心里轻轻地叹了一口气。她明白，从一名天真活泼的黄毛丫头，成长为一名坚忍不拔的钢铁战士，不是一蹴而就这么简单，是需要时间和经历的。这些“姜笛芬”们，说是战士，其实，仅仅是变换了个身份罢了，无论是自己的骨子里，还是在外人的眼里，都还是个小孩子。还需要一点点去成长和成熟。

宋志飞没再埋怨姜笛芬，而是体谅地拍了拍她瘦削的脸庞，说：“我来帮他清理，你去歇会儿吧。”

此时，胡子兵也安静下来了。

刚刚，姜笛芬无意之中踢在了他的伤口处，一股疼痛钻心入骨，想控制都控制不住，情非得已，嚎叫了起来。暂时平复之后，自己也有些不好意思。特别是又看到姜笛芬被自己的伤口吓得面无血色，就更加有些难为情。说：“不用清理，不用清理。你们去忙吧。我都已经习惯了。”

“那可不行。你这伤口都已经烂到这样了，不去动它，会越烂越深。若好好地清洗护理，让它流血流脓，反而说不定会收口。”

“只是、只是那样就太难为你们了。”

“你不要不好意思，这就是我们的任务。没有啥难为不难为。”说着，挽起袖子就要上。

姜笛芬拦住了她，不由分说地抢过她手中的消毒盘。“还是我来吧。”

姜笛芬蹲在地上，脸一下子变得通红通红的。她屏住呼吸，目不转睛地注视着伤口，手里拿着根小草棍，小心翼翼地一条一条地往下拨拉蛆……

姜笛芬动一下，胡子兵就皱一下眉头。许是怕姜笛芬担心，一直咬紧牙关，说：“你大胆地挑，我不疼。真的，我不疼。”

姜笛芬的泪水汪在眼窝里，她低下头想了想，拿起一块毛巾，塞在胡子兵嘴里。

胡子兵咬住毛巾。

“胡子哥，让我为你唱首歌吧，好吗？”姜笛芬说。

胡子兵正疼得龇牙咧嘴，闻听此言果然喜不自禁，说：“好啊，你会唱花灯吗？”

这话真问到姜笛芬的弹药库里去了。姜笛芬的隔壁邻居就是唱花灯的，姜笛芬从小耳濡目染，跟着学了不少的花灯常识和传统段子。“花灯的种类这么多，有昆明花灯、呈贡花灯、玉溪花灯、弥渡花灯，还有姚安花灯、楚雄花灯、禄丰花灯、元谋花灯、蒙自花灯……你想听哪一种呢？”

胡子兵挠了挠头，说：“我哪知道那些个，你就唱个《十大姐》吧。”

屋子里的其他伤病员听说姜笛芬要唱花灯，一个个地全都支起了耳朵，打起了精神，跟着要姜笛芬唱。宋志飞则趁机夺过了姜笛芬手里的消毒盘，将她推到了屋子的中间。

姜笛芬拢了拢头发，亮开嗓子唱道：

哎……山茶那个花来嘛山茶花，十呀个大姐采山茶。花篮那个是在山坡上，唱呀个山歌转回家。小呀哥我说给你，唱呀个山歌转回家。

大姐那个生得哟两耳长唉，黑黝黝的辫子亮又光。脸如那个明月手似藕，像呀个荷花开池塘。小呀哥我说给你，像呀个荷花开池塘。

二姐那个生得脸儿红，三姐那个脸儿赛芙蓉。芙蓉那个怕被哥看见，旁边那个藏在绿叶中。小呀哥我说给你，旁边那个藏在绿叶中。

……

晚饭已经热过几遍了，依然没有人动筷子。

这顿饭，是战地医院院长专门安排的。

院长跟司务长说："姑娘们每天每夜从不停歇地跟着枪声跑，跟着炮声转，哪里有战事，就出现在哪里。这样下去会把她们累垮的。晚上做顿好吃的，犒劳犒劳她们。"

院长还安排司务长不知从哪儿搞来了一盘"乌色色脚"。

"乌色色脚"又叫"坨坨肉"，翻译成汉语就是猪肉块块。吃法非常简单：先将猪肉砍好，用热水煮熟。但不能炖烂，火候非常重要，不到则肉生，稍过则肉硬。不下任何佐料。肉熟后捞起，撒上蒜水、盐及花椒等即可食用。因其每一块肉的重量均在二三两，成"坨"状，故名"乌色色脚"或"坨坨肉"。它的特点是入口化渣、肥而不腻、口感细嫩。并且这道菜要趁热吃。

没想院长一番苦心，姑娘们竟毫不领情。无论院长怎样苦口婆心，就是纹丝不动。院长急了。

院长瞪着眼、噘着嘴、绷着脸，在屋子里怒气冲冲地来回走着，走几步，停下脚，咆哮一通："你们自己说，是什么意思？想绝食是不？想想我们的战士，视死如归、前仆后继，为了领土的完整，为了人民的安危，连性命都丢了。你们不过是对烈士的遗体做了些检点的工作，就自以为是有功之臣了，了不起了？架子也摆起来了，饭也不吃了，汤也不喝了。这是什么意思？对我们的英雄，你们还有没有一点点最起码的民族之情、崇敬之情和友爱之情？你们和侵略我们的日本鬼子还有什么区别？"

无论院长怎样大发雷霆，姑娘们仍旧低着头闷声不吭。给他来个徐庶进曹营—— 一言不发，更不去动筷子。

院长见全面出击没能奏效，就各个击破。

"宋志飞，你怎么也跟她们一个觉悟了？你是队长，是这个队伍的带头人。应该挺身而出带个好头。你倒好，反其道而行之，随波逐流，与她们沆瀣一气。你是不是不想干了？！”

“院长言重了，言重了！”院长已经点到自己头上了，宋志飞就不能再一言不发无动于衷了，她起身走到院长身旁，边将院长往屋子外拥，边道，“请院长理解，姐妹们都是第一次经历这样的场面，心里面有些畏惧，与民族感情毫不相干——”

“畏惧？有什么值得畏惧的？我们连荷枪实弹的日本人都不畏惧，还畏惧几具尸体？尸体会要了你们的命吗？还与民族感情毫不相干，要我看，你们对那些冲锋陷阵的战士根本就是麻木不仁，漠不关心。我都怀疑你们是小日本派来的奸细。”院长又上劲了。

“院长、院长、院长，这话可不能随便乱说。院长消消气。我这就命令她们并身先士卒带头吃饭。谁不吃饭，今晚不许睡觉。行了吧？”

宋志飞连说带劝，将院长推出屋子。然后，反过头来，说：

“我和院长的对话，你们都听见了，谁还要自找难看，自己看着办。”

宋志飞说着大大咧咧地走到桌边坐下，夹起一块“坨坨肉”就往嘴里填，还没送到嘴边，“哇”的一下子又吐了。

姐妹们一下子围了过来：“队长，别折磨自己了，再等会吃吧。”

——在禹王山的每一天，都是一场生死考验。姑娘们的每一个黎明，都是把脑袋别在腰带里迎来的。就如诗人所说：“这刻不知道下刻的命。”每天，她们都要冒着日军的枪林弹雨，到阵地抢救伤员，钻进战壕为战士缝补衣服，代战士写家信，给战士们带去亲姐妹一般的温暖，战士们非常喜欢。有天，大家伙儿正猫着腰在阵地间穿梭前进，宋志飞忽然听到一阵熟悉的丝丝的啸叫声，像是尖锐的金属撕裂了空气，她本能地大喊一声：“卧倒”，久经沙场的女兵们立刻敏锐地趴倒。接着，十几发炮弹在她们附近爆炸，两个战士受了轻伤。炮声一停，宋志飞一挥手，“姐妹们，只要蹚过这条河沟，小鬼子就奈何不了我们了。快冲！”宋志飞话音刚落，女兵们如离弦的箭一般，“刷刷刷”地跳入水中，等鬼子兵发现，再打炮过来，女兵们已经安然进入滇军阵地。

这样的危险，已是家常便饭，几乎时时刻刻都在她们身边发生。

面对死亡，姑娘们可以义无反顾地赴汤蹈火、奋勇当先。每天都有官兵在她们的眼皮底下牺牲，牺牲者临终前表现出的为国捐躯的英勇气概和无畏精神，触动着姑娘们的神经，丰富着她们的人生，也锻炼着姑娘们的胆魄。可是，让姑娘们去面对死人，别说，还真是有点畏避畏缩胆怯胆寒。可现实就是这样，你越怕啥就越来啥。这天下午，就是一次这样的经历——

中午，宋志飞饭碗还没撂下，战地医院院长就带着一名军人匆匆走来。

"这位是宋连长。你们是一家子。"宋志飞向宋连长点点头，笑笑。院长接着说："宋连长人手不够，带上你们的人，跟着一起去打扫战场。"

宋志飞二话不说，带上姑娘们就上阵了。

残酷的战争，虽然已经让她们早就习惯了面对死亡，但是，姑娘们走进那片死寂的战争焦土时，还是被眼前的景象震惊了：刚刚激战过的战场上，到处都是尸体。有敌军的，也有我军的，混杂在一块。阵地已经变成了人间炼狱。还没走进阵地，已经有阵阵恶臭扑面而来。走进去才知道，远比想象的还要残酷：几乎所有的尸体都开始腐败了，手一碰，皮肉自己就脱落下来了。有的尸体上，已经有了蠕动的蛆虫，绿头苍蝇嗡嗡乱飞。

姑娘们硬着头皮，抬着、拉着、抱着，将战士们的尸体一个又一个地往飞机炸弹、山野重炮弹坑里安放。边放边流着泪数着："998、999、1000…… "放满后，便往弹坑里填土。姑娘们痛哭失声："大哥们委屈了，就着弹坑吧，以后多给你们烧些纸钱…… "

姑娘们还按照滇军惯例，把"皇协军"和日军尸体各分一堆进行掩埋，上分别用木牌书"中华民族败类之塚"和"倭塚"。

在处理和掩埋尸体的同时，姑娘们还要收集整理死去的那些日本兵身上留下的文书、首饰、像章、佛像和钞票。还要整理滇军战士们留下的书信、武器和各种随身物品，登记他们的名字、部队番号和了解牺牲时的情况。

刚刚从阵地上下来，就吃饭。姑娘们实在难以下咽。特别是那盘"坨坨肉"，别说吃了，一看见它，姑娘们就情不自禁地想起了刚刚掩埋的那些尸体。

哪里能吃得下啊！

院长理解姑娘们，可他心里也着急，出了这么大的力，不吃饭咋行呢！

在禹王山的日日夜夜，姑娘们和男战士一样，风餐露宿，衣不解带，身上的衣服已穿得又烂又脏，有的还生出很多虱子来。姑娘们睡的是潮湿的地铺，喝的是泥沟里的污水，还经常在阴雨泥泞中行军，连续几天吃不上饱饭都是常事。但她们从不叫苦，遇有任务，依然精神抖擞地冲到最前面。

卢汉军长有次在前线遇到宋志飞，高兴地拍着她的肩膀，“古人说：绝代有佳人，幽居在空谷。可你们却是勇敢地冲到了抗日的最前线。很好，很好。巾帼不让须眉。”

宋志飞和卢汉开玩笑：“军长这回不赶我们了吧？”

卢汉的手在空中一挥，“赶什么赶？我还嫌来得少了呢！”

第 182 师师长安恩溥见姑娘们在炮火中闯来穿去，很是为她们捏了一把汗。有天战场上，安恩溥眼见姑娘们一个个摩拳擦掌、跃跃欲试，一夫当关，拦在了前面。

“停下，停下，都给我停下！战场上太危险了，你们一个都不能上去！我绝不能让你们去做无谓的牺牲。”

姑娘们哪里肯依，一个个叽叽喳喳：“凭啥不让我们去？我们也是战士，男战士能去得，我们就能去得！”

安恩溥被吵得头大，“坚决要去？”

“一定要去！”

“掉脑袋也不害怕？”

“死后不愁无勇将，忠魂依旧守辽东。”

安恩溥下了决心，“好吧，那我就陪你们一起，鬼门关上走一遭！”

说完一马当先冲到了最前头。

宋志飞扯着嗓子喊道：“姐妹们，冲锋之势，有进无退！陷阵之志，有死无生！跟着安师长，咱们上战场！”

姑娘们也齐声吼道：“跟着安师长，咱们上战场！”

好不容易穿过敌人的封锁线，来到滇军阵地，安恩溥转过脸一看，“扑咴”笑了：真搞不清，你说这到底是一班战士，还是一群孩子呢？原来，姑娘们看见了刚刚爆炸的弹片，争着抢着要留着作纪念，还有的正抱着未炸的炸弹让其他姑娘给她留影呢。

将军们喜欢她们，士兵们更欢迎她们。虽然喜欢和欢迎的内容不同。

女兵的存在，对这些浴血奋战中的战士来说，是一种精神的支持，更是一种无形的力量。从武汉开始，姑娘们每到一处，都会有战士通过各种理由找上门来，向姑娘们表示好感。有的还对她们展开了情书攻势。这些人中，不乏年轻英俊的热血青年。但女战士们有自己的想法，一方面在战场上看多了生死，已经生出了把自己的生命交给战场的决心。最主要的，是不想让爱情分了战士们抗战的心，分了姑娘们服务抗战的心。她们集体严守着自己的青春誓约：抗战服务期间，绝不谈恋爱。面对一个个求爱者，英姿勃发的女战士们想出了各种巧妙的理由拒绝了他们。

听到姜笛芬呼天抢地的哭声，宋志飞吓了一跳，撂下手里的活计就往外跑。到了门口发现，哭声来自病房，折回头又往病房跑。

宋志飞一进病房就看见姜笛芬伏在，不，是瘫在胡子兵的身上失声痛哭。姜笛芬全身抽搐，边哭边一声声地唤着：“胡子哥！胡子哥啊——”这声音似乎不是呼出来的，而是从她的灵魂深处抽出来的，散布在屋里。还有几位女兵也跪在胡子兵身旁默默流泪。

宋志飞就明白了：胡子兵走了。

宋志飞静静地默哀了一阵，一个个搀起姑娘，说：“未惜头颅新故国，甘将热血沃中华。姐妹们，是战争，就会有牺牲。但我们要明白，今天的抗日战争是保土卫国，流血牺牲是我们军人应尽的天职。男儿岂是全都好，女子缘何分外差。虽然我们是女子，但我们决不会辜负三迤父老乡亲的期望，就是洒尽热血，也要为国争光！可眼下，我们必须要让自己稳定下来，清醒起来，只有这样，才能杀死更多的日本杂碎，才能为所有死难的兄弟报仇！”

宋志飞一席话，让大家安静了许多。

在宋志飞的带领下，战士们抬着胡子兵的尸体，默默地走出病房，默默地走向旷野，默默地开穴……

整个过程，没有一个人说话，唯有泪千行。

掩埋的时候，姑娘们才开始大放悲歌。

宋志飞让姑娘们痛快淋漓地哭了好一会儿——当然，她本人也一直在哭。她摆摆手，止住姐妹们，说：“给勇士送行，仅用眼泪和哭声是不合适的。姐妹们，我们一起来为胡子哥唱首歌吧。”然后，不由分说地带头唱起来：

安眠吧，勇士！
用你的生命与热血，写一首悲壮的诗！
这是一个非常时，需要许多贤者的死。
但是敌人啊，你别得意！
朋友啊，你别伤悲！
这虽是黑暗的尽端，也是光明的开始。
千百行的眼泪，洗着你墓上的花枝；
千百双的粗大的手，支持着你的遗志。
安眠吧，我们的勇士！
安眠吧，我们的勇士！

第十五章　生死肉搏的战斗

作为第60军先锋部队，安恩溥182师的最后一条渡船摇到彼岸的时候，负责殿后的一位排长禁不住地长吁了一口气："好，终于安全过河了！"排长一松劲，一脚踏空掉进了水里。排长"哇"地叫了声。就在这时，远处"轰隆轰隆"地炸了起来，排长的叫声被淹没在了巨大的爆炸声里，连他自己都没有听到。

此时，高荫槐183师恰好被一分为二，一半在水里，一半在岸上。而作为后卫部队的张冲184师还正在赶往运河的路上。

先一步渡过运河的182师师长安恩溥正站在汩汩流淌的运河边，吟诵唐朝诗人皮日休的《汴河怀古》："尽道隋亡为此河，至今千里赖通波。若无水殿龙舟事，共禹论功不较多。"安恩溥觉得，运河是他见过的所有河流中最有意思的一条河，既没有"飞流直下三千尺"的壮阔，也没有"半亩方塘一鉴开"的静谧，经年累月周而复始地流淌，不紧不慢，不湍不急，不追不赶，淡泊明志，宁静致远……

爆炸声带来的恐惧让岸上乱作一团，士兵们四散奔跑，就像一群没了脑袋的苍蝇。第184师侦察副官胡骅也仓皇地奔跑在人群中，看见安恩溥，快步流星地奔了过来，报告说：

"师长、师长，1081团和日寇打起来了。"胡副官指着浓烟滚滚的方向，就流下泪来，"轰的一下，一个班的弟兄就没了。只剩下了一个坑。"

"这么快就交上火了！"安恩溥抬起头，看向副官手指的地方，风正把那边的浓烟往四下吹散，天色一下子变得暗淡而昏沉。"1081团现在何处？"

副官回答："在陈瓦房一带。"

安恩溥的目光像一块碎裂的冰，尖锐而寒冷。"那还等什么？去陈瓦房。”说完，扭过身一言不发地带头往陈瓦房奔去。

没有汽车，没有马匹，安恩溥只能徒步而行。

看见安恩溥心余力绌而又步履匆匆的身影，想一想安恩溥自出滇以来，跋山涉水，风餐露宿，没睡过一个囫囵觉，没吃过一顿安稳饭，身心受到了严重的摧残，大家伙疼心泣血，实在不忍心看着他独行踽踽。可问题是谁来说这个话呢？你看看我，我看看你，谁都不敢挺身而出好言相劝。

——安恩溥，彝族，原名德鸿，字恩溥，更名德化，后名恩溥。云南省昭通市镇雄县花竹沟（今场坝乡麻塘村）人。

镇雄地处云南省东北部云贵高原的乌蒙山北麓，襟黔带蜀，有着“鸡鸣三省”的美称。镇雄素有“穷不离猪，富不离书”之说。光绪二十六年（1900 年），安恩溥还未满 6 岁，就被父亲送进了私塾。安恩溥下决心要发奋图强，读书练武，成为文武全才，将来出人头地，光宗耀祖。数年之间，安恩溥读了不少经史著述。

1916 年初，安恩溥经杨鉴涵、高竹溪介绍在昭通参加了中华革命党。此后，安恩溥积极参加反对帝制、恢复共和的活动。正在这时，护国军先锋第一军第一梯团经昭通入川，昭通大批热血男儿相约前来，要求入伍当兵，安恩溥就是其中之一。经过严格挑选，安恩溥等数十人被选中并作为后备队编入第一梯团，随军入川，参加了悲壮的叙府争夺战，将 5 倍于护国军之敌击退，沉重地打击了袁世凯部。

1919 年 7 月，安恩溥考入云南陆军讲武堂，为讲武堂第 14 期学员。在讲武堂学习期间，安恩溥结识了云南的显赫人物——龙云。安恩溥与龙云都参加过护国战争，同为彝族，又都是昭通人，有同乡之谊，相互之间很快就建立了友谊。在龙云的关照下，安恩溥逐步成为民国时期云南党政军中的显要人物之一。

第 60 军组建时，卢汉将滇军原 1 旅、2 旅编入 182 师，委任安恩溥为 182 师师长，下辖 539、540 两个旅，约 1.1 万人。

昆明巫家坝出滇抗日誓师大会上，各族各界人民献旗欢送，群情激奋，高呼“卢军长，打！打！打！三师长，杀！杀！杀！”“誓灭倭寇，保卫祖国”等口号。安恩溥听得热血沸腾，一散会，就找到第 60 军军长卢汉，以 182 师番号在 60 军各师之前为由，要求先行出发，尽一点开路先锋的责任，及早赶到上海，参加上海保卫战。

安恩溥部由曲靖徒步行军，经盘县、安顺、贵阳、镇远、玉屏、晃县、沅陵、常德，长途跋涉4000余里，步行47天，抵达长沙。部队进至沅陵时，天气转寒，这时又听到了淞沪沦陷的消息，安恩溥感慨万端。此时，他感到的不仅是天寒，更是心中的寒冷。

安恩溥深感任重而道远，决心早日赶到南京，参加南京保卫战，尽保卫首都之责，在战斗中多杀些日寇，以显三迤健儿身手，报答人民养育之恩，并遂自己多年来从军报国之心愿。然车到衢州，又接消息：南京沦陷了。

“遗民忍死望恢复，几处今宵垂泪痕。”

亡国之恨、亡国之痛，让安恩溥一夜之间平添了许多白发。

4月21日下午，乘坐不同车次急行的60军各师的兵车陆续抵达徐州内外各站。安恩溥所部军车刚一停，就逢日寇敌机来袭。

安恩溥赶忙指挥部队下车疏散。

警报解除后，安恩溥亲自到车站去催促，要求赶紧配给车辆，送部队上前线。

车站负责人摇头晃脑说：“对不住了，我接到的命令是，运完后撤的于学忠部，才能运你们60军。”说完，意味深长地瞥了安恩溥一眼，说：“你不觉得吗？对你们来说，慢点儿去不是更好嘛！”

安恩溥闻听，一把抓住车站负责人的前襟，怒不可遏地道：“我告诉你，要当缩头乌龟你去，我们滇军兄弟没有人去当。防止外敌入侵，捍卫国家安全是我们的义务，是我们的职责，更是我们光荣而又神圣的使命。我不管你命令不命令，一小时之内，我的部队不能按时出发，你信不信，我的兵会扒了你的皮！”

车站负责人吓得连裤子都尿湿了，“长官放心，这就派车，这就派车！”

182师就这样按时到达了前线。

没想到，刚一渡过运河就跟小鬼子干上了。

战斗来得猝不及防。

许多士兵——特别是那些出滇前才刚刚穿上军装的士兵，穿军装前就是面朝黄土背朝天的农民，虽说出滇以后，部队苦口婆心教育士兵：“军阀混战时，滇军打仗那都是为了张大帅、王大帅去上战场，战死了没有任何荣誉，打赢了也不过多分几块银圆而已。官兵们都是为了混口饭吃，根本不愿意拼命。然这次却不同了，这一次是民族战争，是为了国家民族而战。覆巢之下，复有完卵乎？一旦抗战失败，国家民族灭亡，我们也都一起完蛋！”思想问题可能一夜之间就会有个 180° 的大转变，然战术技能却不是朝夕之间就能大幅度提升的。况且，军事上向来就有“知己知彼，百战不殆”之说，鲁莽上阵，仓促应战，这样的仗能打得赢吗？想想都觉得毛骨悚然、不寒而栗。

你说安恩溥能不心急如焚吗？

师参谋长阎旭看出了大家的意思，眉头一蹙，摆摆手又挥挥手。

大家伙也明白了阎旭的意思：师长的脾气你们还不了解吗？啥也别说了，老老实实地跟着走吧！

到达辛庄时，已经是正午时分了。

阎旭紧走两步，与安恩溥并肩而行，说：“团长，咱们已到达龙云阶的 1080 团驻地，是不是吃点饭再赶路？”

“吃饭就免了吧，把 1080 团连长以上人员都给我召集来。”安恩溥意味深长地看了阎旭一眼，说。

军令如山。不一会儿，阎旭走过来，说：“师长，人齐了。”

“齐了就跟我走。”说完，大步流星地朝着庄外走去。

一众人莫名其妙地跟在后面。

在一个小山包前，安恩溥止住脚步。回眸一扫众人，问道：“负责守护这块阵地的是哪支部队？”

“报告军长，是 1080 团二营二连。”

说话的这位连长是刚刚从排长提拔起来的，既不认识安恩溥，也不认识卢汉。他只知道，军长是第 60 军里最高的官职。如果说，60 军是个村，军长就是村长；60 军是个县，那军长就是县长。反正是最大的官。连长瞅着安恩溥的阵式，连团长龙云阶见了他都毕恭毕敬，肯定是来头不小。礼多人不怪，往高了喊哪怕是喊错了也没人生气。今天不是军长，也许明天就是了呢。

所以，一张嘴就把“军长”给秃噜出来了。

安恩溥绷着脸，说："你是连长？"

连长紧张得连气息都喘不均匀了，满头满脸都是汗，挺直腰板道："是的军长，1080 团二营二连连长腊罗萨尕。"

安恩溥"扑哧"笑了，"哦，原来才是个小连长啊，你不说我还以为你是云南省政府主席呢！一张口就给我连晋两级，你比我们龙云主席还大气。"

在连长称呼安恩溥"军长"的时候，大家伙就已经忍俊不禁了，可安恩溥脸色如蜡，谁也不敢开怀大笑。一见安恩溥笑逐颜开、谈笑风生，顿时，一个个全都哈哈大笑起来。

这时，已经有人告诉了连长，眼前这位大官是 182 师安恩溥师长。

连长挠着头皮，不好意思道："对不起了师长，腊罗萨尕有眼无珠。"

安恩溥和颜悦色，"对不起干吗啊？你提拔我做军长，我得感恩戴德才对啊。"说完这句话，安恩溥收拢起脸上的笑容，"对这块阵地，你是怎么布防的？"

连长立刻郑重其事地报告道："报告师长，受领任务后，我们立即组织排、班长对地形进行了反复侦察，该高地东南和南侧各有一个小高地，相距约 120 米，与主峰成品字形，均为土山，草木稀少，坡度较缓。优势是高地周围地势开阔，便于观察、运动，缺点是不利于荫蔽接敌……"

"到目前为止，我还没有在你的阵地上看到任何工事和掩体。"安恩溥摆摆手，打断他的话头，面色凝重道："在战场上，士兵暴露自身是极其危险的，特别是暴露在敌人的目视范围内，将遭到敌人毁灭性的火力打击。一名合格的士兵，首先要懂得隐蔽伪装原则和实施方式，减少被敌方发现的概率，以及被发现后减小敌军火力对自身造成伤害的程度。为什么有经验的战士，一进入战斗位置，不等上级下达命令就开始破土挖掘掩蔽身体的散兵坑，因为他们懂得，'工事挖一尺，命就大一丈'。陆军的战争，成也地形，败也地形。所以说，陆军打仗，除了要知己知彼，最重要的就是还要学会利用地形。"

连长虽说也是云南陆军讲武堂出身，但也仅限于书本知识，根本就没真刀实枪地打过仗。见安恩溥讲起军事来，侃侃而谈，根本不假思索，一时间怔住了。

"磨蹭什么，还不赶紧行动？"1080 团团长龙云阶黑着脸斥责道。

"是。"连长转身大步流星地往高地跑去。

安恩溥在阎旭和1080团团长龙云阶、副团长钟光汉的陪同下，就这样一路走着看着问着，在几处阵地，安恩溥还亲自跳下战壕比量，看战壕是否合乎要求。

时间很快就验证了，安恩溥的担心绝非是杞人忧天：23日拂晓，日寇王牌军板垣师团在继续攻击183师邢家楼、凤凰桥等阵地时，又以182师540旅坚守的一线阵地蒲汪、辛庄为重点，发起了新的攻击，并用燃烧弹、战车配合进攻。一时之间，蒲汪一带，战火熊熊，硝烟滚滚，枪炮之声，动地震天。由于战前安恩溥亲自在这一带进行了火力部署，并率部构筑坚固的工事，作好了充分准备，当日，击退日寇多次疯狂的进攻，而540旅伤亡也不太大。

当然，这都是后话了。

一圈转下来，安恩溥心安了许多。

此时，已经是半下午时间了。

龙云阶说："师长，该吃饭了吧？就是你不饿大家伙也饿了啊。"

龙云阶一说，安恩溥的肚子也咕咕叫了起来，说："谁跟你说我不饿啊，你不招呼，难道还要我自己下灶台啊？"

一群人嘻嘻哈哈刚进伙房，通讯员来报："1081团团长潘朔端告急，请求增援。"通讯员说：作为1081团先锋营，营长尹国华率领一营官兵，刚踏近陈瓦房村口，就与迎面而来的大队日军短兵相接，尹国华率部与敌激战。一营被数倍于滇军的日军团团围住，难以自拔，凶多吉少。团长潘朔端率部增援，在耿庄、高家楼一带被阻，命悬一线。

"师长，让我们上吧！"龙云阶主动请缨。

"你的阵地交给谁？我来替你守？"安恩溥瞪了龙云阶一眼，说，"日本人是强敌压境，派一个营两个营增援，根本就起不了什么作用，而且还会影响到辛庄、蒲汪一带的布防，甚而影响整个战局。"安恩溥转过脸，说："参谋长，密切关注陈瓦房动向，不得已时令潘朔端团撤出阵地。"

"明白。"阎旭点头称是。

"命令：以540旅占领蒲汪、辛庄，为182师第一线阵地，539旅占领西黄石山、戴庄、上下杨庄、李家圩为第二线阵地，师指挥所设于湖山，师部、野战医院设于枣庄营。参谋长阎旭率领539旅由禹王山后面山脚取道绕经李家圩进入上述第二防线各点。出发吧。”

一切安排就绪。“好了，我们回师指。”安恩溥说。

“啊，回师指？那可是几十里地的路程啊，我们既没车又没马，就凭两条腿？”一名参谋大惊失色道。

“回师指！难道我没有说清楚吗？”安恩溥不满意地盯着参谋，“你要是怕苦怕累的话，那你就永远待在这吧。”

“回、回、回、回……回去，我主要是怕师长太辛苦了。”参谋忙不迭地说着，打头跑了起来。

一行人披星戴月风尘仆仆地往湖山师部指挥所奔。

“咣——”安恩溥刚进指挥所，敌人的炮弹呼啸着擦肩而过。

这一天，别处不算，仅安恩溥182师的湖山师部所在地，就被日军炮击了不下上百发炮弹。这天，日军专门用来攻击182师阵地的火炮有100多门，还有十几架轰炸机、战斗机来回轰炸扫射……

第60军军长卢汉打来电话的时候，安恩溥正伫立在指挥所前，手抚下颌凝视着星空。

“月亮正在照耀着我们，这里的月亮是属于我们中国人的。”安恩溥自言自语道，“与日本人并无关联，他们为什么还要赖在中国呢？”

电话铃声打破了静寂，安恩溥身子微微一抖。

安恩溥发抖是因为紧张造成的。打从部队踏进台儿庄，他就一刻也没有放松过。尽管他一直在反复地告诫自己：“镇静，你现在最需要的就是镇静。”可他如何能镇定下来？

不把小鬼子赶出中国，起码是不把这一仗打完，他甭想安静下来。

卢汉告诉安恩溥，上级要第60军去接替孙连仲部驻守台儿庄。

“军令不可违。你稍事准备即率你的182师部到台儿庄去接防吧。”

指挥所突然一下子变得那么安静，安静得安恩溥都能听得见自己的心跳。

安恩溥不怀疑上级的决策，决策是正确的。然却不能执行——

蒲汪、辛庄一带自小鬼子卷土重来之时，就一直是进攻的重点。目前，

182 师与日寇近在咫尺，不要说撤离了，就是后退一步，182 师就已经先输了。因为此举无异于大门洞开，日寇将由此迅速南下，渡过运河，直奔徐州。

这样一来，整个战局都将受到严重影响。

安恩溥直言不讳地向卢汉报告了自己的分析，又说：“军长，上级不知战争实情，可你知道啊。你得说话啊！”

卢汉沉思了一阵，说：“你按兵不动的建议自有你的道理，可上级的命令，也有道理，而且是大道理、硬道理。必须不折不扣地执行。这样吧，你就按兵束甲以逸待劳吧，我另派 184 师去防守台儿庄。”

卢汉说得轻巧，可日本人怎可能让安恩溥以逸待劳——

24 日拂晓，日寇步炮协同，并用战车数辆配合，开始向蒲汪东北面狂轰滥炸。1079 团二营营长熊启嵩在绕袭敌后过程中，右臂被敌机枪打伤，送往后方。安恩溥命营副范文学代理营长。激战一天，1079 团伤亡 300 余人，但阵地在敌人猛烈的炮火中仍然屹立不动。

25 日晨，日寇板垣师团、矶谷师团各派一部继续猛攻蒲汪，1079 团官兵又伤亡 400 余名。全团伤亡人数已达 1/3。代团长钟光汉右臂负伤，仍坚持指挥战斗。

昨日的战斗中，驻守在蒲汪的 540 旅 1079 团团长杨炳麟在激战中腿部负重伤。安恩溥接到报告后，立即决定由 1080 团副团长钟光汉代理 1079 团团长，接替杨炳麟指挥继续与敌激战。

辛庄失守，蒲汪陷于三面受敌的困境，虽然安恩溥率 182 师官兵浴血奋战，英勇抗敌，仍显得捉襟见肘。为了避免无谓的牺牲，安恩溥多次报告，请求军部同意 1079 团后撤到二线。没有获允。

25 日午后，日寇动用各种大炮一百余门，出动轰炸机十余架轰击蒲汪，并向该地投掷了大量的燃烧弹和毒气弹。蒲汪一带炮火连天，烈火熊熊，弹片飞舞，血肉四溅，巨大的响声让人感觉到爆炸似乎就在自己的身边。随着每一次爆炸，大地都跟着抖动，伏在战壕里的士兵觉得内脏似乎都要被震出来了。15 时许，炮火方停，敌步兵和战车在蒲汪阵地的东面、北面和西面三面围攻，数度冲入蒲汪。第一营营长王承祓率部百余人从南绕到西面，出敌不意，向敌侧后袭击，将日寇击退，战斗十分惨烈。

王承祓所率百余人仅生还十余人。

那一刻，安恩溥的电话几乎要被打爆了——

540旅旅长郭建臣、1079团代团长钟光汉及多名营长先后在电话中向安恩溥报告：昨日以来所剩官兵在今天的战斗中又伤亡过半。蒲汪村不仅房屋被烧光，全村土地已如用犁头犁过一样，全部翻了过来。眼下战斗虽暂缓和，但耿庄、小村、凤凰桥等地区依然尘土飞扬。日寇战车和步骑兵异常活跃，敌机数架在上空不断盘旋。看样子是要复来猛攻。

安恩溥面色凝重，说："这些情况，你们就是不报告，我也了若指掌。指挥所不是绣房，你们也别深居简出，都给我下去。主动下到连队去，甚至是下到战壕里去，身先士卒，鼓励官兵为国献身的时候到了，大家一定要坚心守志石赤不夺，誓与日寇血战到底。宁为战死鬼，不做亡国奴！"

安恩溥说完，将话机往桌上一甩，转身走出指挥所。

安恩溥步履匆匆地首先来到蒲汪东北突出部阵地。

烈日下，直僵僵躺着好多伤兵。看得出，他们一个个十分痛苦，但没有一人哀嚎，最多是轻声地呻吟。成群结队的苍蝇在伤兵的脸上爬行着，嗡嗡着。到处都是血，都是稀脏的绷带，汗臭、血腥，顺着热风一阵阵地扑过来……

安恩溥正关切地察看着，一抬头，看见代营长范文学匆匆走了过来。

"你们营现在还剩下多少兵力？"安恩溥劈头就问道。

"报告师长，算上还有战斗力的轻伤员还有不到20人。"

"你说什么？"安恩溥大吃一惊，"一个营就只剩下了不到20人？"

范文学却毫不畏惧，说："师长放心，就是剩下8个人、5个人，哪怕是最后一个人，我们也会与小鬼子血战到底。我们知道，军人最大的光荣就是献身祖国。只要有一口气在，就绝不许敌人越过此地一步！"

安恩溥刚要说什么，就听有士兵喊："小鬼子又上来了！"

安恩溥和范文学不约而同地转过头，就见日寇从西北部又向蒲汪发起了猛攻。20余辆战车在阵地内横冲直撞，无所顾忌，掩体多被摧毁，可守军一点儿办法也没有。

安恩溥和范文学眼睁睁地瞅着弟兄们挥汗如雨堆切起来的工事掩体被日寇用重型坦克碾成了平地，自己的士兵也眼看着就要做日寇的车下鬼，心中十分愤慨：难道就这样灰溜溜地把自己交给鬼子了？不行，那不是咱们中国人的风格，更不是滇军的风格。

范文学转回头，瞪着手下一位排长大吼道："吕建国，该看你的了！"

吕建国一骨碌站直身子，大喊道："弟兄们，炸了小鬼子的战车，与小鬼子同归于尽。冲啊！"

十几兄弟也高喊着"冲啊"跟着跃起身，然战车上的机枪早已瞄准了他们，有的"啊"还没有喊出去，即中弹倒地。随即，又被战车碾成了肉泥……

安恩溥恨得咬牙。一把夺过旁边一位士兵手里的炸药包就要往前冲，被范文学手疾眼快死死抱住。

"师长、师长，国不可一日无君，军不可一日无帅啊……"

"屁话！三军可以夺帅，匹夫却不可夺志。必须坚决把小鬼子的嚣张气焰打下去！"安恩溥指着小鬼子的坦克怒不可遏。

"那也用不着师长你啊！师长，我先上，我不行了你再上，咋样？"范文学见安恩溥没有反对，大声道，"弟兄们，不怕死的都给我上！"

入暮，日寇再被击退。

钟光汉在电话向安恩溥汇报战况时，仅说了一句："师长，1079团现所剩人数已不满200人了……"便再无他话。

眼看自己精心训练出的忠于民族的劲旅就要毁于一旦，安恩溥痛心疾首。

安恩溥在电话里报告卢汉军长，在目前的情况下，固守蒲汪已无多大益处，且靠这不到200人的队伍也无法再坚守了。

"再让1079团坚守下去，结果只有一个：全军覆没。"安恩溥说。

卢汉沉吟了好一会儿，极其简单地吐出了两个字："撤吧！"

安恩溥知道，为了这两个字，卢汉是冒了很大很大的风险的。甚至是不惜被送上军事法庭的风险。

1079团撤出蒲汪。

战前的空气总是那么沉闷、紧张。

旷野静悄悄的，没有一丝风。已经被日寇的炮火袭击了无数遍的后堡像一张干裂的老牛皮。焦黑，满眼都是焦黑。密密麻麻的弹坑，让往昔山清水秀的后堡变得千疮百孔、疮痍满目。空气里，除了烟熏火燎的焦木味和令人作呕的尸臭味，再也闻不到别的味道。

安恩溥抬起手腕看了看表，时间尚早，离天黑起码还得有一个多小时。趁这工夫，他想再到前沿阵地巡视一番。从到达台儿庄战场到现在，恶仗一场连着一场，攻势一次比一次凶猛，没有一天消停。想喘口气都不成。安恩溥的一双眼睛已经深凹下去，本来就瘦削的脸更像被刀削了一般，骨头上紧绷着一张黑皮。

安恩溥刚走出指挥所不远，就发现情况有点儿不对：小鬼子又蠢蠢欲动了。

一连几天，日寇对后堡的每一次进攻都遭到了神勇的滇军的顽强击退，阴谋没有得逞。恼羞成怒的日军指挥官重新组织了500余小鬼子又一次向后堡发起了猛攻。

安恩溥赶忙摇响了第1080团第三营营长王谦的电话："发现了没有王营长？小鬼子又往你营去了。看那副气急败坏的样子，是准备要跟你去拼个鱼死网破的。你要有所准备啊！"

王谦倒是信心满满，"放心吧师长，早就想好了对付他们的招数了，管教他们有来无回。"

安恩溥不听他的大话，直言不讳地叮嘱道："我不管你用什么招数，但是有一点却可以肯定，这股小鬼子绝不是那么好对付的。所以，我奉劝你们还是小心应对的好。"

"知道了师长，我们一定小心谨慎。"

放下电话，王谦就扯起了嗓子："七连长陈志和——"

"陈志和在。"

"看见阵地前面那片麦田了吗？"王谦中气十足，手往前一指，兴奋地说，"带上你的人，立刻隐蔽到那片又深又密的麦田中去。记住，看见鬼子过来，千万不要轻举妄动，打草惊蛇，把鬼子放过来。待我们这边打响以后，你们迂回到日寇后面，发起进攻。这次我要给小鬼子来个两面夹击，来多少都把他们彻底消灭干净！"

"是。"七连长率队而去。

"夸夸夸，夸夸夸……"从不把中国军队放在眼里的日军中队长森田米雄指挥着部队，耀武扬威地迈着整齐的步伐向滇军阵地袭来。

毫不在乎中国军队是否会突然发难。

眼见日军越来越近，士兵们越发有点儿按捺不住。有的干脆拉响了枪栓。

王谦瞪着眼睛，示意士兵要沉住气，一切听从他的指挥。

小鬼子越来越近。王谦刚要命令大家准备射击，猛然发现刚刚还大踏步前进的鬼子队伍，在森田米雄的指挥下，突然毫无来由地停了下来。

“这是他娘的玩的什么把戏？”王谦瞪大眼睛一眨不眨地盯着鬼子，看他们的葫芦里究竟装的是什么药。

森田米雄装模作样地拿着望远镜对着滇军阵地胡乱地看了一气，然后得意忘形地笑了，说：“支那军队已经在帝国军队暴风骤雨般的炮火轰击下不见了踪影，估计他们现在正躲在防空洞里打哆嗦呢。给我快速出击，趁其不备，一举将他们拿下。前进！”狂妄自大的森田米雄说着，嘴角处忍不住露出了一丝得意的微笑。

他似乎已经看到了中国军队被他们打得望风而逃的情景。

在森田米雄巧舌如簧的一番鼓动之下，鬼子的队伍又士气高昂地出发了。

王谦听不见也听不懂森田米雄叽里呱啦地说了些什么，但从小鬼子进攻的阵势来看，估计是说了不少诋毁滇军诸如不堪一击、一触即溃的言语。

不然，小鬼子不会突然之间，像打了鸡血似的，越发膨胀起来。

“好吧，你都不怕疯狂，我还怕让你灭亡吗？”看着越来越近的日军，王谦转过头来对着身边的弟兄道，“把鬼子放进来，不到50米的距离不准开枪。掷弹筒的目标是敲掉鬼子的轻机枪，步枪要瞄准他们的军官打。要注意节省子弹，力争一枪消灭一个鬼子，弹无虚发。打！”

“哒哒哒哒……”当王谦扣动扳机，打响第一枪的刹那间，滇军弟兄们也几乎同时开了火，士兵们愤怒地将枪里的子弹射向小鬼子们，发泄着憋了一肚子的怒火。

小鬼子猝不及防，冲在前面的10多名小鬼子应声倒地。

几乎就在枪声密集响起的同时，刚刚还心高气傲地东瞅西瞧的鬼子们，仿佛听到了命令一般，迅速就地卧倒，然后飞速地端起枪，边拉枪栓边抬起头看向对面。

这就是训练有素。哪怕是遇到再突如其来的危险，都会在第一时间保护好自己，然后伺机反击。这一连串的动作，看似简单，不经过长期的刻苦训练和在战场上摸爬滚打，很难做得如此连贯流畅游刃有余。

王谦看在眼里，却并不放在心上。虽然王谦他们装备不如日军，可日军在明处，他们在暗处，且又是提前选好了的地点。

王谦根本就不给小鬼子喘息的机会，举着枪，又命令道："快，手榴弹的伺候。给我狠狠地打，为死去的兄弟们报仇！"

士兵们闻听，立马掏出手榴弹，朝着小鬼子的队伍就扔了出去。

"轰、轰、轰……"

一声声爆炸声在鬼子群里响起，炸翻了不少小鬼子。

小鬼子四处挨打。

也许是连日来被小鬼子撵着打、围着打、转着打，压抑得太久了，突然有了这么一个扬眉吐气的机会，不用尽力气实在是太可惜了。士兵们一个个奋不顾身，完全忘却了敌众我寡这样的局面，占据有利地形，硬是把小鬼子给压制住了！

森田米雄不得不承认，他错了。滇军绝不像他所想象得那么不堪一击。他的大日本皇军人多势众，武器精良，所向披靡。然台儿庄一战却是一败涂地，转场再战，在台儿庄战役中丢盔弃甲的矶谷、板垣两师团，辅之以机群、炮群卷土重来，仍是偷鸡不成，反蚀把米。就说他眼下的处境吧，除了后撤，可以说别无他路。什么大日本帝国的脸面，大日本天皇的尊严，全都得忽略不计了。

逃吧，活命才是真的。

森田米雄的脸死灰一般。他气急败坏地举起军刀，呆呆地想了一会儿，觉得不妥，又无可奈何地放了下来。森田米雄放下屠刀，绝非是想痛改前非立地成佛，而是因为他觉得，战刀是用来发布前进命令的，而他要发布的却是撤退的命令。

举前进刀发撤退令，对战刀来说，毫无疑问是一种亵渎。

"不要打了，撤退！"

森田米雄脸色苍白，眉头紧皱，嘴角抽搐。挂着泪转身离去。

森田米雄宁愿死在冲锋的道路之上，也不要如此这般窝囊地活着……

然活不活着也不是由他说了算的。因为，来不容易，走同样更难。滇军阵地岂能是你说来就来，说撤就撤的？

七连长那边眼看小鬼子要溜之大吉，“砰！砰！砰……”毫不犹豫地举起了枪。

小鬼子们背腹受敌，死亡人数立马激增。

起初，小鬼子还能勉强维持阵型和王谦营僵持，而七连长的横空出世让这波小鬼子完全乱了章法。不过，小鬼子人数众多，王谦营想把小鬼子一口吃掉也不那么容易。特别是有些小鬼子眼看着已经被滇军包了饺子，夺路无门，反而从手忙脚乱中镇定下来，开始利用它们精准的枪法，对滇军展开有效压制。

一时间，伤亡大增。

“营长，师长电话。”勤务兵喊道。

“师长，我营伤亡特别严重，现在阵地上的人已经不多了。估计小鬼子再冲一次锋，就所剩无几了。我准备把前堡的几十个战士调过来。师长看怎样？”

王谦也来不及寒暄了，一开口就叫起了困难。

安恩溥清楚王谦的处境，可调这区区可数的几十个人过去，实在解决不了什么实际问题。“这个时候再调过来已经改变不了什么了，”安恩溥想了想，说，“就这样吧，你们能拼掉几个就拼掉几个吧。”

“好吧，我听师长的。”王谦说，“师长，我的机枪手阵亡了，我得自己去打机枪。我叫勤务兵来守电话。师长有话可以告诉他，由他转告我。”

王谦一出指挥所就看见小鬼子密密麻麻地朝着他们阵地的方向扑来。王谦立马端起机枪扫射，冲在最前面的日军齐刷刷地倒了下去。但没倒下的日军没有恐惧，反而更加不要命地冲了上来。

面对潮涌般的敌人，王谦也杀红了眼，手上的机枪喷出一道又一道火蛇，子弹像雨水一样射向日军。不一会儿，他脚下的子弹壳就堆了一地。阵地上，挨挨挤挤躺的全是尸体，鲜血连好远好远的土地都染红了。

然日军还是前仆后继，源源不断地涌来。

“我死国生，虽死犹荣。弟兄们，上刺刀，准备跟小鬼子玩肉搏战！”王谦吼着，弯腰从地上捡起一支步枪，又顺手从一位已经牺牲了的士兵身上将刺刀抽出来，“咔嚓”一声装到了枪上。其他士兵见状，也都纷纷地拔出刺刀，安装好，严阵以待。

王谦冷笑一声，大声咆哮道：“弟兄们，跟小鬼子拼了，冲啊！”

“跟小鬼子拼了！”几十条汉子齐刷刷从战壕里跃了出来，端着明晃晃的刺刀，边喊“杀——”边扑向敌群，双方激战在一起。

这是钢铁与钢铁的碰撞，这是血肉与血肉的搏杀。

与小鬼子搏杀，士兵们可以说毫不畏惧，为国杀敌的迫切之情更可谓是豪情万丈。问题的关键，无论是士兵的身体素质，还是拼杀技术，较之小鬼子，都差了一大截。三板斧下来，就处在了劣势。而小鬼子却是越战越勇。不几个回合，便有十几名士兵倒在了小鬼子的刺刀之下。即便如此，活着的士兵，还依然毫不犹豫英勇无畏地挥舞着手里的刺刀，跟鬼子拼杀在一起。那些负伤的士兵，尽管已经倒在了地上，只管还有一口气，一息尚存，也在努力地挪动着，吃力地往鬼子的脚下爬，有刀的用刀，没刀的用拳头，实在不行的用牙齿，总之是尽可能地给鬼子进行干扰与伤害，最大限度地给战友们制造机会。

在滇军们悍不畏死的打法之下，日寇们的伤亡也在不断上升。

谁也不记得了，这场仗究竟打了多长时间，究竟是滇军先退的，还是日军先退的。三排排长李鑫只记得日寇集中各种炮十余门，连续不断地对后堡进行轰击时，阵地上的日军早已不知所踪，而滇军兄弟也只剩下了不到 50 人了。

勤务兵向安恩溥报告：“师长，王营长的右腿被打断了，阵地上只有 10 来个人了。”

安恩溥心里一紧，说：“你们 10 几个人快把王营长抬到师指挥所来。告诉弟兄们，阵地的问题，由师长负责！”

战士们闻令抬着王谦经由前堡村后撤。

由于接护王谦，前堡阵地代营长李鑫阵亡，士兵伤亡 10 余人，而王谦营原有的 10 几人，撤到师部指挥所李家圩时，仅余 8 人。

第十六章　坚不可摧的战狮

国民政府军事委员会委员长蒋介石来台儿庄视察军情的消息，184 师师长张冲是从军长卢汉嘴里听说的。得悉这一消息，张冲的第一反应就是，台儿庄战场金鼓连天，枪林弹雨，值此时刻，堂堂国民政府军事委员会委员长竟然将生死置之度外，来一线视察，是个爷们儿。有种。

张冲，原名绍禹，又名维新，字云鹏，彝族，彝姓尼娜，1901 年 1 月 25 日出生于云南省泸西县永宁乡小布坎村。幼年的张冲读过私塾，后入乡和县城小学读书。他生活的少年时代，正是中国风云变幻的年代，他自幼对阶级压迫和民族压迫深有体会，培养了同情劳动人民和富于反抗黑暗势力的精神。

宣统元年（公元 1909 年）秋的一天早上，一股土匪借着浓雾闯进小布坎村，准备抢劫张冲家。张冲刚巧出门，在门外与土匪不期而遇。张冲一眼看穿土匪就是冲着他家来的，急中生智大声向土匪说："我是他家雇来的，你们不要抓我。"院中哥哥听到张冲的话心感有异，抬头往外一看，发现土匪押着张冲正往院里奔来。哥哥赶紧将院门关上，并大声呼喊家人持枪上楼抵抗。土匪要破门而入，张冲人急智生，说："前门里面有大炮，不能进，我带你们从后门入。"来至后门，后门已被家人关闭，土匪决计火烧攻门。张冲佯装献计："要得，我带你们去抱柴。"张冲伺机走脱，急奔邻村求救。乡邻听到张家有难，锣声一响，一下跟来了百余人。大家伙儿提着火枪、长刀和木棍，边跑边喊："抓土匪！"土匪听到喊声，预感不妙，仓皇逃走。

小张冲智戏土匪的故事不胫而走，乡亲们亲切地唤他为"小诸葛""小孔明"。

步入青年后的张冲，侠义豪爽，好打抱不平，喜欢交穷朋友。1918年，张冲受奸人所害，遭官府通缉，无奈之下，投奔到曾在其父手下做事，后占山为王的赵寿廷部做了“二大王”。入伙后，张冲发现这支队伍纪律松散，盲目抢杀，无“英雄气概”，毅然率拥戴自己的80多个弟兄独树义旗。其间，张冲打着“富人差我钱，中等人莫等闲，穷人来和我过年”和“打倒土豪劣绅，保护工农商，救济贫穷人”的口号，游弋于平彝、陆良、罗平、师宗、泸西、弥勒、丘北等地的广大农村。两年中，他用计消灭了危害丘北群众的惯匪“二飞”“二李”和“二丁”，剪除了富乐的“地头蛇”海寿农，惩治了赃官胡道文，开仓济民，除暴安良。队伍不断发展壮大，声震滇东南。1924年，张冲有条件地接受了云南省长唐继尧的招安，被委任为第17支队支队长，后又任第2军9团副团长兼滇越铁路开远至盘溪段护路司令。

1927年，云南的四位镇守使胡若愚、龙云、张汝骥、李选廷联合发动了反对唐继尧的“二六政变”。张冲支持政变，龙云取胜并担任云南省主席后，论功行赏，委任张冲为第5师师长，此时的张冲年仅27岁。

龙云组建第60军时，主持云南盐政的张冲主动请缨，“愿以马革裹尸报效国家”。龙云被张冲的豪迈气概感动，委任他为第60军184师师长，随师出征。

卢汉说：“蒋委员长告诫我们，和日本人打仗，不仅仅要打军事仗，更要打政治仗。中国的问题，三分军事，七分政治。要让国际社会更多地关注和了解中国与日本的冲突。委员长要我们利用台儿庄的胜利，吸引国际社会对中国守土抗战更多的关注。”

“真要是像委员长说的这么容易，这仗早就结束了。”张冲笑笑，不以为然，“只有靠中国人自己才能解决中国的问题，只有靠中国人自己的力量才能维护中国的利益。指望国际社会来调停解决中国与日本的冲突，到头来，难保不是竹篮打水一场空。”

卢汉点点头：“委员长不这样想的啊。他认为台儿庄的得失，有关国际视听，我军务必坚守阵地，台儿庄绝不能落入倭寇之手，必须以一个师坚守。”

“那怎么能行？”张冲一听就叫了起来，“军长，这几天的情形你也看见了，敌人的攻击重点已经东移，战略意图十分明显，就是妄图夺取禹王山，直取徐州。禹王山一旦为敌所有，60 军的防线将全部置于日军的火力之下。到那时，60 军将死无葬身之地！”

张冲不是骇人听闻。作为一军之长，卢汉岂能看不破日军绕开台儿庄，攻下禹王山，切断陇海铁路，直取徐州的企图？他早已下定决心，绝不能让小日本的阴谋得逞。哪怕是子弹打光了，生拉硬拽，也得把狗日的小日本困在禹王山下。可委员长的指令怎么办？那可是金科玉律啊！作为一名军人，他必须不折不扣地服从委员长的命令，没有半点回旋的空间。更来不得丝毫马虎。

车辐山晋见蒋委员长的那一幕，至今历历在目——蒋委员长拉着卢汉的手，满面春风又心怀关切地打量着卢汉那疲惫不堪的脸庞，说：“永衡辛苦了！ 60 军打得不错啊，打出了中国人的军威。”

卢汉站直身子，正言道：“委员长统帅有方，我等军人只是尽责而已。”

蒋介石直截了当道：“把你专门从前线招来，就是要告诉你，我军要巩固台儿庄取得的胜利，力争再打出第二个、第三个台儿庄大捷来。对 60 军，我非常有信心，国军之中，没有哪个部队能比得上你们！”

卢汉本想报告委员长：劫后余生的台儿庄周围全是土墙，很难抵御日军强大火力的进攻。他已和守卫台儿庄的第 184 师师长张冲商议，决定把主力放在禹王山，台儿庄只留少量部队防守。而委员长的意思显然要让他把重兵放在台儿庄。

卢汉没有说话，陷入沉思。

蒋介石看出了卢汉心有疑虑，“永衡，你好像有自己的想法，说出来”。

卢汉犹豫了一下，婉转地对委员长说：“此时的台儿庄，由于小鬼子的连日轰炸，无墙不饮弹，无土不沃血。街上空无一人，天上无有鸟飞。镇子里，没有一间完好的房屋。到处是断垣残壁，余烟未尽，哀鸿遍野，已经无险可守……”

“卢军长未免有些悲观了。我不怕你学李太白，讥讽我‘白日不照吾精诚，杞国无事忧天倾’。我始终都认为李德邻（李宗仁）对时局的分析还是高瞻远瞩的。”卢汉话没说完，蒋介石就明白了他要说什么，毫不犹豫地一口否决了卢汉的意见，“德邻说，日本的整个对华作战计划，有一个根本假定作基础，即中国必降。他们没有预料万一中国不屈膝将怎样办。所以，他们计划的兵力、作战方案都建立在速战速决之原则下。我们不但不屈服，我们还坚强抗战到底，不胜不停。这下日本手忙脚乱了。日本的政略可以说完全失败，战略也自然失了根据。我们处处强硬，无一时无一地不是日本意外的困难，不管每一场战斗的结果怎样，原则上都是日本失败了。我们已经搞乱了日本，我们还怕他们什么？”

卢汉点点头，觉得李宗仁的分析不无道理。

蒋介石不动声色地盯着卢汉，说：“台儿庄的防务，不能单纯从军事角度看，还要考虑政治上的意义。我军在台儿庄刚取得重大胜利，已经引起了国际社会的广泛关注。就是再有重大伤亡，也要坚守。我把配属5战区的重炮营调来，归你指挥。这都是德国克虏伯厂出的大炮，国军中还没有哪个部队装备过；再给你调来部分战防炮，对付倭寇的坦克，让空军也过来支援60军的防务。池锋城的31师在没有飞机、大炮、坦克的情况下，以必死决心，死守不退。危急时刻，他下令炸毁运河上的浮桥，与日军背水一战，坚守半月之久。你还有什么话可说？永衡，你不要让我失望啊！”

卢汉还能说什么，还敢再说什么？他赶忙毕恭毕敬地站起身，说：“是，卢汉谨听委员长教诲。用一个师坚守台儿庄。”

这些话，他能跟张冲说吗？张冲却不知卢汉一瞬间想了这么多，见卢汉半晌没有说话，还以为他在思考自己的意见，遂趁热打铁道：“军长，日军占据了禹王山，就可以控制大运河，切断陇海路，直取徐州。禹王山不保，台儿庄将难以固守，徐州必失！”

淡淡的夕阳映在卢汉的脸上、英挺的眉毛下，他的眼睛透着淡淡的哀愁。

“军长有难言之隐？”张冲问。

卢汉点点头，忧心忡忡地说：“182师已损失大半，现在防守禹王山的，说是余建勋一个团，实际上，连一个营的兵力都不到了。就这一个营都不到的兵力，也已经被敌人攻击了两天多了。咱们60军没有伤筋动骨的，只有你184师了。可委员长又已钦定，由你师固守台儿庄。我向孙连仲提出，请他另派部队接替你固守台儿庄。孙连仲当不了家，上报李宗仁，李宗仁也不敢妄自做主。说这几天蒋委员长正在车辐山视察，等他走了以后再说。”

“这分明就是叫我们坐在枯井里等死。等委员长走了，等委员长走了黄花菜都凉了！”张冲一听就火了：“军长，这样吧，请你转告李宗仁，就说是我张冲自作主张，将来委员长怪罪下来，我张冲一人承担。实在不能再等了，就是把我枪毙了，今天也要移兵禹王山！”

“这话说的，我卢汉是怕事的人吗？”听见张冲的话，卢汉扭过头看着他，那眼神，好像从来不曾认识过这个朝夕相处的弟兄，“去准备吧，天塌下来，有我卢汉顶住！”

张冲刚走不远，卢汉就接到李宗仁电话，同意卢汉部署。

卢汉将消息转至张冲。张冲闻令则喜，当即命令1088团团长邱秉常率部留在台儿庄阵地固守，其余主力全部移师禹王山。

千算万算，张冲还是没有算到日军竟然抢在184师的前面占领了禹王山。

禹王山，对见惯了崇山峻岭的滇军将士们来说，顶多能算作一个小丘，形如马鞍，一前一后并列着两个山包。禹王山坐落在今江苏邳州境内，距台儿庄仅3公里，海拔124.6米，紧靠大运河。相传，商周时期，当地老百姓为纪念大禹治水有功，自发在山顶建了一座禹王庙。禹王山则以禹王庙而得名。

正移师禹王山途中，张冲突然听见禹王山西坡枪声大作，炮声隆隆。

张冲刚打了一个激灵，544旅旅长王秉璋就喊道：“师长，快看！”

张冲顺着王秉璋手指的方向一看，火光冲天，硝烟弥漫。

张冲摇摇头，说：“不好，看这阵势，禹王山前景不妙啊！”

话音落处，182师1077团团长余建勋带着10多名残兵败将气喘吁吁地跑了过来。看见张冲，余建勋“啪”地跪在了地上，泣不成声：

“师长，禹王山失守了！你枪毙我吧！”

“请起余团长，快起来，快起来。”张冲赶忙躬身搀扶余建勋。

余建勋长跪不起，说：“我把阵地丢了，我是罪人啊！”

余建勋哭诉道：他奉命率一个营在禹王山死守了三天。三天来，敌人每天轮番攻击，白天用飞机大炮狂轰滥炸，夜晚时而冲锋、时而偷袭，士兵或死或伤，被折腾得疲惫不堪。此间，余建勋多次向孙连仲部求援，孙部根本不予理睬。今晚，日军部队集结上千人，出其不意猛扑上来。余建勋率领士兵顽强阻击，毕竟寡不敌众，余建勋仅 50 多人，而小鬼子却有上千人，根本就不是人家的对手啊！战争本就是军事力量的较量，军事力量其中最重要的一环便是兵力强弱。恃强凌弱，以众暴寡，才是取胜之道。不一会儿，余部就被打得落花流水，被从禹王山上赶了下来。下来一看，总共还剩下了 10 多个兄弟……

物伤其类，兔死狐悲。

“禹王山是丢了，可是，禹王山丢了罪不在你！你和弟兄们已经尽力了。”张冲也禁不住唏嘘。张冲使劲儿拉起余建勋，咽了口吐沫，说：“余团长，歇一会儿，我给你派些人，由你率队好好守住李家圩，但是，你也要从你的人里派几个熟悉地形的人给我。”

余建勋擦干眼泪，很认真地选了几个人带到张冲跟前，“师长，说来惭愧，我的兵里面也就只剩下这四个人能跑能打了，你把他们都带走吧。让他们跟着你为死难的弟兄们报仇！”

张冲说了声“好”，然后就喊了一名连长过来，说：“余团长，李家圩交给你了，这个连的弟兄们也交给你了。望善自珍重。”

余建勋又哽咽了，他举手给张冲敬礼：“谢谢师长了，建勋永志不忘。”

余建勋率队远去。

张冲忧心忡忡地望着他的背影，皮包骨的一个人，脚步却像灌了铅，拖沓沉重。

“余团长的话，想必大家一定都听见了。禹王山就是我们的生命山。禹王山在，滇军在；禹王山失，滇军将死无葬身之地。”张冲面色严峻地巡睃着各位，“常言道：兵贵神速。乘敌人立足未稳，来不及构筑工事，命令万保邦旅长率曾泽生团从西部实行佯攻，越热闹越好，把日军吸引过去；命令王秉璋旅长率王开宇团从西南部攻击；杨洪元团随我绕道从东面攻击。”张冲借着月色看了看手表：“现在离天亮还有两个小时，各攻击部队要借夜幕掩护，悄悄接敌，跑步快速进入阵地，拂晓前以三路进攻之势，发起总攻，务必于天明前夺回禹王山。”

众将官响亮应道：“是！”

破晓前，万籁俱寂。黑夜正待隐去，淡青色的天幕还镶着几颗稀落的残星。队伍像一条灰黑色的带子一样，在山地蜿蜒着，只听到低微的“沙沙”的脚步声，连一声咳嗽都听不到。突然，一声清脆的枪响，划破了黑夜的沉寂。

接着，就听到禹王山西坡杀声震天，枪炮齐鸣。

张冲抬起头，望着微弱的光，脸上露出了不易觉察的笑容。

张冲猛地转过脸来，面无表情地看着杨洪元，说：“曾泽生团已经打响了，你还闲着干什么？该你出场了！”

杨洪元斗志昂扬，“是！”转过脸，对着部队吼道：“手榴弹，扔！”杨洪元说完一拉拉环，把手中的手榴弹扔了出去，手榴弹在日军头顶爆炸。

“嗖嗖嗖嗖……”密密麻麻的手榴弹呼啸而起，天空像飞过一群麻雀。

上阵前，杨洪元专门交代，给每名士兵都配满 8 枚手榴弹。10 个人就是 80 枚，100 个人就是 800 枚手榴弹。杨洪元一声令下，往外投手榴弹的何止 10 人、100 人？手榴弹在日军工事上面凌空爆炸，短促连续的爆炸声震耳欲聋，横飞的弹片带着死亡的气息呼啸而下，惊慌失措的日军士兵根本就无法躲藏也无处躲藏。很多士兵同时被几颗手榴弹一起命中，还没来得及哼一声，已身首异处。

这一次，日军真是大意了。他们刚刚战胜了顽强作战的余建勋团，并成功地将对手赶下了禹王山。余建勋团下山时的情形，日军尽收眼底，就这么一个伤筋动骨元气大伤的队伍，没有一到两天时间的调整和补充，绝不可能迅速组织起一支有生力量。即便组织起来了，谅他也不敢仓促上阵，拿鸡蛋撞石头，来攻打禹王山。

除非他们疯了。

小鬼子没有想到，所向无敌的滇军还真就疯了。他们不仅借着疯劲，迅速地组织起了一支有生力量，还借着疯劲，迅速地攻到了山腰。

枪声响起来的时候，小鬼子正一个个怀揣着长枪睡大觉呢。

鬼子还未从沉睡中反应过来，紧接着，轻机枪、重机枪、步枪一起怒吼起来。夜色中，流星一样的弹雨“嘘嘘”地响，碰击在岩石上，石块飞跳，火光四溅。吓得他们一动不敢动。他们唯一能做的，就是蜷缩在山石上，祈祷子弹不要落在自己的头上。

“该死！我们的炮兵呢？炮兵在哪里了？为什么不予以回击？”

负责正面防守的日军中队长岛田快发疯了。他在硝烟中站起身，黑着脸大声喝问着。

日军中没有人回答他。

滇军回答他的是腾空响起且立刻就响彻了整个山谷的冲锋号角。

“杀呀——”

铺天盖地都是响遏行云的杀声，漫山遍野都是英勇冲锋的身影。滇军将士气势如虹，怒吼着、咆哮着、狂喊着、呼啸着，如汹涌的潮水般，一往无前。

岛田发现自己被重兵重围，心情异常恐慌。他气急败坏地举起了手中的军刀，指挥士兵作困兽之斗。这时，一颗子弹飞来，击中了他的右胸，他趔趄了一下，重重地倒在了血泊之中。倒地前，岛田挣扎着又吼了一声：“毒气弹……”

岛田的话提醒了小鬼子。

刹那间，白烟滚滚，浓雾弥漫。

日军骤然之间变被动为主动，趁势向着滇军“噼噼啪啪”猛烈开起火来。

滇军赴汤蹈火冲锋陷阵的脚步被死死地困在了禹王山的半腰。

形势万分危急。

就在这时，突然刮起了阵阵迅猛的大风，风裹着雾，雾追着风，将所有的狼烟毒物一股脑儿全都吹回了头，吹到了日军的头顶上。

“起风了？起风了！”见此情景，正一筹莫展的张冲抑制不住内心的激动，一跃而起，高声顿嚯：“好啊，天助我也！冲锋！冲锋！快吹冲锋号！”

顿时，全师各旅各团各营各连的冲锋号都吹响了。

攻击部队如猛虎上山，一起向着刚刚还不可一世的日军冲杀过去。被包裹在浓烟雾障中的日寇，像极了掉进了滚汤中的苍蝇，混沌一团，朦胧一片，咳嗽不止，流泪不停，还没弄清怎么回事，就不明不白地见了阎王。

禹王山回到了滇军手中。

就在大家欢呼胜利的时候，卢汉冒着敌人的炮火，兴致勃勃地来到了禹王山视察，并带来了上级给滇军的嘉奖电文。

张冲接过电文看过，感慨万端地说："军长，要不是你胆大、果断地决策，现在不要说接嘉奖电，恐怕连唁电都接收不到了！"

卢汉点点头，说："就莫说我胆大、果断了，主要还是你英明、果敢的指挥啊，当然，还有老祖宗禹王的保佑！"

两人高兴地哈哈大笑起来。

"告诉官兵，不要停歇，赶紧构筑工事。一鼓作气。"还没笑完，张冲吼道。

刚干两下，各个团便开始嚷嚷："不行师长，这根本就刨不动啊！"

张冲这才注意到禹王山是碎岩石结构。他皱着眉头看了一阵儿，没有说话。

"别怕，战区长官部有办法。去试试。"卢汉说。

张冲半信半疑地走进师指挥所，出来时，脸上已经有了喜气。他称心如意地看着 1086 团团长杨洪元。说："杨团长，我向第 5 战区长官部要了 20000 条麻袋，你派人去拉来，在山下填满沙土，运到山上来垒工事。"

"好。"杨洪元欢天喜地地去了。

得知禹王山得而复失，号称日本精锐师团师团长的板垣征四郎肺都要气炸了，连连吼道："耻辱！耻辱！大日本帝国的颜面全都被你们丢尽了！"

町田低着头、弓着腰，唯唯诺诺地站在板垣面前，说："请师团长再给我一次机会，我一定把支那人赶下禹王山！"

"机会对每个人都是均等的，你凭什么比别人多？就因为你打了败仗？"

町田的头低得更厉害了。

板垣征四郎看都没看他一眼，冷漠地摆摆手，说："尽管如此，我仍然再给你一次机会。中国人有句话，叫作丑话说在前头。如果这一次，机会依然被你白白错失的话，你就不要来见我了，直接去向天皇陛下谢罪吧！”

町田毕恭毕敬地给板垣征四郎鞠了一个躬，红着脸退去。

一个多小时之后，日军的一个大队，在坦克、骑兵的配合下，沿着大小杨树、湖山、窝山向禹王山阵地进犯，来势凶猛，气焰嚣张。

日军先是派出了侦察机，煞有介事地在禹王山上空绕了几圈后扬长而去。接着，日军又升起了探测气球，指示炮火向禹王山轰击。

544 旅旅长王秉璋像一堵墙样立在阵地最前沿，手举着望远镜，两只眼一眨不眨地盯着小鬼子的一举一动。

王秉璋，184 师师长张冲的得力将领，云南鹤庆人，白族，保定陆军学校第 6 期学生，曾留学日本，回国后出任云南陆军讲武堂教官。因身材高大，身板挺直，留着又黑又长的大胡子，常骑一匹枣红色高头大马，颇有关云长遗风，故人称“王大军人”。

王秉璋看得出来，小鬼子也是拼了。以往，为了避免误伤，小鬼子都是等炮火停止以后再开始冲锋。而这一次，日军炮火还在“轰轰隆隆”地轰击禹王山的阵地，步兵已经冲到离滇军阵地不到 100 米远的地方了。

王秉璋转过脸，从容不迫地说：“全都给我记住了，把小鬼子放近了再打。没有我的命令，谁都不准擅自开枪！”

眼见日军距离阵地已经不到 50 米了，士兵们早已按捺不住、跃跃欲试了，王秉璋瞅了瞅那些迫不及待的士兵一眼，这才不慌不忙地将手一挥：“给我打！”

顿时，迫击炮、手榴弹、轻重机枪构成了一张密集的火网，打得日军猝不及防，丢下数十具尸体，连滚带爬地退到了百米之外。然对禹王山志在必得的日军并没因暂时的落败而偃旗息鼓，他们很快就拖来了平射炮，专门用来对付中国军队的轻重机枪阵地。立马就有 10 几个机枪掩体被摧毁，20 多名机枪射手阵亡。阵地火力受到了严重的影响。

王秉璋气得好似全身都燃着了火，全身上下每一个毛孔都能迸发出火星来。他的鼻翼一张一翕的，呼出来的气，像打气筒打出来的，呼呼有声。双拳也捏得咯咯作响。

他扯着嗓子吼道：“王团长！”

1087 团团长王开宇此时就站在王秉璋的身后，闻听旅长叫他，响亮答道："在！"

王秉璋手往前一指，说："命令所有炮手，扛着迫击炮，悄悄潜伏到禹王山下去，找准位置，给我好好地伺候鬼子的平射炮。"王开宇刚要转身，王秉璋又道："记住，安顿好即刻开炮，给我铆足了劲儿地打！"

"是，立刻安排。"

不久，硝烟弥漫中，10多名迫击炮手，在一个排士兵的保护下，猫着腰，悄悄地开始向山下转移。

王秉璋半倚在一块石头上，点燃一支烟，仰望着天空，口中念念有词。他在算计迫击炮手已经出走的时间和还需要前行的时间。午后的阳光温暖柔和，很自然地倾泻到王秉璋的脸上、身上，驱散了余冬的寒意。不知不觉中，王秉璋竟然迷糊着了。

"轰……"突然，一阵轰鸣从远处传来，将王秉璋从睡梦中惊醒。

王秉璋一阵窃喜，一骨碌从地上爬了起来：

"哈，我们的迫击炮开始说话了！"

王秉璋从望远镜里看见一枚枚炮弹带着啸声准确地落在了鬼子的炮群里，可能是其中一枚炮弹恰巧落在了日军炮弹箱上，激烈爆炸的同时，引发弹药殉爆。飞射而出的钢铁弹片和碎石泥块，铺天盖地向四方覆盖，小鬼子被炸得支离破碎，残破不堪，到处都是残肢断臂，破损的内脏和肢体满地都是。

一个下午的时间，就在这种你打我我打你，你攻我我攻你的对峙中，慢慢地过去了。

滇军没吃多大亏，日军也没占到便宜。

傍晚，一阵猛烈的炮火过后，日军在町田的指挥下又开始冲锋了。与前几轮进攻相比，这一次的攻击更加猛烈。数十挺轻重机枪"咚咚咚咚"地响着，密集的子弹打得滇军抬不起头，只能凭着感觉从工事里可着劲儿往外扔手榴弹。这怎可能阻挡得住日军疯狂报复的步伐？也就是一会儿的工夫，日军就冲到了滇军工事的近前。

王秉璋倒吸一口凉气，端着步枪，"咔"一声上好刺刀，歇斯底里地吼道："弟兄们，上刺刀跟我冲。把小日本给我赶下山去！"喊罢，一个箭步跳出战壕，率先向敌群冲去。

“杀呀，杀呀！”喊声震天动地。

战士们也一个个跟着冲了上去，挥舞着大刀浴血奋战。一个倒下了，另一个就顶上去。一个小战士浑身被划得稀烂，在倒下去的一刻，还高喊口号，悲壮极了！

战场上硝烟弥漫，阵地上有多少鬼子，长着什么模样，根本看不清楚。滇军将士索性就不看了，反正是只要是穿着鬼子军服的，直接杀过去就行了。

王秉璋一口气捅翻了七八名日军，刺刀拼弯了，干脆扔下步枪，徒手和日军肉搏起来。一名日本兵一看面前长着长胡子的中国军官手里没有武器，兴奋得一蹦三尺高，挺着枪向他刺来，王秉璋一闪身躲了过去，乘机一掌击向对方的手臂，日本兵还没明白怎么一回事，步枪已经到了王秉璋手中。

特务连长紧紧围绕着王秉璋，眼观六路耳听八方。除去保护王秉璋的安全，他还有一个任务，就是鼓舞士气，每隔半分钟大喊一声：“杀！”听到他的喊声，士兵们也跟着大喊：“杀！”

这是王秉璋的发明。这样做的目的，一方面是鼓舞战士背水一战再振雄风，另一方面也是便于指挥员掌握战斗力情况。

然日本兵也不是吃素的，一个个也是武艺高强。一个同样也长满了络腮胡子的小鬼子，眼看王秉璋身手不凡，心中十分不忿，手举战刀，照准王秉璋就从一处高坡上跳了下来。

王秉璋看见，心中笑道：“娘的，你要是跟老子比胡子，或许老子不如你。你要是跟老子比拼刺刀，可就不是老子的对手了！”返身一刀向日本胡子砍去。日本胡子极是机敏，闪身一躲。王秉璋的刺刀，戳在了一棵柏树的枝桠上。

日本胡子吓得目瞪口呆。

王秉璋从地上捡起一把战刀，正待再上，不料身后又来了一个日本兵，扬起一脚，将王秉璋踢倒在地。倒地的那一瞬间，王秉璋手里的大刀，往上一挑，直接插进了鬼子的腹中。

日本胡子见有机可乘，张牙舞爪地扑过来，试图用双手掐住王秉璋的脖子。王秉璋一跃而起，狠命地向日本胡子砍去，日本胡子顿时身首两处。

特务连长仍旧在声嘶力竭地喊着："杀！"可应者的声音却越来越小了。而小鬼子的战斗力也像泄了气的皮球，越来越弱。一些年纪稍轻的鬼子，眼见到处是尸体，血像小溪般汩汩朝山下流淌，开始胆怯了，后退了。一个退，一起退。终于，在胆战心惊地勉强支撑了一阵后，日军还是丢下一片尸体退了下去……

兵败如山倒。眼见士兵溃不成军地败下阵来，町田心如刀割。他黯然神伤地拔出战刀，毫不犹疑地捅进了自己的小腹。

王秉璋无力地靠在一块山石上，望着闻风而逃的小鬼子，摘下军帽，抹了一把脸，说："怎么样王团长，我说这群狗崽子不堪一击吧？好了，趁着小鬼子还没卷土重来，赶快指挥士兵清理战场，加固工事。"王秉璋满身血污，汗水淋漓，四月的寒风一吹，满是透心的寒意。可他的脸上，依旧乐呵呵的。

1087团团长王开宇刚要答"是"，就听见"砰"的一声枪响，王秉璋身旁的一名士兵一个趔趄，倒地而亡。王秉璋一愣，这时，又一颗子弹飞了过来，直接钻进了王秉璋的前胸，并从后背飞了出去。

特务连长大惊失色，赶来上前一步搀扶住他。

王秉璋一把推开特务连长，自己站稳。鲜血一下子就浸透了他的军衣。王秉璋从口袋里掏出"云南白药"，一口吞下半瓶，若无其事地继续指挥士兵构筑工事。

王开宇实在不忍心，眼里含着热泪，走上前来，说："旅长，你就下山去吧。别让弟兄们都跟着牵挂。请相信你的士兵，你用生命夺回的阵地，我们也一定会拿生命捍卫！"

王秉璋犹豫了一下，面无表情地看着王开宇："我相信你不会让我失望。"

"属下愿用生命担保。"

王秉璋像叹息一样，说："这里就交给你了。"说完，转身离去。王开宇要安排警卫护送他。王秉璋拒绝了。

王秉璋硬撑着挨到师指挥所，努力挺正笔直的骨架，向张冲立正敬礼。

张冲看了王秉璋的伤口部位，虽不致命，但伤势不轻。张冲亲手给他包扎好，要派人送他下山。

王秉璋执意不从，说："这点伤还不至于要了我的命。我还能走。"说完，挺直腰板，向张冲立正敬礼。

然后，一拖一拖地下山去。

王秉璋治疗期间，国民政府派人到医院慰问，并发奖金4000元。王秉璋用这笔钱在家乡迎邑村菩提寺办了一所以其父名命名的新民小学。

王秉璋的学生、中共代表团叶剑英也专程到医院看望慰问。叶剑英望着王秉璋一脸的大胡子，说："我听说小日本在报上说禹王山战役有俄国顾问指挥，我当即就想，这个俄国顾问一定非你莫属！"

"哈哈哈哈……"王秉璋与叶剑英相视大笑。

谁都说不清楚，日军究竟是怎么攻上来的。

长时间的密如蛛网般的炮轰压制下，滇军们趴在堑壕里，根本就抬不起头来。炮火一停，日军已经攻上来了。狗崽子们不仅攻破了滇军自以为固若金汤的数道防御线，占领了禹王山顶，还示威似的把"太阳旗"也插在了禹王山的最高峰。

战区司令长官李宗仁闻听暴跳如雷，怒气冲冲地摸起电话，厉声质问："既然收复了禹王山，为什么小日本的'膏药旗'还在山上飘荡？是你们视而不见，还是我的眼睛瞎了？"

张冲赶紧承认，禹王山确实丢了。"请李长官再给我一点时间，我现在就组织反击。"

"我给你时间，委员长给我时间吗？"李宗仁粗暴地打断张冲，"反击前先把那个丢了阵地的团长给我杀了！"

"李长官息怒，李长官息怒。"张冲连喊了几声"李长官息怒"后，叹了口气，道："禹王山失守，不能只杀团长的头，应该先杀我这个师长的头！但请李长官再给我们一次机会，让我们再冲锋一次。只要我张冲在，就一定有禹王山！"

李宗仁缓了口气，说："好吧，那我就拭目以待静候佳音了。"

放下李宗仁的电话，张冲就去命令王开宇："从你团里挑选20个人，组成敢死队，去把他娘的小日本的'膏药旗'给我拔了。告诉弟兄们，谁拔下'膏药旗'，夺回山顶，官升三级，赏洋五百。"

王开宇使劲儿压住自己那颗狂跳不已的心，语调尽量平静道："放心师长，'膏药旗'一定会拔下来，阵地也一定会夺回来！"

王开宇转过脸，一脸凝重地望着大家，说："弟兄们，我和师长的对话，大家一定都听到了，师长命令我们去把失去的阵地夺回来。我向师长保证了，'膏药旗'一定会拔下来，阵地也一定会夺回来！这样的话，我也向旅长保证过。我说，旅长用生命夺回的阵地，我们也一定会拿生命去捍卫！可是，我食言了，阵地在我手里丢了……"王开宇哽咽了，两行泪水夺眶而出。他狠狠地用衣袖抹了一把眼泪，说："恨不抗日死，留作今日羞。国破尚如此，我何惜此头。师长让我们组成敢死队，摸上去把鬼子歼灭掉，夺回阵地向前发展，在山头构筑坚固的防御阵地。我不强求大家，但我要告诉你们，夺回阵地是眼下我们图生存、争人格的唯一出路。愿意赴汤蹈火以身殉国的就往前迈一步，怕死贪生的……"

王开宇话没说完，就看见所有的人齐刷刷地向前迈了一步，没有一人落伍。

"团长，大道理我说不好，只知道不打日本鬼子，将来难过日子。我们千里出滇，既不要升官，也不要发财。但咱要骨气、要面子。就是丢命也不丢咱云南父老的脸。一句话：宁做战死鬼，不做亡国奴！团长发话吧。"

"是好样的！"王开宇满意地看着说话的这名军人，"你叫什么名字？"

"报告团长，步兵第三连连长李佐。"

"李佐，派你去做敢死队长，你敢挑重担吗？"

"但有使令，万死不辞！"李佐胸脯一挺，"不过，属下有个小小的建议。"

"但讲不妨。"

李佐胸有定见，说："60军官兵，人人心怀抗日杀敌之志，个个胸有捐躯报国之心，团长大可不必到各连各排去挑选敢死队员，不但贻误战机，而且临时组成的敢死队，官兵互不熟悉，难以发挥夜战的威力。不如用建制排，一个排一个排地连续冲击，一定能把阵地夺回来。”

王开宇眉毛一挑，“连我的成命都篡改了，这还是小小的建议？这是大大的建议。好，那就由你来做开路先锋吧。”

王开宇话音刚一落，李佐就带着一排的战士，犹如出柙的猛虎一般扑出去了。“哒哒哒”鬼子机枪响了，两名冲在最前头的战士倒在了地上，担任火力掩护的两挺捷克式轻机枪手见状立刻地打了几个长短点射，把两名鬼子机枪手掀翻在地。

战士们临危不惧，继续往山上冲。

顷刻之间，一个班已冲上山顶，夺回了丢失的阵地，正在向被日军占领的那个山包推进。另一个班紧随其后，刚冲上山顶。李佐所带的三班已冲到山腰，山顶在望。这时，日军的炮弹一发发呼啸而来，经验老到的李佐觉察到不对，刚要喊“卧倒”，晚了，炮弹已在战士们中间炸响了。火光腾起处，几名冲在李佐前面的士兵血肉横飞。李佐和剩下的几名士兵虽没有应声而倒，但已是伤痕累累血肉模糊。

李佐一愣，惊回头，撩开腿冒着炮火登山陟岭往山顶奔去。

山顶的情况，比他想象得还要糟——

先他一步到达顶峰的战士，在日军的炮击之下，遭到了灭顶之灾。两个班无一生还。

“第二排，继续上！”王开宇的声音一下子尖利起来。

二排再冲上去，同样，再蹈一排覆辙。

两个排 130 多人经过两次冲击，伤亡近百名。剩下的有生力量不足 30 人。

而小鬼子也十分不情愿地退到了另一个山顶。

李佐要宜将剩勇追穷寇，营长王朝卿赶紧止住了他。

王朝卿忧心忡忡地向王开宇团长建议道：“团长，绝不能再令第三排向前冲了，否则全连都会被打光的。我们只要守住这边山顶，能阻挡住小鬼子的脚步，让小鬼子前进不得。我们就已经胜利了。”

“那面刺目的‘膏药旗’怎么办？就任随它肆意飘展？”

“那哪能啊，马上就解决它。”王朝卿看出了团长的怀疑，也不解释，转过脸，朝着一名朝气蓬勃的小伙子挥挥手，说，“过来，让团长见识见识。”

“团长好！”小伙子应声而至。

王朝卿拍着小伙子的肩膀，说：“这就是我的秘密武器！去给团长演示演示。”

小伙子不慌不忙地从背囊中取出一支事先用煤油浸透过的弩箭，点上火，张弓搭弩，只听“嗖”的一声，燃烧的弩箭迅速准确地射向对面山包，引爆了敌人的弹药库。巨大的爆炸声，吓得敌人魂飞魄散，乱作一团。混乱之中，小伙子再发一箭，小鬼子的旗杆戛然断裂，像一片秋风中的枯叶，“膏药旗”黯然落地。

王朝卿告诉王开宇，这个小伙子是红河哈尼族的后人，入伍前就有“神弩”之称。

“嗯，不错！不错！”王开宇兴奋了，拍着小伙子的肩膀，连声称赞，王开宇对王朝卿也有了新的认识，“这座山顶，就交给你们营了。倘有散失，我也不派人押你了，你自己去找师长谢罪去。”

“团长放心，小鬼子要想穿过禹王山，除非从我的尸体上踏过去。别无他路。”

“那要看小鬼子有没有这个本事了。”王开宇又交代了王朝卿几句，就到别的营去了。

王开宇一去，王朝卿立刻把李佐叫了过来。他命令李佐，在禹王山顶100多米防御正面，配置14挺轻机枪，每个士兵身边都要有一至二箱机、步枪弹和手榴弹，并做到随时补充。

王朝卿说：“团长已经答应了，团里的迫击炮随时火力支持我们。我哪都不去，就待在山顶，绝不让弟兄们在这儿孤军奋战。但你们也得给我保证，就是小日本的一只蚊子都不能给我放过去！”

别说，王朝卿的这一招数还真奏效——

李佐带着一个连的人，占着天时地利，日军露头就打。无论是人多势众，还是来势凶猛，滇军们不愠不火，不急不躁。“何物中长食，胡麻慢火熬。”日军气急败坏，“咚咚咚……”来一阵炮轰。过后，还一切照旧。纵然插上翅膀，也难以飞过禹王山顶。

当然，滇军也冲不过敌阵去。

双方就这么僵持着。

军长卢汉向龙云电告："截至今（30日）酉止，职部伤亡已达万余，所幸阵地未退一步，刻尚在激战中，其炮声如寺庙之擂鼓。"

5月1日，龙云接电后立复："查我国在此力求生存之际，民族欲求解放之时，值此存亡绝续之交，适如总理所云：我死国生，我生国死，虽有损失，亦无法逃避。况战争之道，愈打愈精，军心愈战愈固，唯有硬起心肠，贯彻初衷，以求最后之胜利。万勿因伤亡过多而动摇意志，是所至盼。"

彝族有句俗语：卖啥吆喝啥。

此话不假——

第182师师长安恩溥自始至终都坚持自己的观点，步兵是战争之神。第183师师长高荫槐每每听到安恩溥的这些论调，总要与之争执一番：骑兵才是战争之神。安恩溥与高荫槐论争，第184师师长张冲从来都是闭口不谈，既不偏袒张三，也不倾向李四。甲方乙方都不得罪。来台儿庄后，张冲目睹了当代战争发展的巨大变化，受到了很大触动。说："争来论去，谁都没有说到点子上。装甲兵才是名副其实的战争之神！"

543旅旅长万保邦打心眼里不同意师长们的一家之言。可他无能为力。这是军队，军队里讲究的是职级。常言说：官大一级压死人。师长们之间的各抒己见，还轮不到他一个旅长去指手画脚。

万保邦嘴上可以不说，但心里却不能不想。那就是，无论师长们说得怎样天花乱坠，他依旧坚定不移地坚持自己的观点："炮兵才是战争之神"。

万保邦，名字取保国安邦之意，云南建水人，早年在越南求学，与大理人、国民革命军第6军（军长程潜）第6师师长杨杰认识，受其影响弃文从武到日本陆军士官学校第15期炮科学习。学成回国后，出任云南讲武堂第18期炮科教官，是60军中最权威的炮兵专家。

"炮兵是战争之神"，这句话不是万保邦的发明。是19世纪法国伟大的军事家拿破仑·波拿巴说的。万保邦是在日本陆军士官学校第15期炮科学习时听到的这句话，奉为至宝。万保邦眼下最大的苦恼，就是没有炮。

巧妇难为无米之炊。万保邦无法向师长们证明这个真理颠扑不破。

就在万保邦愁肠百结之时，国民政府配属给第 60 军的一个野战炮营和重炮营相继进入指定的阵地。这些炮都是德国克虏伯厂出产的当时世界上最先进的大炮。野战炮口径为 75 毫米，最远射程 9000 米，火力与日军野战炮相当。重炮口径 150 毫米，最远射程达 22000 米，而日军重炮口径才 115 毫米，最远射程 18000 米。威力远远超过日军重炮。

第 60 军军长卢汉专门致电 184 师师长张冲，指示由云南军队也是中国军队中最具权威的炮兵专家、543 旅旅长万保邦指挥炮兵，对日军的炮火进行压制性的轰击。

万保邦也不推辞，他围着重炮连转了三圈，咧开嘴，得意地大笑了一阵，说："他娘的小鬼子，你也有今天！炮营营长呢？"万保邦眼睛巡睃着。

"报告旅长，炮营营长在。"声音从万保邦背后传出。

万保邦微微一笑："怪不得看不见你小子，敢情跑我屁股后面藏着去了。"万保邦向前伸直手臂竖起拇指，闭上左眼，右眼、拇指、目标形成直线，然后，又闭上右眼，睁开左眼。说："你给我好好观察观察日军炮弹出膛的硝烟，测出了敌炮兵阵地的准确位置和距离。计算好后，也不要试射了，直接开炮！"

"是！"炮营营长利落地答道，不一会儿，就计算完毕。他胸有成竹地看向万保邦。万保邦却将眼睛看向别处。

"听口令，开炮！"

霎时，"啾啾啾……"炮弹带着刺耳的呼啸声，在空中划过一道绚丽的轨线，向着小鬼子的炮兵阵地落了过去。"轰——轰——"一声声剧烈的炸声骤然炸响，一片片耀眼的火光腾空而起，他们的断肢残体连同大炮的残骸一起被轰上半空，又重重地摔了下来。

不可一世的日军侵略者遭到毁灭性的打击。

惨叫声中，日军如梦方醒：中国军队有大炮啦！

日军感到了死亡的威胁和恐惧。

在经历过第一轮炮火打击之后，日军迅速组织了还击。由于他们的炮火够不到滇军的炮兵阵地，所以，只有挨打的份儿。他们惊慌地嚷着叫着，不顾一切地四散奔逃。

这次炮击后，外界称“抗战以来，日军首次遭到中国军队如此强烈的炮火袭击”。

自打来到禹王山后，滇军们可以说没有一天不遭受日军炮弹的欺侮和蹂躏，对日军炮兵早已恨之入骨。此时看到中国炮兵发射的炮弹刮风般飞过头顶，落到了日军的阵地，禁不住在阵地上欢呼、高喊。

双方正打得热火朝天如火如荼之际，万保邦突然挥了挥手，说：

“停止射击，立刻转移。”

炮兵营长百思莫解，说：“旅长，小鬼子已经苟延残喘，咱们却还正在兴头上，这个时候转移可有点儿得不偿失啊！”

万保邦眉毛一竖，“我的话说得还不够明白吗？”

炮兵营长无可奈何地道：“是！”

炮兵刚刚撤出阵地不足 50 米，日军的飞机就到了。10 多架 96 式重型轰炸机盘旋在滇军炮兵阵地上空，你来我往，狂轰滥炸。

炮兵营长望着横冲直撞的日军飞机，不由得出了一身冷汗，心悦诚服地说：“旅长就是旅长，不服不行。姜到底是老的辣！”

万保邦可不似炮营营长这么乐观。

炮营营长刚刚加入滇军，对日军的战略战术还不甚了了，实在与这些同日军真刀实枪地打了不知多少仗的滇军老兵不可同日而语。别说曾在日本陆军士官学校炮科专门学习研究过日军战术的万保邦了，就是普通士兵，对小鬼子的套路也都早已了若指掌：连番的轰炸过后，肯定就是要攻击了。

战斗前的气氛异常平静，安宁得有点儿让人窒息。一阵风掠过，树叶发出轻微的声响。伏在壕沟里的士兵，彼此都能听见战友们的呼吸和自己的心跳。

万保邦手举着他的望远镜仔仔细细地向远处眺望着。

万保邦考虑的是，日军何时集结，在什么位置集结。这些情况如果判断不准就贸然射击，不仅不能有效地打击敌人，还有可能暴露自己的位置，招来日军炮火和飞机的打击。更重要的是，步兵如果没有了炮火的支援，后果不堪设想。突然，一座被树林掩盖了的村庄阻挡住了他的视线，他看见，树林中，潮湿的枝干在抖动。

万保邦成竹在胸。

“看见前方那片树林了吗？”万保邦问。

炮兵营长点点头，“看到了旅长。”

“好。先用少量炮火袭击村庄周围的树林，5分钟后，集中所有的炮火对整个村庄进行覆盖。”

万保邦一声令下，数十门重炮和野战炮立刻对着那片树林和村庄进行了毁灭性的打击。一发发炮弹疾风骤雨般倾泻到日军的阵地上，一时间，天空在抖动，大地在抖动。天空像暴雨即将来临般漆黑一片，炮弹向四面八方投射出青灰色的光芒，许许多多大大小小的铁块、石头在天空中崩裂开来，又天女散花般纷纷跌下。而被爆炸掀起的日军尸体、枪支和碎砖碎瓦，则又不断地飞上空中。在半空中碰撞、冲击……

万保邦指挥的这场炮火袭击，让大伤元气的日军整整一天都没有发起攻击。

不甘挫败的日军见白天的攻击没有奏效，为了躲避中国军队炮火的袭击，又改为夜间攻击。但料事如神的万保邦早已指挥炮兵测定好了射击诸元。夜色中，还没有等他们发起攻击，炮弹已经飞临他们头顶，落入敌群。

那段日子里，炮仗你来我往，步兵你争我夺。尽管敌人兵力强大，占有绝对优势，但英勇的60军毫不畏惧。

血战27天，60军像一枚钢钉，始终钉在鲁南苏北这片英雄的土地上，有效地扼制住了敌人对台儿庄的进攻。此举有力地支援和配合了友军，掩护了主力部队的转移，为数十万大军跳出日军包围圈赢得了时间。

日军由台儿庄直下徐州的企图，终因第60军艰苦卓绝的鏖战而未能得逞。号称日军最精锐的板垣第5师团、矶谷第10师团和土肥原第14师团，加上伪军刘桂棠、张宗瑗等部，计达10余万人，付出了高昂的代价。

日军官兵认为，环绕着台儿庄的这片地域，是令他们“噩梦丛生的地方”。

就在禹王山酣战之时，战局却在悄然发生变化——

自5月初起，日军沿津浦线南北对攻，将战火烧至了徐州西线，徐州已陷入敌人大包围之中。局势急转直下。军委会下令台儿庄各军大撤退。

5月14日，滇军接到长官部交防命令，阵地由第140师王文彦部（贵州新编部队）接防。第60军由禹王山阵地逐次辙退。

消息传来，那些战场上肚子被打了个大窟窿，肠子流出来了，用手再摁进去，都不带流一滴泪、叫一声疼的战士们，竟一个个抱头痛哭泣下沾襟。士兵们怎能舍得用血肉夺回的禹王山？怎能舍得长眠在禹王山上的烈士忠魂？怎能舍得把大好河山拱手委弃给敌人？有的战士端起枪，朝着鬼子方向射出仇恨的子弹；有的走上前线，向阵地作最后的巡礼；有的满怀悲痛，向牺牲了的弟兄们的坟堆鞠躬辞别……部队完全沉浸在一片悲怆、哀怨、愤慨、难舍的气氛之中。

15日拂晓，全军撤至运河西岸车辐山东南宿羊山地区停留1天，进行整编。由于第182师与第183师伤亡较大，各缩编为1个团。第182师编的一个团以余建勋任团长。第183师编的1个团，因团长有的阵亡，有的负伤，团长乃以第541旅副旅长肖本元兼任。第184师编留曾泽生、杨宏元、邱秉常3个团，归第543旅旅长万保邦率领。所编各团统归184师师长张冲指挥。第182师师长安恩溥回云南补训新兵，第183师师长高荫槐率编余军官随军部行动。

“台儿庄后兮，禹王山高；台儿庄前兮，醒狮怒号！”在整个以禹王山为主阵地的争夺战中，日军是誓在必夺，滇军是志在必守，双方展开了100多场惨烈激战。第60军投入战士35132人，牺牲13869人，受伤4545人，失踪430人。各级军官牺牲177人，受伤380人，其中旅长亡1伤1，团长亡5伤4，营连排长伤亡过半。战前的12个团缩编为5个团。近7个团的三迤健儿，长眠在了鲁南的土地上。

英魂不死，精神永存。英雄虽已逝去，但他们用鲜血和生命铸就的伟大抗战精神，将永远激励着一代又一代中华儿女，毁家纾难，精忠报国。而战前海拔126米的禹王山，经过这27天的战火耕犁，海拔降至124.6米。整个山头被削掉1.4米。

第60军在禹王山的英勇作战，表现出了顽强的战斗能力。直接指挥第60军的第2集团军总司令孙连仲致电卢汉：“贵军此次在台儿庄附近集中之际，仓促遭遇敌之主力于大平原中，以血肉之躯，与敌机械化部队艰苦奋战，前仆后继，鏖战8昼夜，初不以伤亡惨重稍形气馁，不唯使台儿庄固如磐石，抑且使抗战大局转危为安。忠勇奋发，是资楷模！”

第5战区司令长官李宗仁亦致电龙云：“60军将士忠勇奋发。”

第60军的官兵就是这样在台儿庄战场上用自己的鲜血和行动，振奋了全国军民的自豪感，为抗日作出了重要贡献，再次显现了“滇军精锐，冠于全国”的气概。滇军因此被称为“国之劲旅”。

这是第60军战史上的一座丰碑。

附：第60军军官名单

军长：卢汉
参谋长：赵锦雯

第182师
师长：安恩溥
参谋长：阎旭
第539旅旅长：高振鸿
第1077团团长：余建勋
第1078团团长：董文英
第540旅旅长：郭建臣
第1079团团长：杨炳麟
第1080团团长：龙云阶

第183师
师长：高荫槐
第541旅旅长：杨宏光
第1081团团长：潘朔端
第1082团团长：严家训
第542旅旅长：陈钟书
第1083团团长：莫肇衡
第1084团团长：常子华

第184师
师长：张冲
第543旅旅长：万保邦
第1085团团长：曾泽生
第1086团团长：杨洪元
第544旅旅长：王秉璋
第1087团团长：王开宇
第1088团团长：邱秉常